Coleção Melhores Crônicas

Coelho Neto

Direção Edla van Steen

Coleção Melhores Crônicas

Coelho Neto

Seleção e Prefácio Ubiratan Machado

São Paulo
2009

© Global Editora, 2008

1ª Edição, Global Editora, São Paulo 2009

Diretor Editorial
JEFFERSON L. ALVES

Gerente de Produção
FLÁVIO SAMUEL

Coordenadora Editorial
ANA PAULA RIBEIRO

Assistentes Editoriais
JOÃO REYNALDO DE PAIVA
LUCAS PUNTEL CARRASCO

Revisão
CACILDA GUERRA
PATRIZIA ZAGNI
TATIANA Y. TANAKA

Projeto de Capa
VICTOR BURTON

Editoração Eletrônica
ANTONIO SILVIO LOPES

Dados Internacionais de Catalogação na Publicação (CIP)
(Câmara Brasileira do Livro, SP, Brasil)

Coelho Neto, 1864-1934.
  Melhores Crônicas Coelho Neto / seleção e prefácio
Ubiratan Machado. – São Paulo : Global, 2009. – (Coleção
Melhores Crônicas / direção Edla van Steen)

  Bibliografia.
  ISBN 978-85-260-1126-7

  1. Crônicas brasileiras I. Machado, Ubiratan.
II. Steen, Edla van. III. Título. IV. Série.

08-09486   CDD–869.93

Índice para catálogo sistemático:

1. Crônicas : Literatura brasileira 869.93

Direitos Reservados

**GLOBAL EDITORA E
DISTRIBUIDORA LTDA.**

Rua Pirapitingui, 111 – Liberdade
CEP 01508-020 – São Paulo – SP
Tel.: (11) 3277-7999 – Fax: (11) 3277-8141
e-mail: global@globaleditora.com.br
www.globaleditora.com.br

 Colabore com a produção científica e cultural.
Proibida a reprodução total ou parcial desta obra
sem a autorização do editor.

Obra atualizada conforme o **Novo Acordo Ortográfico da Língua Portuguesa**

Nº DE CATÁLOGO: **2767**

MELHORES CRÔNICAS

Coelho Neto

O CRONISTA QUE NÃO QUERIA ESCREVER CRÔNICAS

Quando Coelho Neto ingressa na imprensa, a crônica brasileira vive um momento de esplendor. Naquela década de 1880, Machado de Assis alcança o auge de suas qualidades como cronista numa prosa ágil, leve, maliciosa, com alguma coisa da irreverência de um moleque de rua e a forma depurada de um clássico.

Com paixão e zombaria, muito sarcasmo, alguma ternura e uma permanente curiosidade pelos atos do bicho homem e, com mais inquietação, do animal político, outros grandes cronistas – Carlos de Laet, Raul Pompéia, Olavo Bilac, Ferreira de Araújo – interpretam um dos momentos mais agitados da história do Império. A campanha abolicionista ferve, o trono vacila, os republicanos conspiram. Conflitos. Lei Áurea. República. Parece o início de uma fase tranquila. Ledo engano. O país entra num período conturbado, sob a espada hesitante de Deodoro da Fonseca e a mão de ferro de Floriano Peixoto. Repressão. Revolta da Armada. Declaração do estado de sítio.

Coelho Neto, ainda na faixa dos 20 anos, participa ativamente de toda essa agitação. Engajado no movimento abolicionista e republicano, saúda o novo regime político com efusão. Logo se desilude e, como outros jornalistas, perseguidos pelo governo Floriano, refugia-se em Ouro Preto, onde escreve um dos livros mais interessantes sobre a antiga capital mineira: *Por montes e vales*, misto de crônica, reportagem, reminiscências.

Nesta fase, além das obrigações normais de um jornalista, começa a dedilhar a crônica como meio de expressão, por imposição dos editores de jornais, traduzindo o intenso e sempre crescente interesse do leitor pelo gênero. Na época, os jornais contam com uma farta colaboração literária: contos, poemas, romances em folhetim, mas é a crônica que se impõe na preferência popular.

No entanto, o temperamento de Coelho Neto o chama em outra direção. Dono de uma imaginação luxuriante e indisciplinada, o escritor se realiza melhor na prosa de ficção. Nos escritos dessa época, muito próximos do simbolismo, predominam a fantasia sem controle e o orientalismo, entrelaçados ao culto parnasiano da forma: "Por ela o meu sangue, toda minh'alma para resguardá-la – é o meu amor, é o meu ídolo, é o meu ideal – a Forma".

O estilo é precioso, com excesso de termos raros, revelando um certo sentido de exibicionismo intelectual. As palavras dominam o escritor, que, muitas vezes, parece utilizá-las apenas pela sua sonoridade, sem nada acrescentar ao texto. Lembram potros xucros. Falta à mão do domador força para discipliná-las. O escritor ainda está longe dos seus melhores momentos, aos quais se refere Guimarães Rosa quando o classifica de "amoroso pastor da turbamulta das palavras".

Esse excesso enfada o leitor. Referindo-se, com sarcasmo, ao Coelho Neto dessa época, Valentim Magalhães classifica o seu estilo de "espanta boiadas".

Ou seja: tudo o que há de mais contrário à crônica, essencialmente jornalística por sua origem e expressão, leve, risonha, até mesmo brincalhona e um pouco fútil, despojada por natureza, alimentando-se sobretudo dos fatos do cotidiano, exigindo do cronista habilidade na conduta de sua boiada.

Em uma de suas *Cartas a um poeta,* Rainer Maria Rilke recomendava ao seu jovem correspondente atenção à realidade de cada dia: "Se o cotidiano não lhe parece rico o suficiente, não o culpe, mas a si por não saber extrair dele todas as riquezas".

Nesta fase de sua carreira, Coelho Neto, ao contrário do grande poeta austríaco, não revela simpatia pelo cotidiano, como fonte de inspiração literária, em particular pela realidade miúda, aqueles fatos aparentemente sem interesse, mas dos quais o cronista extrai, em geral, a sua matéria-prima.

É esse o argumento que utiliza para alegar a sua falta de afinidade com o gênero. Vale lembrar o episódio. Colaborador do *Jornal do Comércio,* de São Paulo, dirige-se ao editor solicitando licença para escrever contos em vez de crônicas. E justifica-se: "A crônica é efêmera, o conto tem mais vida e sempre a pena acha mais gosto em trabalhar um assunto literário do que em comentar banalidades do noticiário".

A confissão é significativa do conceito de literatura e de criação de Coelho Neto, atribuindo mais valor à imaginação do que à observação e descartando assuntos menos nobres, não "literários", mas acaba superada pelos fatos. Necessitando ganhar a vida, redigindo vários textos diários para garantir a sobrevivência da família, o escritor não apenas se atira à crônica com afinco (calcula-se que tenha escrito oito mil trabalhos do gênero ao longo da vida), impondo ao público a sua maneira pessoal e inconfundível, como passa a pescar assuntos na realidade de cada dia. E sabe traduzi-la com graça, ironia leve ou sarcasmo, de acordo com o tema, e pleno domínio do gênero, com uma visão ora romântica, ora naturalista da realidade.

Confiram-se, neste volume, as crônicas da mocidade intituladas "Batotas", sobre o aumento da Jogatina no Rio de Janeiro, "Nova companhia", abordando a exploração religiosa da caridade pública, e "Misérias", a respeito da vida nos cortiços cariocas. Nelas predomina a repulsa por aspectos torpes da sociedade, que se identifica com aquela denúncia social tão do agrado dos naturalistas.

Este, porém, não é o principal interesse do cronista. Se, por obrigação profissional, ele aborda múltiplos aspectos da realidade, do cotidiano carioca às conquistas femininas, das loucuras carnavalescas à proliferação de mosquitos, as suas preferências se dirigem a fatos que se integrem a acontecimentos históricos ou façam parte das reminiscências pessoais do autor, quase sempre com alguma coisa de excepcional e, por isso mesmo, um pouco distantes, e acima do cotidiano comum.

Os personagens dessas crônicas têm alguma coisa de heróis mitológicos ou semideuses. São forças da natureza. Confira-se a crônica intitulada "Um episódio", a respeito do 13 de maio, comparado ao milagre de Josué mandando parar o sol, a admiração popular por José do Patrocínio conduzindo-o nos ombros do Paço da cidade à redação da *Cidade do Rio*, na rua do Ouvidor. É uma página épica.

Nas crônicas que evocam reminiscências pessoais os atos e fatos do dia-a-dia também fogem àquele cotidiano vulgar identificado como "banalidades de noticiário". Têm sempre uma certa aura romântica, uma grandeza que os coloca alguns metros acima da vulgaridade. Essa visão, aliada a um certo sentimento de piedade, ou de quase veneração, se aguça ainda mais quando o escritor trata de amigos ou figuras que admira, como se pode verificar nas páginas dedicadas a Paula Nei, Valentim Magalhães e Rui Barbosa, esta uma apologia do maior coco da Bahia na qual os evidentes exageros traduzem não apenas a admiração do cronista, mas também a opinião predominante à época.

Com o amadurecimento, as mudanças na sociedade brasileira, a onda de selvageria que explode no mundo com a eclosão da Primeira Guerra Mundial, as conquistas da ciência, as invenções, o novo mundo um tanto inquietante e inquietador que se esboça no horizonte histórico, o cronista demonstra uma crescente nostalgia do passado e insatisfação com o presente.

As críticas à sociedade são incisivas e se acentuam em paralelo à desilusão com o ser humano, esta atenuada pela tolerância e a ironia. O cronista preocupa-se com a apatia e indiferença do povo brasileiro aos valores do espírito, sua falta de amor à pátria e sua submissão ao pensamento estrangeiro, como se pode verificar na bela crônica sobre "Santos Dumont", uma espécie de mitificação do herói, à qual podem se juntar várias outras, como "O zebu" e "Velhas árvores".

Apesar de alguns excessos verbais, um certo preciosismo, Coelho Neto é então um cronista popular em todo o país. Admirado pelo público, cortejado pelos principais jornais cariocas e paulistas, interessados em ouvir as suas opiniões sobre a vida diária e as rapidíssimas transformações do mundo, com sucessivos volumes de crônicas editados, começa a enfrentar as primeiras investidas contra a sua obra e pessoa no final dos anos 1910 e início da década seguinte, que se tornariam quase cruéis após a Semana de Arte Moderna de 1922. Até então, os ataques mais duros vêm de Lima Barreto, que o considera elitista, arrogante e alienado. A sua opinião está resumida no trecho de um artigo de 1919: "O sr. Coelho Neto é o sujeito mais nefasto que tem aparecido em nosso meio intelectual. Sem visão da nossa vida, sem simpatia por ela, sem vigor de estudos, sem um critério filosófico ou social seguro, o sr. Neto transformou toda a arte de escrever em pura *chinoiserie* de estilo e fraseado".

A antipatia do criador do Policarpo Quaresma se acentua com o interesse de Coelho Neto pelo futebol. Na época, o esporte é praticado sobretudo por jovens oriundos das classes mais altas da sociedade, mas já se torna paixão geral, com a afirmação inclusive dos primeiros ídolos nascidos no seio do povo. Não deixa de ser irônico, pois, que enquanto o homem do povo Lima Barreto detesta o futebol, o aristocratizado Coelho Neto se torne seu propagandista apaixonado. Ele foi o primeiro cronista a admitir o futebol em suas crônicas como uma atividade nobre e educativa, enquanto Lima Barreto considerava o esporte uma regressão à barbárie e (acreditem!) responsável, em parte, pela Primeira Guerra Mundial.

O futebol e a defesa do esporte, inclusive da capoeira, como típico do Brasil e superior ao boxe, estão presentes em várias crônicas, a partir da década de 1920. São páginas documentais, quase fotográficas, como "Às pressas", que mostra os exageros das torcidas, as rivalidades, a aura de heróis e semideuses que começa a envolver os jogadores. Essa identificação do futebol e da prática do esporte como fundamental à eugenia da raça liga-se a outros ideais exaltados nas crônicas do escritor: a beleza e a saúde do corpo, esta associada à lucidez do espírito, e o respeito pela natureza, muitas vezes transformado em puro bucolismo.

Mas o aspecto da obra de Coelho Neto que proporciona mais munição aos adversários é o emprego por vezes excessivo de termos raros e palavras pouco usuais. Esse aspecto foi mais exagerado do que analisado com serenidade. Se o escritor tem momentos insuportáveis, em geral o estilo é claro e elegante, de fundo clássico, por vezes um pouco esparramado.

Com o domínio da crônica, o contato diário com o público, no entanto, ele evolui para um crescente processo de despojamento, acompanhando aliás o que ocorre em sua obra de ficcionista. Procura economizar as palavras raras, buscando desbastar o seu texto dos "guizos de muitos adjetivos para substituí-los por um só, exato", como confessou, mas sem renunciar ao emprego das palavras que bem desejasse. O fascínio por elas supera a autodisciplina. Rara é a crônica em que o termo incomum, para se dizer o mínimo, não pule diante do olho do leitor como uma pipoca, nem sempre de forma feliz.

Cronista durante mais de 40 anos, Coelho Neto ocupa um lugar de destaque na evolução do gênero no Brasil, representando um momento na evolução do gosto literário, entre o final do século XIX e a eclosão do modernismo. Na ficção e na crônica, pelo culto um tanto exagerado à forma e às palavras raras, ele representa o mesmo que Euclides da Cunha no ensaio histórico, talvez com menos talento, mas não com menos dignidade. As suas crônicas – repletas de referências à história e à mitologia greco-romana e ao mundo bíblico – reservam agradáveis surpresas ao leitor moderno.

Ubiratan Machado

CRÔNICAS DA VIDA CARIOCA

TONITRUOSA *URBS*

*P*ode haver no mundo cidade mais vasta, mais bela, mais rica, mais populosa do que a nossa; mais barulhenta é que não, isso não há.

Um físico, especializado em acústica, que quisesse estudar todas as variedades do som, desde o estrondo até o cicio, só aqui o poderia fazer, porque, em verdade, esta é a capital irrequieta do rumor, o imenso laboratório do barulho.

O Silêncio, filho do Sono e da Morte, nem à noite se atreve a descer à planície: fica-se pelas montanhas olhando dalto a cidade esplêndida, marchetada de luzes, e ouvindo o bezoo que dela sobe, reboante, como de enorme concha.

Mal o oriente se arreia com as primeiras colgaduras da manhã começa nas ruas mal acordadas o estardalhaço vivaz – são as carroças da limpeza e as que saem para a faina do comércio; são os pregões dos vendedores; são as fonfonadas e as descargas tiroteantes dos automóveis; é o retroo surdo e abalador dos caminhões pesados; é o taroucar dos tamancos dos operários a caminho das fábricas ou em rumo às obras em que trabalham; bate-bocas, cantorias, cascalhadas, serrazinas de motores, crepitações e roncos de aviões nos ares, apitos de máquinas, bimbalhar de sinos.

Aclara-se o dia e começam logo os pianos a zaragalhar e os esganiçamentos de solfejos, o vaivém do povo sempre gárrulo, discussões às portas com fornecedores. E são os ambulantes a oferecer mercadorias, mendigos atroando os corredores com palmas e peditórios alrotados; guincharia de garotos em assalto apedrejando as árvores urbanas e vozeiro de marmanjões, em matula sórdida, e livre de linguagem, que improvisam nas ruas partidas de futebol, aos pontapés ao que encontram nas sarjetas: trapos, cascaria, às vezes escravo, com o que tomam pagode quando sucede algum transeunte ser atingido por tais escórias.

E há ainda as "harmonias" enfezantes: é o realejo a fanhosar pachorrentamente peças serodias, são musicatas de cegos; é o homenzinho das sortes com a caturrita sábia a escolher papeluchos ao som de árias moídas na pianola de manivela.

E, assim como vai o dia avançando com a luz crescem de intensidade os rumores e o alarido tornando a cidade pior que o *Pandemonium* de Milton que, por ser corte infernal, devia sobrelevar-se a todas em fragores.

À noite, depois da faina exaustiva das horas de atividade, quando o corpo se inclina ao repouso e o espírito pede um pouco de tranquilidade, surdem ruídos novos: é um fonógrafo que brama ou avaria esganiçadamente trechos de óperas; são os pianos todos do quarteirão tintalhando à compita; é, aqui, um *choro* ao som de chirinola de *seresta* e com muito falario pernóstico de mucamas e copeiros; ali, um baile puxado à sustância, com gente ao *sereno* comentando a elegância de um par, o estrambótico de outro que regamboleia como piroga em madria; é o vigilante noturno que, para garantir o sossego do seu posto e proteger o sono dos que pagam para dormir em paz, não dá tréguas ao apito; é a patrulha de cavalaria que, para não cabecear na sela, improvisa páreo de velocidade em *difas* estropeantes.

Uma ou outra vez, alarmando os moradores das ruas em vigília, passa, a disparada, o carro da Assistência tintinabulando desesperadamente; e sempre, uns após outros, às vezes dois emparelhados em aposta, rodam automóveis buzinando, deflagrando, reboando, alguns com rapaziada que recolhe de farras, um tanto aquecida, cantando atroadoramente coisas que estão muito longe de ser ladainhas castas. E durma-se...

Quem nos fizera voltar ao doce e sossegado tempo do *cobre fogo!* Quem restituirá ao Aragão, o grande sino de S. Francisco, o prestígio hipnótico de outrora!

Que sono suave dormia a cidade encolhida em cheirosos lençóis de linho, atabafada em cobertores de papa, com a tranca a garantir-lhe a porta, o cão solto no quintal e o guarda urbano encostado ao lampião da esquina! Nesse tempo, sim! havia silêncio e o sono ia ininterrupto até o canto do galo anunciador da luz.

Não digo que as noites fossem de todo mortas, não! Havia sinais de vida: *muafas*, que vinham aos bordos pelas calçadas araviando asneiras muito engroladas; lá, de quando em quando, trilavam apitos, precipitavam-se correrias por motivo de rolos ou uma serenata com violões, cavaquinhos, flautas, oficleides e um cantor apaixonado deliciava as almas românticas. O bêbedo, porém, perdia-se aos boléus pela rua fora; a polícia continha os volteiros e os sons poéticos morriam na distância.

Tão tranquilas eram as noites de antanho que, se um galope atroava o silêncio taciturno, os que o ouviam, encolhendo-se estarrecidamente e, cobrindo a cabeça com os lençóis, agarravam-se com os santos da sua devoção certos de que tais batidas de cascos eram obra da mula-sem-cabeça, ou de lobisomem. No dia seguinte, à hora do padeiro, era de janela a janela uma só pergunta:

– A senhora ouviu, esta noite, a mula-sem-cabeça?

– É verdade...!

Tempos felizes! Agora, com o progresso, que exorciza todos os sortilégios, tendo desaparecido a *mula-sem-cabeça*, que foi recolhida a uma estrebaria no inferno, os rumores aumentaram e quem neles entra com mais estrondo é também uma mula-sem-cabeça, o automóvel, que buzina, estrepita, faz o diabo dentro da noite.

Para mim a causa principal, senão única, dos desatinos que cometemos é a falta de sono. Não pode haver bom senso em um país que não dorme. Quando se quer meditar ponderadamente um assunto costuma-se dizer: "deixe-me dormir sobre o caso".

Tanto o sono é indispensável que Plutarco, na vida de Paulo Emílio, refere como os soldados romanos mataram, na prisão, a Perseu, rei da Macedônia: não consentindo que ele dormisse... Mal o viam cabecear, despertavam-no...

Mais sabor do que na minha prosa tem a narrativa no dizer puríssimo de Amyot:

"... *Yl y en a quelques uns qui disent que les soudards qui le gardoyent, ayans conceu quelque despit et quelque haine à l'encontre de luy, et voyans qu'ilz ne luy pouvoyent faire autre mal ni autre desplaisir, l'empecherent de dormir, prenans soigneusement garde quand le sommeil luy venoit, et le gardans de pouvoir clorre loeil, en le contraignant par toute voye et tout moyen de veiller et demourer sans dormir, jusques à ce que ne pouvant plus durer en tel estat, il y mourut".**

Pois com o barulho incessante desta tonitruosa cidade, se não vier por aí uma providência que nos garanta o silêncio, pelo menos à noite, ó meus pervígilos companheiros de suplício! dentro em breve acabaremos todos como acabou o mísero rei da Marcedônia.

Frechas, 1923

---

* "... Há alguns que dizem que os soldados que o guardavam, movidos pelo despeito e pelo ódio contra ele, e vendo que não poderiam lhe causar outro mal nem desprazer, impediram-no de dormir, vigiando cuidadosamente quando o sono lhe chegava, e zelando cuidadosamente para que não fechasse os olhos, constrangendo-o por todos os meios e maneiras de velar e permanecer sem dormir, até que, não podendo mais viver em tal estado, ele morreu". (N. E.).

PARA O REI ALBERTO VER...
O QUE É BOM

Anda alguma coisa no ar!... disse-me, há dias, em tom profético, um dos meus vizinhos nesta, outrora, aprazível rua do Rozo, onde moro há dezesseis anos e de onde só sairei se a Diretoria Geral de Saúde Pública não vier em meu socorro e também em defesa do precioso sangue azul daquele que, dentro em breve, verá o bom e o bonito no palácio Guanabara.

Não se trata de boatos. Boatos, em nossa terra, não tiram o sono a ninguém. Espalhem-nos por aí à ufa e escolhidos entre os mais trágicos, mais estarrecedores, e eu dormirei em paz no seio de Abraão, que é assim como quem diz: o travesseiro da tranquilidade.

Trouxessem-me, entretanto, para cá os sete dormentes, o filósofo Epimênides, a princesa do Bosque e todos esses tórpidos da lenda que eu me responsabilizaria a pô-los de pé num pronto e acordados de uma vez, porque não há sono que resista à praga que infesta as vizinhanças do palácio Guanabara.

Sempre tive Moisés, o do Êxodo, em boa conta, agora, porém, com as pequeninas ventosas aladas que me anemiam ao som de motivos *a la Debussy*, e lembrando-me dos tais cínipes que o famoso condutor de Israel espalhou no Egito, considero-o um homem sem entranhas ou de maus bofes.

Nós, os futuros vizinhos do Rei Soldado, contávamos com os embelezamentos que estão tornando o Guanabara uma das maravilhas, (não direi do mundo, porque não quero ir tão longe com o louvor para não cansar as interjeições, fico nos limites da cidade e digo apenas) – deste distrito, mas com a prova que nele se vai fazer isso, não!

Como o Rei Alberto ganhou fama de herói no *front* e ainda o dizem aviador temerário, alpinista dos mais ousados e não sei que outras lanças tem ele metido em Áfricas por aí fora, o Brasil, diante do qual a Europa, quer queira, quer não queira, há de curvar-se mesmo, resolveu quebrar-lhe a proa, e que fez? encheu de mosquitos o parque do palácio em que se vai hospedar o destemeroso monarca.

Ai! dele...

Conta a lenda que Siegfried, por antonomásia o "menino sem medo", zombava de tudo – de homens e de dragões, de feras e de abentesmas – e lamentava não conhecer o tal medo "que arrepia as carnes e põe os cabelos em pé!".

Dormindo com uma princesa, certa dama, que o ouvira bravatear, resolveu tentar uma experiência e, aproximando-se do leito, pé ante pé, com uma celha d'água cheia de pequeninos peixes, despejou-a, dum lanço, no adormecido.

Despertando com a frialdade e vendo os animais remexerem-se palpitantemente nos lençóis, Siegfried teve o que tanto desejava ter: medo.

Pois vai acontecer o mesmo ao rei herói.

Não se arreceou ele das balas alemãs, nem dos zepelins, nem dos gases, voa de uma cidade a outra com a mesma tranquilidade com que nós andamos dentro de casa, vai aos píncaros nivosos sem um capote sequer. É um novo Siegfried...

Cá o esperamos nós, não com a celha d'água fria e peixes, como fez a aia da princesa, mas com os mosquitos para os quais não há píretro, nem cortinados.

O pior é que, querendo os tais insetos (que acompanham o capricho do governo, empenhado em mostrar tudo a primor) fazer entrada de leões treinam-se dia e noite nos moradores do bairro, de sorte que andam todos (os moradores) como se se houvessem levantado de varíola ou de sarampo e tomando almudes de hemoglobina para refazerem o sangue que lhes sugam, com música, os futuros vencedores do Rei Alberto.

Pobre Príncipe, pelo que tenho sofrido, só com os exercícios da mosquitada que o espera de ferrão em riste, confesso que não lhe queria estar na pele. Ao menos, quando sair e lhe perguntarem, lá fora, como foi acolhido no Brasil, ele dirá suspirando, com saudade do sangue que perdeu:

– Com mosquitos por corda, como por lá se diz – e mostrará os sinais na pele.

Esta parte, por ser surpresa, não apareceu no programa das festas oficiais, sendo considerada pelos encarregados do protocolo: ossos do ofício.

O diabo é que quem os está roendo em primeira mão somos nós, que nada temos com o peixe.

O meu dia, 1922

À CIDADÃ...

A pruderie da intendência não consente que o transeunte faça concorrência ao corpo de bombeiros no serviço altamente higiênico da irrigação das ruas da cidade. As mangas podem molhar as calçadas, podem mesmo alagar a cidade num dilúvio profilático contra os micróbios que passam despercebidos às vassouras mecânicas da Gary, mas o burguês, o pacato, o respeitável e apertado burguês esse não tem direito de pôr as mangas de fora. A intendência não permite e alega umas tantas coisas cheias de moralidade e de higiene que põem o pobre contribuinte em calças pardas.

O cachorrinho pode alçar a perninha nos muros da intendência, o cachorrinho não paga multa, tem imunidades; o burguês, esse não. Se para nas esquinas onde, graças à extinção dos conventos, não há mais frades de pedra para consolo dos espíritos religiosos e liquidação dos apertados, um fiscal pundonoroso, seguindo o rastilho úmido do "útil mesmo brincando", cobra a rega fisiológica, às vezes mesmo antes da operação final, quero dizer, das últimas reticências... A intendência, respeitando com severa austeridade os princípios pudicos da decência, anda de olho alerta e, mal pressente que um homem, impelido pela sua própria condição de eterno derivativo, vai se cosendo ao muro, prudentemente, cautelosamente, franzindo a cara num esforço, chega-se-lhe ao ouvido e, em vez de fazer como as amas o pchii carinhoso e soberanamente diurético, pede-lhe 10 mil-réis em nome dos princípios sisudos da municipalidade. O homem paga sem tugir, paga e corta, porque o fiscal, no seu grande zelo de mantenedor da limpeza pública, não consente que o desgraçado leve a termo o seu desabafo cor de cerveja Spaten.

É por isso que o povo anda cheio de necessidades.

Mas, honrada e sóbria fiscalização urbana, ainda que mal pergunte – onde queres que o munícipe, vassalo, contribuinte e alistado, alije? onde, em que ponto, em que número? se estamos sem número, sem cômodo próprio para esses misteres, em que o fisco anda a meter-se como o célebre bichinho dos rios da Amazônia?

Ó preclaríssima intendência, respeito imensamente as tuas intenções de saneamento, estou de pleno acordo com as posturas municipais... mas parece-me que são demasiadamente fortes contra as posturas individuais. Deixa que cada um ponha onde bem lhe parecer... já que não há retiros suficientes para satisfação de quantos são violentamente atacados pela corrente interna para as quais, nos primeiros tempos, a prudência das mães inventou a represa das fraldas...

Ou cubículos ou uma postura municipal obrigando-nos a usar calças de pano esponja... porque, apesar da carestia dos gêneros, é muito 10$* cada vez que...

Bilhetes postais, 1894

---

* Dez mil-réis. (N. E.).

À INTENDÊNCIA

*E*ntenda-se a intendência – quer a cidade limpa e os pés sujos. Remove o lixo das ruas e nega ao cidadão o direito de tirar o lodo dos pés (ao inverso do adágio). Manda varrer as vielas e proíbe que se engraxe os sapatos; permite a vassoura e degreda a escova. Ó sábia instituição de edis, lembrai-vos de que Deus amou a limpeza, lembrai-vos de que a limpeza deve começar pelos pés que são a base do corpo, a menos que a vossa paciência não resolva em contrário. Sem pés limpos não há limpeza completa – *mens sana in corpore sano*; pés lavados em botas engraxadas, eis a base do asseio universal.

Sei que os homens não valem pelos pés – nem os homens nem as instituições, ambos podem subsistir ainda que em mau pé, pode mesmo um indivíduo ter quatro pés lustrosamente engraxados sem que por isso ganhe mais alguma coisa no conceito das gentes, mas parece-me mais digno ver um homem com o pé luzido a vê-lo sordidamente com um pé de porco, com perdão da palavra.

A questão dos engraxates é grave... Cuidado, cândida edilidade! por muito menos perdeu Martinho as botas...! O povo da capital, essencialmente ilustrado, não se habituará, decerto, às batinas sem lustro.

Engraxar não é só uma limpeza para o fluminense – é um hábito. Que nos tirassem o da Rosa vá, mas o da graxa é muito e Deus queira que a intendência não vá além das botinas.

Quem há no Rio que às cinco da tarde passe por uma cadeira sem repousar os pés para a fricção do asseio? só os que andam descalços, esses não costumam engraxar as botas.

Os antigos, do tempo que chamamos obscuro, sacudiam o pó das sandálias à porta das cidades e nós, em fins do resplandecente século, somos forçados a carregar o pó das sarjetas nas gáspeas dos sapatos foscos.

Ó crua! já que resolveis tão sabiamente, ensinai ao fluminense o meio de descalçar essa bota...

Meteis despoticamente as mãos pelos pés. Há quem diga que a vossa intenção foi toda democrática, quisestes pôr toda gente num pé de igualdade: como há munícipes que não dispõem do níquel, resolves acabar com o engraxate. O sujo deve ser igual para todos, eis o princípio, quero dizer, o fim da lei municipal.

Em tempos que vão para o esquecimento, lembro-me de que engraxava as botas e ando hoje com os pés cheios de lama, porque, infelizmente, não os posso trazer no bolso, sou forçado a pisar com eles as calçadas da cidade que parecem, muitas vezes, ter sido vítimas da mesma lei niveladora que tanto humilha o calçado.

Acho estranho que a intendência que foi sempre ilustre deslustre agora. Tirai-nos o bife, mas, por amor da decência, deixai-nos pelo menos a graxa.

Se algum dia suceder-me a desgraça de ser agarrado por um fiscal, por trazer as botas sujas, para quem hei de apelar? para os engraxates... pobrezinhos!

Tristes sapatos meus... vontade tenho eu de vos trazer bem limpos, mas como?

Mais infelizes do que vós, preclaros intendentes, somos nós todos munícipes. Vós outros sabeis onde haveis de limpar as vossas mãos que andaram a revolver pomada e graxa, sabeis perfeitamente que a uma parede qualquer podeis limpá-las, mas os nossos pés, os nossos poentes pés, ó intendência, onde os limparemos nós?

Bilhetes postais, 1894

O MORRO DO CASTELO

Sempre que surge a ideia do arrasamento do morro do Castelo a Tradição levanta-se, com furor macabro, tocando a rebate com os ossos de Estácio de Sá, a bradar:

"Que é uma profanação! Que se não deve bulir em uma só pedra do morro, que foi o berço da cidade e que é o túmulo do fundador da mesma".

A Tradição mente. Dizem notas históricas que Estácio de Sá, tendo partido com a sua esquadra do porto da Bertioga a 20 de janeiro de 1566 fundeou no Rio de Janeiro a 1º de março do mesmo ano. E acrescenta textualmente:

"Estácio de Sá em consequência da fortificação francesa, não quis expor-se a ancorar próximo dela, e ficou à entrada da barra, próximo ao Pão de Açúcar; e, saltando para terra com a infantaria, principiou a construir entre o Pão de Açúcar e o morro da fortaleza de São João fortificações e quartéis, e a tornar esse lugar inexpugnável ao inimigo.

"Outros estabelecimentos se foram fazendo para habitações, entre eles uma tosca igreja coberta de palhas, para oração e celebração dos ofícios divinos.

"Este povoado, chamado Vila, com a transferência dos habitantes para o lado oposto ficou sendo chamado Vila Velha."

Isto prova que a cidade nasceu na praia Vermelha e não no morro do Castelo. Prossigamos sobre as notas:

"Não obstante a luta incessante em que se via o capitão-mor Estácio de Sá com os seus indômitos inimigos, e ter pela força das circunstâncias escolhido o local entre o Pão de Açúcar e o morro de S. João para se estabelecer com a sua gente, e ter nesse mesmo lugar fundado o primeiro povoado português, com alojamentos, fortificações e templo, reconheceu que ele não tinha as condições necessárias para uma cidade, e então escolheu na parte oposta, e fronteira à entrada da barra, no lugar chamado da Piaçaba, que era uma planície paludosa, onde foi construído o pequeno edifício em 1582, para hospital da Misericórdia, circulado de casas e forte ou baluarte, principiado por Villegaignon, continuado e concluído por Mem de Sá, para defesa, chamado de *S. Thiago* e hoje Ponta do Calabouço, onde se acha o arsenal de guerra...".

Passemos agora aos ossos do fundador: Sucumbindo a 20 de janeiro de 1567, em consequência da flechada que lhe atravessou o rosto, foi Estácio de Sá sepultado na capela tosca do arraial de S. João, ou Vila Velha.

Dezessete anos depois Salvador Corrêa de Sá transferiu o precioso despojo do valente capitão-mor, seu primo, para a igreja de S. Sebastião do Castelo, confiando-o à guarda dos frades capuchos.

"Correrão os tempos e tendo-se de bulir na sepultura onde, pela inscrição, se supunham estar os restos mortais do capitão-mor Estácio de Sá, o superior dos capuchos, não querendo tocar na lápide sem participar a S. M. o Imperador, este ilustrado Senhor determinou que o Instituto Histórico se encarregasse da exumação e verificação do depósito precioso ali guardado.

"Foi marcado o dia de domingo, 16 de novembro de 1862, para suspensão da lápide, e exumação dos ossos de Estácio de Sá, o que foi feito em presença de S. Majestade e dos membros do Instituto Histórico.

"Nas primeiras camadas de terra acharam-se *ossos de criança*; mais em baixo ossos de um adulto; e ultimamente, em grande profundidade, acharam-se alguns ossos, já reduzidos a poeira, que sem o menor critério *reconheceram-se** ser de Estácio de Sá."

Eis, pois, reduzidos à poeira todos os argumentos da Tradição.

Pela teoria sentimental dos chamados tradicionalistas teríamos de ficar com cidade tal como no-la deixaram os seus primeiros povoadores: tortuosa e acaçapada, com alagadiços, e caldeirões, corcoveada em ladeiras, viçosa de matos, com os seus exidos e logradouros, as suas chácaras limitadas por sebes floridas, os seus pousos avarandados, as suas valas de agrião, as suas hortas e almoinhas e o mais.

O morro do Castelo é um quisto no rosto da cidade, uma verruga monstro que está, há muito, pedindo exerese.

E que nos dá essa excrescência? É um enorme monturo de casario arruinado e lôbrego onde se aloja a miséria e pulula a vérmina.

É do Castelo, muralha que se opõe aos ventos beneficiadores, que descem, em nuvens ravazes, os cupins que infestam todos os prédios da Avenida. O morro, na sua velhice rabugenta e sórdida, faz guerra à cidade que se lhe estende aos pés, devasta-a com as suas hordas, inficiona-a com o seu enxurro, abafa-a com o seu bócio, defendendo-se com um pouco de poeira fúnebre, poeira anônima, que a Tradição quer que seja a dos ossos de Estácio de Sá.

A urna, sobre ser hedionda, é excessiva. Para conservar o que resta do corpo do valente capitão-mor lembrou o Prefeito que, no terreno achanado, se alinde uma praça e nela se erija um monumento que ensine ao Futuro a história da cidade, não inscrita no lixo de uma alfurja, mas gra-

---

* O grifo é da Crônica.

vada no mármore e no bronze pela mão da Verdade e com arte. E ficaremos livres dessa espécie dc tumor, a esputar constantemente sobre a cidade a sânie da sua imundície.

Deixemos a Tradição arrepanhar molambos, entre bugigangas e cacarecos, escassilhos e trapos. As próprias imagens quando o tempo as deforma, para que se não tornem ridículas no altar, são lançadas ao fogo e, nem por isto, a religião declina e a fé esmorece na alma.

O meu dia, 1922

CÃES

Até bem pouco tempo a nossa Guanabara tinha no golfo de Nápoles e no canal do Bósforo dois temíveis rivais. A opinião dos viajantes dividia-se: uns optavam pelo mar cerúleo e dourado que banha Sorrento; outros preferiam as águas em que se refletem os minaretes das mesquitas; a maioria, porém, dava o cetro da beleza à nossa baía, também azul e espelhando, em vez de zimbórios e flechas, mucharabiés e eirados o recorte imponente das nossas montanhas.

A engenharia administrativa, em escandaloso surto estético, pôs fora de concurso a nossa baía.

Quem a vê agora, com o agudo promontório que lhe cravaram na orla, pensa nos botocudos cuja elegância se manifestava pelo maior tamanho do tembetá. E, assim, os que pretenderam aformosear a cidade, corrigindo-lhe a curva litorânea, fizeram-na regredir à primitiva selvageria ornando-a com um batoque.

Se não pode mais o Rio rivalizar em beleza com a antiga Partênope; se a famigerada Istambul das odaliscas já lhe não teme os contornos, a primeira não poderá com ela competir em cinismo porque só tem a gruta do cão em Pausilippo e a segunda, em tal riqueza, também lhe não levará vantagem, apesar do que dela disse De Amicis, que é: "um imenso canil".

Já é um consolo, deixem lá! Perdemos na estética, mas ganhamos em caínçalha.

Que cidade haverá no mundo onde os cães vivam tão à vontade como nesta, que seria para Diógenes um paraíso?

O cão é, aqui, o dono das ruas, o senhor das casas, patrono dos jardins, o feitor dos parques. Há-os de todas as raças, de todos os tamanhos – felpudos e glabros; altos e rasteiros; mansos e ferozes, todos, porém, ladram, uivam, cainham. Em certas épocas andam matilhas sôfregas pelos bairros: canzarrões e podengos reles, buldogues e galgos, policiais e caniches, rafeiros sem dono e lulus de coleiras de prata, às vezes, até, minúsculos Kings Charles que mal chegam com as ventas ao farisco.

Alguns, acautelados pelos donos, usam açamo, não por amor às canelas que lhes passem perto, mas para que não comam bola. Tais, porém, são raros: a maioria traz a dentuça livre e como, nos tais períodos de arruagem, o sangue ferve-lhes nas veias, por dá cá aquela palha ei-los engalfinhados, rebolando na poeira, às pilhas, e ai! de quem se atreva a passar perto de tais entreveros: o menos que lhe poderá acontecer será ficar em ceroulas no meio da rua, porque o resto da farpela ir-se-á nos colmilhos da canzoada erótica.

Além do risco que corre a população em tais momentos idílicos, outro há mais grave, que é o dos cães danados.

Vai tranquilamente o andejo por uma rua ou praça, eis que lhe surge pela frente um molosso macambúzio, cabiscaído, com a baba em fio no focinho. Outros cães, à distância, ladram como a anunciar o perigo que ali vai em quatro patas, e de rabo entre as pernas.

O transeunte, que não tem faro de cachorro, não atina com a razão da inferneira da matilha perseguidora e prossegue. O animal alcança-o, franze o focinho, chispa-lhe um olhar vítreo e, de salto, aboca-o, ferra-lhe os dentes, escarniça-o e vai-se de galope, deixando no caminho a baba virulenta.

Só então compreende a vítima o horror da sua desgraça e trata imediatamente de conjurar as consequências horríveis, buscando o Instituto Pasteur, onde se submete a tratamento longo e doloroso.

E o cão foi-se adiante, como epidemia, mordendo a torto e a direito, disseminando o mal hediondo.

A Prefeitura mantém um serviço de apanha-cães que é uma das mais curiosas farsas da nossa vida urbana.

Os donos de totós de luxo, mal avistam a tal caranguejola, com o seu pessoal armado de laços de arame, tratam de os pôr a salvo e os "gosos" e fraldiqueiros, que são os que mais berram, sentindo-se defendidos pelas grades dos jardins e pela Constituição, que garante a inviolabilidade dos lares, tomam pagode com os da carrocinha, ladrando-lhes mesmo na cara, em tom de remoque.

Os cães vagabundos, criados na sarjeta, esses já conhecem a carroça pelo rodar e, mal a descobrem na esquina, dão o fora – metem-se pelos corredores das casas, invadem jardins ou escafedem-se quebrando esquinas, deixando os caçadores a ver navios.

E a família canina prolifera fantasticamente: nascem cães em toda parte – nos capinzais, nas ruínas de prédios, em covas das praias, nos matos, nos porões das casas e, no andar em que isto vai, dentro em breve esta cidade será mais habitada de cães do que foi a ilha de Marmara, no tempo em que os turcos compreenderam que, apesar das leis maometanas defenderem os animais, precisavam defender-se a si mesmos para não ser devorados pelos invasores de Constantinopla.

O pior, porém, é à noite, com lua ou sem lua.

Recolhe-se um homem fatigado de todo um dia de pesado mourejo, deita-se, faz ninho para o sono, extingue a lâmpada, encomenda-se a Deus, cerra as pálpebras e vai começando a adormecer quando um cão, na vizinhança, por ter visto passar um gato, murganho ou transeunte, rosna, investe ao gradil e late. Logo outro, adiante, sem saber por que, responde; levantam-se ladridos de todos os cantos; nos jardins, nos quintais; acodem cães vadios, amatulam-se e é tal a canzoeira que não há sono que resista. E é pela noite dentro com ligeiros intervalos, tréguas que são repouso para latidos mais estrondosos.

Ou então é o uivo, o triste aulido dos cães líricos que, com tais vozes lamentosas, mandam as suas queixas à lua pálida ou, como dizem os supersticiosos: vaticinam mortes na vizinhança.

Os que acreditam em agouros persignam-se, esconjuram ou, levantando-se da cama, com risco de resfriamento, batem, três vezes, com o chinelo no soalho. Os espíritos superiores, livres de abusões, não atribuem maus presságios às lamúrias caninas, mas não dormem, não conseguem conciliar o sono porque os cães tomam conta da noite e só se calam ao raiar da alva, quando a lua empalidece e as ruas acordam com os primeiros rumores.

O cão tem os seus títulos de nobreza. As lendas chegam a considerá-lo herói solar e o homem deve-lhe muita gratidão porque ele foi o seu mais fiel aliado nos rudes tempos da vida nas cavernas ainda como guerreiro a Idade Média o considerou em alta conta açulando-o contra os inimigos em cargas cerradas.

De guerreiro passou o alão a polícia, decaindo, por fim, em guarda noturno. Tudo é verdade, mas, que diabo! lá porque os mastins de outrora prestaram serviços na paz e na guerra não devem os seus descendentes abusar do que fizeram pela Humanidade os seus valentes avós.

Contentem-se com o osso e roam-no em silêncio e não rosnando e ladrando.

No tempo em que se amarrava cachorro com linguiça, quando esta cidade, sem tantos melhoramentos, era considerada a mais bela do mundo e a de mais doce viver, não havia tantos cães como agora. Lulus, ninguém os conhecia;

cães de regaço eram raros e nas ruas cachorro sem dono ou galgo airoso, fosse o que fosse que andasse a intrometer-se pelas pernas dos transeuntes, a revolver monturos ou a proceder inconvenientemente *coram populo*, era logo posto à margem pela bola dos fiscais, que eram os Borgias da Municipalidade.

Tão raros eram, então, os cães que os poetas do tempo diziam:

> À meia-noite, quando todos dormem
> E ladra à lua solitária o cão...

O cão...! Bom tempo... Hoje ele diria: os cães...

Essa canzoada veio com o progresso e quanto mais progredir a cidade mais ela crescerá até que, sendo mais cães que homens, tenham estes que ceder à força e aos dentes.

Se aos malandros sem profissão, a polícia trata de chamar à ordem, e, quando não atendem, põe-nos à sombra, por que não há de fazer o mesmo aos cães vadios?

A cidade é que não pode ficar à mercê da canzoada, que a infesta como lepra e, ainda por cima, não a deixa dormir.

Feira livre, 1926

O ETERNO FEMININO

A EVA

*E*va, no andar, ou melhor: no voo em que vais, com as asas que tens, uma de anjo, que te ficou das mãos de Deus, outra de demônio, que recebeste de Lúcifer na hora da tal conspiração do fruto, tão azedo para a Humanidade, dentro em breve chegarás a Adão, tornando ao de que saíste.

Então só porque te geraste de uma costela do homem entendes que hás de ser homem? Estás enganada. És apenas um osso, bem duro, às vezes, de roer. Uma costela não é tudo, falta-te ainda muita coisa para que possas virar casaca. Ou muito me engano, Eva, ou tu estás comprometendo a tua felicidade, procurando sarna para te coçares, como diz o povo na sua linguagem pitoresca e forte.

Quis o Senhor que fosses independente, senhora do teu nariz, e, tirando-te do masculino, fez-te feminina, dando-te prendas especialmente criadas para teu uso, das quais, com habilidade, fizeste armas e foram elas: beleza, graça, fragilidade onipotente, e mil segredos astuciosos com que dominas, soberanamente, a vida.

Não contente com tais dons entendeste, de uns tempos a esta parte, que devias... ser, não, digo: parecer homem. Pensa no que estás fazendo, mariposa imprudente! Vê lá! não se te queimem as asas nas chamas que andas rondando.

Primeiro, foi apenas a veleidade de querer votar e reclamaste, como sufragista, o direito de ir às urnas. Os homens opuseram-se a princípio, como, porém, *ce qui femme veut Dieu veut*,* obtiveste o ambicionado título e lá foste com a tua cédula ao escrutínio. Não contente com ser eleitora quiseste ser eleita e saíste do lar para a praça pública a fazer *meetings*, afixaste cartazes com o teu nome, espalhaste circulares prometendo mundos e fundos, tal como os homens e, com os mesmos intuitos enganadores – de não cumprir as promessas, – cabalaste, compraste votos, falsificaste atas, pintaste a saracura até com defuntos, que vieram do outro mundo votar em ti, e, às duas por três, venceste, foste reconhecida, tiveste assento no Parlamento e falaste.

Não tardou o delírio político e passaste para a oposição, com armas e bagagens, dando por paus e por pedras. Na primeira conspiração que se tramou quiseste logo lugar de destaque. Deram-to.

Como não sabes guardar segredo foste vítima da tua tagarelice e, entranhada nas malhas de um processo, conheceste os horrores do cárcere, a pão e água, e a coroa do martírio cívico cingiu-te a cabeça formosa.

Não te emendaste. Rebentando a guerra surgiste, como Minerva, armada. Não sei como te portaste nas trincheiras, ficou, porém, provado que nos primeiros combates deixaste nas mãos do inimigo a cauda dos vestidos; no segundo lá ficou a barra e se a Paz não viesse a tempo terias regressado dos campos de batalha como andavas no Paraíso, antes do pecado: vieste de pernas de fora dizendo que encurtaras o vestido, não por malícia, mas para ter os movimentos livres, podendo entrar em fogo com mais desempeno e também por economia, porque assim poupavas alguns metros de pano.

E as pernas ali ficaram e por aí andam e impouseram-se com tal desembaraço que hoje ver pernas até os joelhos é tanto como ver braços até a axila: ninguém liga.

---

* O que a mulher quer Deus também quer. (N. E.).

Depois de cortares os vestidos cortaste os cabelos, sacrificando um dos teus ornamentos, como as amazonas de Pentesileia queimavam o seio esquerdo e por aí andas a *la garçonne*, com a nuca exposta.

Mas Eva, subindo a nudez pelas pernas e descendo pelo pescoço dentro em pouco... Sei lá! Enfim, tua alma, tua palma. Agora, porém, a tua ousadia começa a preocupar-nos. Que querem dizer essas cartolas que por aí aparecem nos mostruários das lojas?

Cartola! Não! Isso não! Tem paciência: é demais! Onde tens tu a cabeça? Não sabes que a cartola exige a sobrecasaca e terás tu coragem de aparecer em público com essa antigualha hedionda que, hoje, só poderá ser encontrada em museus ou na farraparia de algum adelo?

Se começas pela cabeça amanhã talvez resolvas cuidar das pernas e aparecerás na Avenida de calças... e será o dia do Juízo, para não dizer o contrário.

Que nos pretendes, afinal, deixar, a nós, que te cedemos uma costela e por contrapeso a nossa liberdade e tudo quanto o teu capricho exige da nossa resignação?

Que mais queres, dize? Barba? Ah!, isso não, tem paciência. Barba nunca terás, nem à mão de Deus Padre, e muitas outras coisas hás de desejar em vão...

Sei que assim procedes em represália contra certos atos do homem que, segundo entendes, ofendem direitos do teu sexo como sejam: a cara raspada, os casacos cintados, o uso do pó de arroz, de cosméticos, *rouges* e outros requifes de *toilette*.

Não deixas de ter razão: se o homem põe abaixo a barba por que não pode a mulher cortar o cabelo?

Mas falemos como bons amigos, Eva. Dize-me com a mão na consciência: de que te serve andares com tantos disfarces e arremedilhos masculinos se, no fundo, hás de ser sempre mulher? *Chassez le naturel, il revient au galop.** E tu bem sabes que é assim.

---

* Expulse o natural, ele volta a galope. (N. E.).

Eu só te digo que isso de querer ir além das próprias forças é sempre perigoso, e lembro-te o que disse Vieira do peixe voador que, tendo-o Deus feito para nadar, quis voar e o resultado foi ir de encontro às enxárcias do navio, cair aturdido no convés onde o apanharam os marinheiros que o escamaram e o puseram a frigir em uma sertã.

Sorte idêntica à do peixe terás tu, Eva imprudente, se insistires no propósito de querer parecer o que não és. Não digo que saias frita, porque não és peixe, ainda que, às vezes, o sejas e no aumentativo, mas escaldada sairás.

Deixa-te de teimosias! Que lucras com essas incursões no outro sexo, de cabelo curto e cartola? Já fumas e conseguiste o voto, vitória não pequena, trazes as pernas à vontade... que mais? Tira-nos tudo. Queres, talvez, a inversão dos papéis? Isso, Eva... Tem paciência... Isso é impossível. O que é, é mesmo e viva cada qual como Deus o fez. Se todos se passam para um só sexo, dar-se-á com a sociedade o que acontece com os barcos quando todos os passageiros se ajuntam a uma das bordas... e mais uma vez a Humanidade sofrerá por tua culpa.

Não, Eva – os adágios são leis e há um que diz: "Cada macaco no seu galho". Fica-te no teu e deixa-nos o nosso. Cartola, não!

E, além do mais, nem galho é: cartola é jaca, fruto.

Decididamente não te emendas com essa mania de frutos. Perdeste o Paraíso e a graça de Deus por um, queres agora perder a graça dos homens por outro, e este um fruto monstruoso e cheio de caroços.

Não, Eva, tudo que quiseres, menos cartola. Tira essa coisa horrível da cabeça.

Feira livre, 1926

À. T. Ļ.

Que penso eu das mulheres?

V. Exa. mostra-me o caminho de Tebas. Quer que eu dê a solução do enigma que tem sido tantas vezes proposto aos altos juízos dos homens e mesmo aos oráculos divinamente inspirados.

Devo dizer, Exma., que não sou Édipo. Fui, sempre avesso às charadas e impenetrável aos enigmas – o único problema que consegui decifrar até hoje foi: "Branco é galinha o põe" – conceito a *la coque*. Esse apenas, não mais!

Que penso das mulheres?... penso tudo, minha senhora... penso tudo... Não tenho razão de queixa contra o formoso sexo, prefiro-o mesmo ao outro, mas dizer à queima-roupa – o que penso... por quem é! perdoe-me... não tenho resposta para a primeira questão, a menos que não venha dizer o que me segreda a malícia: a mulher é um enigma sem solução... e é muito pulha, não acha? eu cá por mim digo a verdade – é muito pulha, mas profundamente verdadeiro.

Se a mulher deve ser emancipada?

No tempo da campanha abolicionista combati energicamente o partido chamado emancipador – queria a liberdade incondicional, inteira, completa – nada de meias medidas; hoje, pensando do mesmo modo, entendo que a mulher deve ser abolida.

Que penso da mulher como "inteligência"?

Para mim, minha senhora, sem *blague* toda mulher é um gênio, dois gênios. Não há cérebro de homem, por mais fértil que seja, que disponha de tantos recursos como o de uma mulher. A *coquetterie*, outros dizem que é um instinto... vá que seja um instinto *a coquetterie*, mas as astúcias, os ardis habilidosos, as pequeninas mentiras de amor, as carícias lisonjeiras que escravizam, humilham e subjugam o miserável sexo vulgo – o forte, tudo que constitui o formidável segredo da atração de Eva, que é senão o resultado de um fecundo gênio criador...? Para mim, amável senhora, a mulher é um talento superior...

Que penso do amor feminino?...

Acho melhor ficarmos aqui; não aprofundemos.

Bilhetes postais, 1894

AOS GINÓFOBOS

*E*fetivamente há bárbaros que não adimitem que uma senhora tenha interferência nos negócios públicos; acham que a mulher só está no seu papel quando trata de negócios particulares da vida privada.

Protestam contra a mulher que vota, protestam contra a mulher que advoga, protestam contra a mulher que cura; entretanto, penso eu, haverá coisa melhor do que ser feito, por uma mulher, deputado, intendente, senador, ou... impe... quero dizer – presidente do Divino? Haverá coisa melhor do que ser posto no olho da rua por uma mulher, depois de ter praticado coisas hediondas? Haverá, por acaso coisa melhor do que mostrar a língua a uma senhora e consentir que ela nos apalpe, que ausculte os nossos órgãos, que nos tome o pulso...?

Bárbaros adversários do belo feminino. Eu, que aqui estou, daria uma perna ao Diabo se uma mulher me levasse à câmara. Se algum dia me subir o sangue à cabeça, forçando-me a quebrar a dita a alguém, o meu advogado há de ser uma advogada.

A mulher fala demais, dizem, mas meu caros, o melhor advogado é aquele que mais berra – um mudo faria uma tristíssima figura no tribunal do júri. Acham que a mulher é curiosa, mas a curiosidade leva a indagação e diagnóstico é o nome científico da curiosidade. Acham que a mulher não tem senso prático, não admitem que as senhoras vão às urnas porque as senhoras deixam-se levar por cantigas... e os homens?

Que votem as senhoras, que advoguem, que legislem, já estou farto de governos masculinos... as mulheres que venham, que saiam a campo as saias.

Vós outros que admitis a mulher atriz, a mulher caixeira, a mulher casada, a mulher viúva, a mulher etc., etc., por que não haveis de admitir a mulher formada? Concedeis à filha de Eva a carta de amor e negais a de bacharela, por quê? Deixai que passe a mulher.

Nós somos o fator, mas a mulher também não deixa de o ser. Se começamos a guerreá-las... que será de nós? Pazes, meus amigos, abramos os braços às mulheres, elas que venham! Não deformemos o triste esqueleto humano, roubando-lhe a melhor costela.

Nada de exclusivismo – a mulher pode perfeitamente exercer as funções que nós outros exercemos, salvo nos casos do... art. 2º & 3º das disposições transitórias dos contratos... Mas, pelo amor de Deus! nada de guerrear o sexo. Pazes... Eva que surja.

Bilhetes postais, 1894

PERFIS

SANTOS DUMONT

O Brasil espera que cada um cumpra o seu dever, mas só estima a ação dos seus beneméritos quando o mundo a apregoa.

As nossas glórias só valem depois de contrastadas na cotícula da Europa; quem as afere é o estrangeiro. Sem o reconhecimento do grande cartório de Paris, que apõe aos títulos a sua chancela, não há mérito de brasileiro que valha. A própria natureza, esse mimo de Deus, só orgulha porque lá fora a celebram.

Quem descobrir no íntimo aquilo que André Chénier declarou, do alto da guilhotina que sentia latejar em si, se quiser triunfar e impor-se ao mundo passe-se a terras d'além-mar, preferindo, entre todas, a que fica às margens do Sena, a mais eminente, que de toda a parte é vista, por ser o viso onde culmina e refulge a Civilização.

Temos um exemplo flagrante em Santos Dumont que, apesar de todo o seu patriotismo, preferiu, para os seus primeiros tentâmens, ao céu sempre límpido e azul do seu Brasil, o céu brumoso de Paris.

Fez bem. Se houvesse insistido em fazer as suas experiências de implume em qualquer ponto da nossa terra, levantando-se em alores indecisos, ora sem rumo, ora oscilantes, todos o apupariam e o aparelho em que tentou a primeira arrancada talvez não resistisse às pedradas e ele próprio, desanimado, certamente teria desistido da empresa ante assobios e corrimaças com que lhe haviam de troçar a audácia pretensiosa.

Foi-se caladamente, fechado no seu segredo e, em Paris, pôs-se a trabalhar escondido, como Gutenberg em Mogúncia e, quando, na manhã de 12 de julho de 1901, arrastou do pavilhão misterioso, como de um casulo, a crisálida em que devia romper ao alto antes que o sol abrisse de todo os raios, poucos eram os que lhe viram o ousio.

E o homem alou-se da terra, librou-se no espaço, inflectiu à direção mirada, fez a volta à Torre Eiffel. Era a primeira vitória, com a qual, conquistando o domínio elíseo, mereceu, mais do que o prêmio Deutsch, o telegrama de Edison, que o saudou com o título de "Bandeirante dos ares".

O Brasil – era, então, Presidente Campos Sales – fez votar um prêmio de cem contos e cunhar uma medalha comemorativa do feito. E foi tudo.

Como filho amoroso, tendo firmado a glória imorredoura do seu nome em França, que é tanto como dizer: no mundo, preparou-se o alígero para trazer à Pátria as páreas do seu triunfo. E veio.

Houve, não há negar, certo entusiasmo no primeiro instante, entusiasmo ou curiosidade, não sei bem. O Rio movimentou-se, encheram-se as ruas, pronunciaram-se discursos, recitaram-se odes, serviram-se vários banquetes com *vols-au-vent* à ufa, creio, até, que houve um baile, por sinal que o homem aéreo não se portou com a leveza plumária que as damas dele esperavam, porque não tivera tempo de aprender a dançar. Tantos eram os estudos e trabalhos em que se aforçurava que, às vezes, nem minutos lhe sobravam para comer, como aconteceu no dia memorável em que, tendo de corrigir o aparelho para arrojar-se ao grande surto, entrou no galpão às primeiras horas da manhã e, até a noite, não teria levado à boca uma bucha de pão, se a Princesa Isabel, sua vizinha, que acompanhava, com interesse patriótico, todas as suas experiências, não lhe houvesse enviado, em corbelha florida e com um bilhete gracioso, farta, verdadeiramente principesca merenda.

Dias depois o homem, que, com tanto êxito, realizara o sonho de Júlio Verne e a profecia de Victor Hugo; o homem que imprimira indelevelmente o seu nome no espaço; o homem que conquistara para a sua Pátria o infinito; o homem alado que saíra do contingente para o absoluto, reentrava na condição vulgar de ser da terra, igual aos mais: sem asas nas espáduas, como os anjos, sem a grandeza portentosa dos titãs, sem a beleza olímpica dos deuses, um homem, enfim, como aquele da opereta: *"Pas plus haut qu'ça..."*.*

E o gigante baixou a pigmeu no estalão do culto nacional. Começaram todos a observá-lo de perto, a analisar-lhe o tipo e acharam-no miúdo, raquítico, um dez réis de gente, vestindo as mesmas casimiras, calçando os mesmos borzeguins do comum dos homens, com um chapéu-do-chile encardido, voz um tanto fanhosa e movimentos trêfegos, irrequietos de menino travesso.

E abriu-se a válvula da ironia: "É isso?! Francamente... sempre esperei outra coisa".

O povo não compreendia que um homem que pairou nas nuvens, que poderia ter acendido o cigarro na áscua de uma estrela, ter dormido em uma nebulosa, passado um verão na lua, andasse pela terra a pé ou a bonde, jantasse em hotéis, conversasse em salões, como qualquer mortal áptero e calcurriante. E Santos Dumont desceu de cotação e a troça começou a asseteá-lo.

Em Florença, os que viam Dante no banco em que costumava meditar, passavam de largo sussurrando estarrecidamente: "Aquele é o tal que desceu ao inferno...".

De Santos Dumont diziam aqui os que o viam esgueirar-se na multidão: "Ali vai o cabeça no ar...".

---

* Não suba mais do que isto. (N. E.).

Paris, que aclamou o hóspede atrevido quando o viu nas alturas do seu céu, quis perpetuar em bronze e pedra o grande feito e erigiu em Saint Cloud o monumento formoso onde um mancebo viril, de asas abertas, investe em ímpeto de corrida para alçar-se em voo, rememorando, em símbolo, o arranque sublime do brasileiro, que vingou triunfantemente a altura.

O Brasil...

Felizmente uma voz, e vinda do Alto, de um daqueles que percorreram audaciosamente, entre céu e mar, o caminho devassado pelo grande brasileiro, a voz de Sacadura Cabral, sugere, ou melhor reclama um monumento para o pioneiro da aviação, monumento que será mais de glória para o Brasil do que de justiça para quem tão alto levantou a sua bandeira.

Será ouvida tal voz? Esperemos...

Frechas, 1923

VALENTIM MAGALHÃES

*F*oi o meu primeiro adversário.

Quando estreei no Rio, em 1885, publicando na *Gazeta* um conto, puramente descritivo, intitulado: Pai do céu, Valentim, que, então, redigia as *Notas à margem*, estranhou o meu estilo superabundante, troçou a minha adjetivação excessiva que prejudicava, sobremodo, a ideia, abafando-a: "A floresta não deixava ver as árvores".

Eu, que estava no pleno viço dos meus saudosos vinte anos, melindrei-me com as observações do crítico e, ardendo em fúria, cheguei a pensar em desforço violento e escandaloso. Mas um estupendo poeta épico (que acabou porteiro duma secretaria) lembrou-me, como mais digno, o duelo: um duelo de morte, à espada, num bosque. Aplaudi a lembrança daquele que devia ser o rival de Camões se não tivesse degenerado em empregado subalterno, e juntos fomos procurar certo romancista (que não medrou, por motivos que a história literária não registra) e estabelecemos, com crueza, as condições do encontro: um de nós devia ficar no campo. Esse um, está visto, seria o crítico.

Felizmente nesse tempo o meu apetite era famoso e foi necessário adiarmos a discussão sanguinosa para irmos ao jantar.

À mesa, devorando, a calma baixou sobre os árdegos espíritos e, ao café, já se não falava em duelo. O épico superiormente forte, do alto da sua soberba lira de sete cordas, sagrou-me o "primeiro prosador americano", o romancista augurou-me um futuro deslumbrante e, com um vinho, cujo veneno até hoje me rói as entranhas, bebemos à grande Arte, desancamos toda a cáfila de imbecis (que eram os escritores feitos. Vingai-vos, novos de hoje!) e saímos para a noite estrelada, carregados de glórias, cheios de elogios e de ensopado com repolho.

Os tempos correram levando, pouco a pouco, as minhas ilusões. Eu começava a ver a realidade agreste. O épico esquecera as estâncias que não lhe davam, sequer, para o almoço de assobio; o romancista lançava ao fogo as páginas admiráveis do seu estupendo estudo psicológico; só eu me conservei imprudentemente fiel a Apolo, vivendo como Villon e como aqueles povos da fábula que se nutriam do aroma das flores.

Andava acesa uma grande guerra digna de ser cantada por um aedo. A gente literária dividira-se em dois campos – em um deles tinha sua tenda, que era a *Semana* Valentim Magalhães, no outro avultava o pavilhão vermelho de Murat, ríspido como um Ajax – era a *Vida Moderna*, revista notável, não só pelas formosíssimas produções dos seus colaboradores como também pelas gravuras terríficas que estampava.

Eu, que ainda guardava rancor ao crítico, alistei-me na hoste de Murat e, força é dizer, as batalhas foram soberbas e, se a vitória nem sempre nos sorriu, podemos dizer, com orgulho, que não recuamos de adversários, armados pelos deuses, como Aquiles, que se chamavam: Bilac, Raimundo Corrêa, Alberto de Oliveira, Fontoura Xavier, Filinto de Almeida, Aluísio Azevedo, Luiz Delphino, Júlia Lopes e o chefe, Valentim Magalhães.

A fúria sonorosa de Ajax-Murat retumbava em alexandrinos formidáveis, Artur Azevedo compunha os seus delicados contos em verso, como essa formosa *Soror Martha* ou trazia-nos cenas de Molière, vertidas com a firmeza perfeita com que ele transporta dum idioma para outro as obras-primas da poesia dramática e eu... sei lá! eu vingava-me esvaziando tinteiros.

Bom tempo! Como havia entusiasmo! Como todos nós acreditávamos no futuro! Um dia Murat apareceu-me lívido, bradando contra o público ignominioso que não entendia o nosso jornal. Compreendi. *A Vida Moderna* estava morta. Também, com tantos dragões, com tantas catástrofes na sua primeira página. Enfim... Entramos para a Maison Rouge e lá ao fundo, num salão obscuro, bebemos funebremente uma lutuosa cerveja preta.

A *Semana* continuou. Eu, sempre confiante, com um maço de originais debaixo do braço, procurava um canto sossegado para escrever o meu primeiro romance. Nos botequins não era possível, com a lufa-lufa dos fregueses, os berros dos caixeiros, toda a balbúrdia ruidosa do comércio, da politicagem, da maledicência e da literatice. E assim andava eu errando quando, um dia, me apresentaram Valentim Magalhães.

Guardei certa reserva digna, ele expandiu-se, sorriu e – ó desvanecimento! – falou de todos os meus trabalhos publicados n'*A Vida Moderna*. Lera-os...! Sorri também e, caminhando, fomos até a porta do *Londres* e o meu "cordial inimigo" apresentou-me a Alberto de Oliveira e a Lúcio de Mendonça e ficamos a conversar à porta até que o poeta jurista nos convidou para um grogue honesto. Entretivemo-nos a falar de Arte até as cinco horas da tarde e Valentim, que não perdia tempo, pasmou de que assim o tivéssemos agarrado. Levantou-se apressadamente. Antes, porém, de despedir-se, sem frases rebuscadas, ofereceu-me a *Semana*. Eu mirei-o espantado.

– E a luta?

– Que luta? A luta foi maravilhosa, que diabo! Podemos

falar, com orgulho, das nossas batalhas contra o inimigo comum: a indiferença pública. Pensa, talvez, você que não senti o desaparecimento d'*A Vida Moderna?* Senti e muito, não só como escritor que preza as boas letras, mas também como proprietário de jornal, porque o público, interessado na polêmica, buscava, com ansiedade, a *Semana* e a leitura já se ia tornando um hábito. Nós estamos criando o leitor. O Murat fez prodígios, vocês portaram-se como valentes. Agora, se queres continuar, lá tens a *Semana*. Aquilo é uma casa de artistas onde não cabem inimizades. Se o soneto do adversário é bom vai para a primeira página e com o louvor que merece. Efetivamente era assim.

Nas lutas em que o vi, várias vezes, empenhado, sempre contra adversários temíveis Sílvio Romero, Murat, Mallet, Valentim guardava sempre uma atitude correta, fugindo, com gentileza, às retaliações e aos doestos e só ficando no terreno da discussão, no assunto da polêmica.

No período mais brilhante da sua vida literária que foi, incontestavelmente, o das *Notas à margem*, ele teve fulgurações. Por vezes a sua réplica, rápida e aguda, lembrava as vibrantes represálias de Camilo, o seu colorido tinha vida, a sua forma, se não brilhava pelo bem polido das facetas, era forte e de bom quilate. Era um polemista nervoso, que esgrimia com elegância e firmeza, atacando com lealdade e defendendo-se com graça. Teria, talvez, ficado como um tipo original e único em nossa literatura se a grande febre de produzir, o imenso desejo de desdobrar-se não o houvessem afastado do verdadeiro terreno, no qual o seu espírito se sentia à vontade.

No conto, no romance, no teatro não foi o mesmo homem vigoroso que nos havia aparecido na polêmica e creio que só uma vez a sua alma de têmpera acerada conheceu o desalento: foi quando a Crítica, que esperava o momento para vingar-se, arremeteu impiedosa contra a

Flor de sangue, romance que bem pouco valor tem e que, longe de ser um florão para o morto, é uma falha na sua obra pertinaz de batalhador.

Valentim *via* bem o real para o comentário, sabia dar a exata impressão de uma leitura, achava, ao primeiro olhar, a parte fraca de um escritor ou de uma obra, e, enristando a lança, era terrível o golpe que vibrava, mas a imaginação não o levava longe e, observando para o conto ou para o romance, ele, o minucioso, o homem da lente, que não perdia um detalhe, por mais insignificante que fosse, esquecia-se de tudo e, encantado, enamorado da própria obra, não lhe via os defeitos.

Foi o que se deu com a *Flor de sangue.*

O nome de Valentim Magalhães há de ficar como um símbolo – outro não houve de mais coragem, de mais tenacidade, de mais perseverança. Quando todos desanimavam querendo pendurar as liras ou atirar ao valado os buris com que lavravam períodos ele chamava-os, levantava-lhes o ânimo, falava-lhes das suas lutas e, rindo, travava-lhes do braço e lá os ia levando para a *Semana* e só os deixava quando lhes arrancava a promessa de novos versos e de novas páginas de prosa. Foi, sobretudo, um agitador e muito do que por aí há deve a sua origem àquele eterno confiante, àquele fiel apolíneo que, mesmo abandonado, sem público, costumava tanger a lira para seu próprio gozo.

Foi ele o instituidor dos concursos literários que nos trouxeram tantos artistas magníficos que viviam ignorados na província e mesmo na capital. João Ribeiro, o poeta-filólogo, publicou o seu primeiro conto, *S. Bohemundo*, uma joia, na *Semana*. Lá tivemos *o Caso do abade,* de Garcia Redondo. João Luso forçou a popularidade com o *Seraphim tristonho.* Francisca Júlia, Júlia Lopes, Júlia Cortines, Zalina Rolim, Adelina Vieira, foram apresentadas ao grande público pela folha de Valentim. Antônio Salles, o doce Luiz Rosa, Luiz Edmundo, e tantos outros poetas de merecimento estrearam naquelas páginas sempre fulgurantes onde resplandeciam as crônicas de Bilac e de Filindal, o puro e devotado Felinto de Almeida, alma rara de homem, alma sensibilíssima de poeta.

Carlos Malheiro Dias, que é hoje uma das glórias da literatura portuguesa, a quem se quer dar o cetro de ouro do príncipe harmonioso da forma, o admirável Queiroz eram dos mais assíduos frequentadores da *Semana* e, como se não bastassem à revista semanal tantas glórias, deve-lhe ainda a literatura o haver ela ido buscar ao silêncio em que se deixou ficar, depois da morte da *Gazetinha*, esse soberbo poeta, talvez o maior da América – Luiz Delphino, tão avaro em abrir os seus tesouros diante dos quais a gente tem a ilusão de estar debruçado, como nos poemas da Índia, à beira de prefulgentes abismos de pedrarias, em cujo fundo, entre fulvos leões de ouro, partênias de virgens nuas dançam serenamente uma ronda sagrada, ao som de liras tangidas por deuses.

O escritor que morreu foi um chefe de movimento, foi o corifeu de uma teoria de poetas e de prosadores que hoje sustentam, com brio, a glória literária da Pátria e, se lhe não bastasse a sua copiosa bagagem para garantir-lhe o nome, ele viria à frente dessa brilhante falange, claro e puro, "como um guia" que alumiou o caminho para a caravana.

Os que ainda se interessam pela vida intelectual do país devem sentir o desaparecimento desse robusto espírito, que, apesar da indiferença, lutando esforçadamente pela vida, sempre achava uma hora no dia para pensar e escrever, apelando, com a sua palavra insinuante, para os que se deixavam vencer pelo desânimo para que voltassem à luta, retomando as liras silenciosas

Valentim é um dos obreiros do grande período literário do Brasil e este louvor não lhe negarão os seus próprios inimigos, se é que deixou alguns, não creio porque, como eu, todos devem estar convencidos de que ele nunca vestiu armaduras senão para defender, como bom paladino, a Arte que era a sua dama Ideal, o seu amor supremo.

Eu, que vivi dentro da agitação fecunda desse bom tempo, devo também ao morto de ontem, ser hoje... um homem que não tem onde cair morto, porque tomou a sério a literatura ingrata.

A bico de pena, 1904

O NEI

*R*ealizou-se, no cemitério de S. João Baptista, no Rio, a piedosa cerimônia da exumação dos ossos de Paula Nei. Eu estava presente quando as "maxilas do sepulcro" se fecharam sobre o corpo do generoso boêmio. A tarde era linda, fresca e dourada. O arvoredo funéreo estava cheio de cigarras e, no alto e negro cruzeiro, brilhava ainda uma faixa de sol.

Éramos poucos, todos amigos do que ia ficar no seio da terra e, silenciosamente, como se adubássemos o alqueive que recebera a semente, íamo-nos transmitindo a pá de cal antes que a terra incubadora rolasse fechando o túmulo. Depois recuamos e os coveiros começaram o seu triste serviço.

As cigarras cantavam, alegres coéforas que, dos altos ramos funerais, diziam adeus àquele irmão que também atravessara a vida descuidado, sem pensar nos invernos agrestes que trazem a fome. Cantavam, nem deviam chorar porque a morte fora para o excelente rapaz um descanso – tão consumido andava ele e tão triste, como um príncipe que houvesse perdido o seu reino.

Nos últimos tempos tornara-se melancólico, silencioso; raro em raro atrevia em um comentário. Encostado à porta do Pascoal, olhos parados e tristes, ficava horas contemplando a multidão, negando-se aos convites. A alguém que com ele insistia, uma tarde, para que fosse beber um vermute, respondeu:

– Obrigado, meu amigo – não posso aceitar: estou sem espírito; e encaramujou-se amuado.

Dias antes da morte, indo eu visitá-lo, chamou-me para junto do leito em que jazia, estendeu-me a mão fria e magra – mão generosa que era como uma ponte de misericórdia entre a riqueza e a miséria, porque recebia dos banqueiros para dar aos pobres, e ficou a olhar-me enternecido e mudo, com os olhos a encherem-se-lhe de lágrimas. Disse, por fim, em voz surda e áspera, arrancada, a custo, do fundo do peito:

– Estou acabando, meu amigo. A Morte, em mim, está procedendo por partes: estou assistindo a uma mudança. Ela começou pelos extremos: tenho os pés frios, tão frios que não os sinto – estão mortos. Parece que estou soterrado em neve até à cinta. Não como, não tenho apetite. Isto cá por dentro está vazio – os órgãos essenciais já perderam a energia, a Morte levou-a. Estou agora sentindo que arrastam alguma coisa no meu coração. Ah! não há de ser fácil a remoção nesse órgão, é que nele eu tenho os móveis mais pesados.

O coração era o gabinete de trabalho de minha alma. Imagina o mundo de afeições que eu nele tenho...! E suspirou: Como deve pesar o meu amor de filho, velho amor que nasceu comigo e que a saudade foi, aos poucos, aumentando! Minha pobre mãe! E os outros amores! meus filhos, ela, vocês, o sol, as crianças... tudo isto!

Quando saem das casas os móveis pesados, os soalhos, por onde são arrastados, estriam-se de sulcos. É o que se está dando no meu coração. A Morte é brutal, meu amigo. Que execução dolorosa! Como ela arrasta e como é lúgubre o vazio que se vai fazendo em mim...! Nunca imaginei que a minha vida acabasse assim, com um mandado de despejo. Sorriu tristemente e recostou-se nos travesseiros altos. Depois, tocando na garganta, continuou: Ouves a minha voz? está rouca. Tu que a conheceste sonora deves ter pena da sua miséria atual. A Morte quis levá-la inteira, não pôde e fez com ela o mesmo que se faz a um grande móvel: desarmou-a e lá a vai levando aos pedaços. Foi primeiro o timbre – estou fanhoso; foi depois a ductilidade, estou áspero; resta-me o sarrido: falo como um asmático. Em pouco a Morte estará no cérebro abarcando as ideias e a divina Fantasia, que ocupa o altar-mor. É triste morrer assim, aos arrancos. Cair fulminado! eis o meu ideal. Enfim... Quedou, cruzando as mãos. Que, há de novo? perguntou de repente, repuxando as cobertas. – A poesia indígena continua a proliferar? E a política? E as mulheres?

– Tudo como deixaste, Nei.

– Não é possível. A imbecilidade deve ter produzido alguma coisa nova. Fala-me dos imbecis para que eu saia da vida sem saudade. Abriu os olhos como em ânsia e, surdamente, soerguendo-se, exclamou: Meus filhos! Que há de ser deles? Ah! meu amigo, o que dói na morte é o desprendimento: os amores são as nossas raízes. Eu vou tranquilo – já dei balanço na vida: tenho um grande saldo a favor da alma e a bênção dum sacerdote honesto. Mas os pequenos? A Caridade anda muito atarefada e falta-lhe um repórter... como eu. Enfim...! Deus está lá em cima e eu, que tanto consegui dos homens, hei de conseguir alguma coisa do Senhor, não te parece?

Quando me despedi ele exclamou, conservando a minha mão: Adeus! Eu disse: Até logo! O moribundo sorriu: Até logo! Vais suicidar-te? Adeus! Adeus!

De repente, com os olhos rebrilhantes, como se neles houvesse renascido a antiga centelha, fitou-me e, rindo, com todo o corpo a tremer, pediu-me:

– Olha, vê se conténs F. Sei que ele anda a compor um necrológio para recitar à beira do meu túmulo, volta e meia está aqui a rondar-me, a beber inspiração. Compreendes que na minha posição de defunto, que é, com pouca diferença, a mesma da vítima do retrato a óleo, tenho de aturar resignado, mas vocês, meus amigos, que vão apanhar a maçada de uma viagem ao cemitério... Não! Aquele canalha, que nunca conseguiu impingir-me um discurso, é muito capaz de aproveitar-se da minha morte para vingar-se. Mas a pilhéria é que eu não ouço. Em todo o caso, por causa das dúvidas, não deixes falar senão depois que os coveiros houverem entupido a minha cova.

E rimos. Dois dias depois extinguia-se serenamente o grande espírito. As suas últimas palavras foram ainda de piedade e fantásticas. Voltando-se para um dos amigos que o cercavam, rouquejou, referindo-se às crueldades praticadas em Canudos:

– Que hei de eu dizer ao Eterno quando ele interrogar-me: "Ney, como é que em teu país há um homem que enfurna mulheres e crianças para matá-las a querosene?". Confesso que, pela primeira vez na minha vida, quero dizer, na morte, ficarei sem resposta. Logo depois, vagarosamente, arquejando, murmurou: Daqui a pouco estarei como o meu alfaiate: *cadáver.*

E assim desapareceu o gênio da pilhéria.

Paula Nei, cuja vida foi sempre misteriosa, era conhecido em uma roda muito restrita – o boêmio, esse era íntimo do povo: o banqueiro e o operário, a matrona e a cocote, o fidalgo e o mendigo tratavam-no com a mesma familiaridade – era o Nei, o alegre Nei, que fazia rir, mas o verdadeiro Nei que enxugava lágrimas, que levava criancinhas doentes aos consultórios dos médicos, que guiava os cegos nas ruas, que visitava enfermos em verdadeiras tocas de miséria, que fazia enterros à sua custa e que defendia os animais com o carinho piedoso de um brâmane, esse só era conhecido no reduzido grupo dos companheiros.

Certa vez trabalhávamos, na tipografia Reynaud, onde era impresso *O Meio*: Mallet, escrevendo de pé, com o grande chapéu mosqueteiro, um imenso charuto a fumegar ao canto da boca; eu redigindo vagarosamente uma nota escandalosa; Nei, a vociferar contra a sandice universal quando assomou à porta uma velha, muito encarquilhada e tímida.

Nei, logo que deu por ela, precipitou-se e lá se ficou todo curvado cochichando, a gesticular com o *pince-nez*. De repente bramiu:

– Não senhora! Há de ser no sábado, neste sábado, senão... e rugiu ameaçador: meto-o na cadeia, a ferros. A ferros! Vá e diga-lhe isto: a ferros! E, tomando a velha pelo braço, inclinou-se e berrou-lhe ao ouvido: Olhe, minha senhora, isto é uma canalha. Mulher não é melão que a gente cala para ver se está maduro. Diga-lhe! que no sábado, às quatro horas, quero encontrá-lo pronto para a cerimônia. Os papéis estão arranjados, o padre está falado. No sábado! Nem que chova raios, entendeu? senão demito-o e meto-o na cadeia, a ferros. Ele sabe que sou homem para mais. Vá. O véu eu levo para salvar a moralidade do caso. E despediu a velhinha. Interrompendo, então, o nosso trabalho, esbravejou: Comigo está enganado!

Mallet voltou-se curioso:

– Que é? De que se trata? Quem é essa velha, Nei?

– Hein? a velha? quem é? homem, com franqueza... Sei que é uma velha que a compulsória obriga a ser virtuosa. Procurou-me, há dias, lavada em lágrimas, pedindo-me que lhe salvasse a filha, linda pequena que abalara de casa com um amanuense. Pus os meus galfarros em campo e consegui descobrir o terno casal num chalé, no Engenho Novo.

Entrei pelo ninho amoroso como o próprio símbolo da Honra e bradei: "Olá, amiguinhos, não comprometam, a um tempo, com tamanho desplante, a gramática e a moral: o verbo amar é regular, nada de exceções arbitrárias...". E, intimando os pombinhos em nome da Lei, trouxe a pequena e dei ao marmanjo quinze dias para tratar dos papéis, sob pena de ser demitido e posto a ferros, numa fortaleza. Ah! porque se for preciso vou a S. Cristóvão, lanço-me aos pés do imperador pedindo justiça. O tipo anda a adiar a coisa e ontem foi pedir moratória, a pretexto de falta de dinheiro. Há de casar no sábado, mesmo porque eu sou o padrinho e a pequena não tem tempo a perder. Há de casar no sábado!

– Mas que diabo tens tu com isso, Nei?

– Que tenho! homesa! Não tenho nada. Mas é um desaforo. Que tenho!... Tenho irmãs, sabe você? tenho irmãs.

Efetivamente, no sábado, às 2 horas da tarde, o Nei apresentou-se na topografia enfarpelado para o casamento e com um lindo ramo de cravos brancos.

Cabem-lhe perfeitamente as palavras com que Philarète Chasles traçou o caráter estranho do poeta do *Intermezzo*:

> *"Heine est peuple; il est bohemien, et il l'avoue: bonhomme et médisant, il en convient. Mais il est homme. Il est même vulgaire à bon escient et j'aime mieux cela. Il pleure, il rit, il se desole. Redoutable et toujours présente, mobile, incertaine et s'égarant sans cesse, en lui vit, éclate et flamboie, comme le feu follet sur les marais, la flamme de la passion sincere".* *

Os que leram a notícia da trasladação dos seus ossos e que só conheceram o Nei das sátiras explosivas e dos paradoxos flamejantes, muito devem ter pasmado sabendo que a Provedoria da Misericórdia resolveu realizar aquele meigo transporte em lembrança dos muitos e grandes benefícios prestados à santa instituição pelo grande estroina, que parecia rir de tudo e que passava os dias às portas das lojas da rua do Ouvidor, não raro a pedir para os outros.

Generoso Nei! só os que privaram contigo podem falar da tua caridade, mas não serei eu quem desvende os teus segredos. Descansa em Deus, tu que foste o melhor de todos nós, o mais escandaloso e o mais meigo, o mais implacável e o mais terno – abelha dourada que distribuía o mel e as ferroadas com a mesma liberalidade.

Descansa em Deus, puro espírito.

A bico de pena, 1904

---

* "Heine é povo; boêmio, admite ser bom moço e maledicente, o que lhe convém. Mas ele é homem. Chega a ser mesmo vulgar, com plena consciência disso, o que me agrada. Ele chora, ri, se aflige. Temível e sempre disposto, inconstante, incerto e se perdendo sem cessar, nele vive, explode e brilha, como o fogo fátuo sobre os pântanos, a chama da paixão sincera". (N. E.).

RUI

Revolta-se a História, desde as primeiras estratificações seculares, e não se encontrará em tal acervo vida que se compare à desse Homem prodigioso que, em tudo, contraria a natureza.

Imenso, é pequenino, como para demonstrar, em argila humana, a verdade do versículo do Livro da Criação, onde reza que "Deus tirou o mundo do nada".

Tão mesquinho é o envólucro de terra em que lhe flameja o gênio que, ao vê-la, quando assume em eminências para maravilhar, tem-se a impressão de que é apenas essência.

E por que não diz a imagem com o prestígio? porque se Deus a houvesse talhado proporcional ao espírito o mundo não a conteria.

Modelou-a pelos sacrários que, do tamanho que são, contêm a Onipotência.

O cérebro desse Homem, como o infinito, é impermeável ao Tempo.

Vendo-o, na fragilidade que aparenta, acode-nos a frase atribuída a Santo Agostinho, quando quis defender a Fé dos assaltos da heresia: *"Credo quia absurdum"*.*

E que absurdo haverá maior do que a vida de tal ancião que, em agerasia incompreensível, em vez de declinar,

---

* Creio porque é absurdo. (N. E.).

remonta; em vez de acurvar-se, apruma-se; e, quanto mais nele se adensam as neves do grande inverno, mais lhe ressuma a seiva vigorosa e, entrado em noite, quando os da sua idade inclinam a fronte em sono veternoso, ele mais a levanta e irradiando fulguramente.

Que absurdo haverá maior que o da figura desse homem que, para os que o veem de perto e com ele presumem contender, com a mesma ridícula petulância com que o persa flagelou o oceano, é menos que o mais medíocre, e que, entretanto, o mundo todo reclama para o seu Conselho Supremo de Justiça elegendo-o Desembargador das Nações?

Que absurdo maior do que esse derrotado nas campanhas que pugna em sua Pátria e sempre triunfador nos pleitos universais?

Será que ele se humilhe para ficar da altura dos homens com quem vive e tanto se obscureça em modéstia que se torne menor que o mais ínfimo ou porque, por achar-se mui chegado, o não vejam os que o rodeiam, como acontece com as montanhas que só são visíveis em toda a sua majestade quando fecham, à distância, os horizontes?

Ele ali está. Força é aceitar o absurdo e crê-lo. Aqui, quem é Rui Barbosa? uma espécie de estátua viva, posta na glória, orgulho do Brasil, expoente máximo da sua cultura, e só.

Quando a Pátria, pela grande voz do Povo, o chama para servi-la e honrá-la apressam-se os profissionais da Política, que o temem, em fechar-lhe o caminho e, para o arredarem de vez, livrando-se do seu prestígio, curvam-se oferecendo-lhe subservientemente o dorso para que ele suba pela escaleira da lisonja pérfida e se reinstale no pedestal.

Esse eleito do mundo é o eterno derrotado da Pátria.

É um deus a quem se fazem solenes panegírias, a quem se entoam hinos, mas a quem se nega o altar.

O Povo rejubila orgulhoso com a eleição do grande homem, que leva credenciais de várias nacionalidades; a Politicalha explode em rinchavelhada, cabriolando alegre, não porque se ufane com a glória que nos advém de tal sufrágio, mas porque vai poder operar à vontade, na escuridão propícia às intrigas e areoscas, livre do fulgor que denunciava, às claras, todos os escândalos e expunha à execração da Pátria os seus autores, projetando-lhes em cima o fulgor do gênio e ferreteando-os com a sátira esbraseada.

Luz e flagelo, o gênio de Rui, assim como deslumbra, fere: é esplendor e é raio, glorifica e fulmina e, como a espada do Arcanjo, defendeu sempre o Paraíso, não o da Árvore do Bem e do Mal, mas o da Árvore das patacas, que não fica entre os quatro rios da fertilidade, mas à beira de um só, e esse muito esgotado, perto, na Avenida Passos.

Vai-se o grande exilado e com ele vai-se a voz grandíloqua.

Não soará tão cedo na tribuna que, tantas vezes, retumbou com ela, como trovejava o Sinai, quando o Senhor nele se manifestava, patrocinando as causas nacionais, mas soará de mais alto, inflamada na boca de ouro do que entrou no Zodíaco do Direito, a chamado do mundo, para ser o patrono da Liberdade, o árbitro supremo da Justiça, o apóstolo da consciência humana.

É sempre uma compensação para quem, na Pátria, não conseguiu, nem conseguirá jamais, aquilo que o Sr. Urbano Santos, agachando-se, achou em um capacho da casa de Pinheiro Machado, e que, até hoje, lhe tem servido de talismã – o prestígio político.

Enfim... Glória ao grande Rui, parabéns à Pátria e à Politicalha que pode agora tranquibernar livremente porque vamos ficar às escuras e sem polícia.

Frechas, 1923

PÁGINAS DE REMINISCÊNCIAS

CANÇÕES

*F*oi de tristeza aquele dia.

Minha mãe, desolada ainda que ali me tivesse no aconchego do seu amor, já me avistava na desventura do lúgubre destino profetizado, como em anátema, por meu pai: vagando, descalço e roto, com fome, pedindo esmola a troco de canções como os mendigos que vão de porta em porta e cantam plangentemente para comiserar.

Poeta!

A própria ama, compadecida de mim, fez uma promessa à Nossa Senhora para que me protegesse contra o mau fado. E todos que souberam da minha infelicidade – vizinhos, amigos, simples, conhecidos lastimaram-me, aconselhando-me a não persistir naquele vício e perdição.

Tive medo, medo supersticioso sentindo-me como cercado de maldições.

Tudo me parecia hostil; as próprias árvores como que se retraíam, negando-me a sombra dos seus ramos. E os que cruzavam comigo olhavam-me de soslaio, com desprezo, desviando-se como de um leproso.

Poeta!

Mas como descobrira meu pai os meus primeiros versos, que eu escondera como um furto nas páginas do dicionário?!

É bem certo que o coração dos pais adivinha.

Jurei a mim mesmo nunca mais escrever canções, ainda que os versos me afluíssem prontos, com imagens e rimas, como vêm à haste as flores com a cor viçosa e trescalando aroma.

À noite, tarde, no silêncio da casa apagada, já deitado, ouvi cantar dentro de mim, muito longe, numa suave saudade.

A voz era meiga e, até de madrugada, rimei às escondidas, n'alma, canções formosas, que se perderam porque nunca as escrevi para que meu pai as não achasse, irritando-se com elas e fazendo chorar de tristeza minha pobre mãe.

Eis por que não conservei as canções da minha adolescência quando, sem ainda amar, já decantava o amor, como se sente a luz, antes de ver sol.

Canteiro de saudades, 1927

O VAGA-LUME

Os anos são mais vivazes nas mulheres abrindo-lhes o coração mais cedo do que aos homens.

É próprio das plantas delicadas serem mais sensíveis ao sol do que as árvores, robustas, que exigem muito tempo para crescer e florir.

Tínhamos, pouco mais ou menos, a mesma idade, ela, entretanto, conhecia, segredos íntimos da vida que, para mim, eram ainda mistérios.

Só uma vez a venci em conhecimentos, explica-se, porém, que tal se desse porque sendo ela da cidade, pouco sabia das coisas da natureza, que mais se aprendem na roça onde tudo se nos apresenta tal como saiu das mãos de Deus, sem artifício algum.

Foi assim que, uma noite, acercando-se dela um vaga-lume – era, talvez, a primeira vez que via dessas moscas da sombra, que se alumiam a si mesmas – levantou-se para fugir-lhe, com medo de que a queimasse.

Ri-me do seu pavor e, para mostrar-lhe a inocência do inseto, tomei-o em dois dedos e apresentei-lho vaidoso. E ela, ao vê-lo fulgir sem ofender-me, perguntou maravilhada:

– Não queima?

E, posto que ainda medrosa, atreveu-se a imitar-me, só, então, convencendo-se do que lhe eu dissera.

– É curioso! – exclamou.

E pôs-se a examinar minuciosamente o inseto, sorrindo ao vê-lo lampejar. Por fim, encarando-me, asseverou convicta:

– É verdade! Não queima!

E eu, fitando-lhe os olhos lindos, também sorri e disse, sem que ela percebesse a intenção das minhas palavras:

– Se toda a luz queimasse sei de alguém que já estaria cega.

– Quem é? perguntou ela, alumiando-me com o olhar.

Não tive coragem de lho dizer.

Canteiro de saudades, 1927

O ANO-NOVO

*F*alavam tanto do Ano-Novo que eu resolvi esperar a meia-noite.

Cabeceando de sono, aos empurrões daqui, dali, como uma folha no torvelim das águas, eu ia e vinha pela casa cheia, toda em flores e luzes, com a mesa posta e o presépio armado na cômoda. De quando em quando olhava o relógio, mas como não sabia ver as horas, perguntava a um e outro:

"Se ainda faltava muito para o Ano-Novo entrar".

Riam-se de mim. E o alvoroço ia a maior – risos e cantorias, jogos de prendas, danças. E não era só em minha casa: toda a rua estava em festa.

Passavam serenatas. Um rancho de pastorinhas, em marcha saracoteada, levou toda a gente de roldão às janelas e as loas soavam em vozes meigas deixando no ar um sulco de tristeza.

Sentei-me a um canto, bocejando, com os olhos a arderem-me, como mordidos de fumaça. Despertei assustado num rumor de loucura: eram brindes à mesa, beijos, bênçãos, abraços.

Fora, estouravam foguetes. Sinos repicavam ao longe.

Levantei-me estremunhado e cheguei à sala a tempo de ouvir as últimas pancadas do relógio.

E o Ano-Novo? Onde estaria ele?

Como ninguém me atendia (pobre de mim!) vendo a mãe preta sentada à porta da cozinha, a cachimbar, de olhos no céu, interroguei-a.

– Que tolice, menino. Ano-Novo. Ano-Novo é como Nosso Senhor. Você já viu Nosso Senhor? Na missa, quando a campainha bate, é Ele que passa. No relógio, quando dá meia-noite, é o Ano-Novo que entra. É assim.

Eu já fiz sessenta anos e ainda não vi o Ano-Novo. Ouço o relógio, vejo a festa, mas o Ano mesmo nunca vi. O céu é um relógio grande.

No relógio de parede que é que a gente vê? os ponteiros andando de roda, um puxando o outro e os dois levando o Tempo. O sol e a lua não estão lá em cima? Pois então?.. Bateu meia-noite. O galo não tarda a cantar. Vai dormir. O que você tem é sono. Eu, velha assim, ainda não vi o Ano-Novo e você, desse tamaninho, já está com ânsia de ver. Vai dormir que é melhor. Quem dorme é como quem muda de roupa. Vai! Deus te abençoe.

E foi tudo que aprendi nessa noite grande dos tempos e, até hoje, é tudo quanto dela sei.

Canteiro de saudades, 1927

HISTÓRIAS

*E*ra no tempo em que as torres das igrejas, em volta das quais voavam e revoavam pombos e andorinhas, plangiam Ave Marias: tempo em que se dizia, ao acender das luzes: "Louvado seja o Senhor!" e vozes, por toda a casa, respondiam: "Para sempre seja louvado!".

A claridade que se espalhava do lampião não era rica como a das lâmpadas de hoje, era, porém, mais íntima, mais nossa; era a luz mesma do lar, bem da família, como o lume da lenha, o pão da mesa e a água da bilha.

Essa era a hora mais feliz da minha vida, a de mais aconchego porque, com as portas fechadas, eu me sentia longe do mundo, na minha casa, só com os meus, sem mais ninguém, sem mais nada.

E punha-me a rondar a velhinha com solicitações nos olhos e sorrisos e ela, compreendendo o meu desejo, metia-se comigo a um canto e, baixinho, com a sua voz que tremia, cansada, começava:

"Era uma vez..."

Meu pai, debruçado à mesa, folheava grandes livros de assentamentos e minha mãe levava o serão manso e manso. Os grilos cantavam em guizeiro.

E na voz trêmula da velhinha, como por uma ponte frágil que, oscilasse, transitavam gênios e gigantes, fadas e feiticeiras, cortejos de reis, caravanas de mercadores, quadrilhas de ladrões que iam ter a cidades maravilhosas, a cavernas atupidas de tesouros, ou desapareciam subitamente em florestas, quando se não entranhavam, com estrondo, pela terra dentro em explosões de chamas infernais.

Mas o relógio batia horas lentas, com sono.

Meu pai fechava os livros; mamãe guardava a costura: "Boa noite!" "Boa noite". Eu recolhia-me ao meu quarto com a bênção dos velhos e deitava-me.

Então, da sombra que me envolvia, isolando-me em mim mesmo, como a noite isolava a minha casa, saíam almas, surdiam vozes sutis, cicios mínimos, sussurros brandos. Os móveis crepitavam como lenha verde ao fogo.

O medo empolgava-me com a sua mão de ferro, fria, e eu punha-me a rezar baixinho ao meu Anjo da Guarda.

Andavam surdamente pela casa abrindo e fechando portas.

Que ruídos seriam aqueles que estralejavam no escuro? Seriam almas das coisas encantadas?

De quando em quando uma hora caía do relógio, morta. Que medo!

Quando, de manhã, eu referia a meus pais o que vira, e ouvira na escuridão, eles diziam, culpando a velha:

– São as tais histórias. Enchem-te a cabeça de coisas e é isso...

As tais histórias!... Nesse tempo (feliz tempo!) eram as histórias que me levavam o sono. E hoje, que as não ouço, por que não durmo? Dantes eram os rumores misteriosos que me apavoravam, à noite; agora o que me aterra é o silêncio, a treva quieta, asfixiante, lúgubre, no fundo da qual meu coração debate-se como um enterrado vivo num caixão de ferro.

Canteiro de saudades, 1927

REMINISCÊNCIAS

De quando em quando ressurgem-me na memória lembranças de outras vidas, como em vasos que contiveram essências, servindo a outras posteriormente, aparece, por vezes, vago, o aroma das primitivas.

Se a saudade é vestígio do que foi, essas recordações que se levantam em nós são como poeira de caminhos percorridos.

E quem não a traz em si? Quem não sente, de vez em quando, reminiscências de um passado que não é o mesmo de onde viemos pelos anos atuais, mas muito mais remoto, um passado de além do evo em que transitamos?

Essas saudades não jazem no coração: são livres, voam em volta de nós como as nuvens no espaço.

Quem nos diz que elas não são o que já fomos, como as nuvens já foram rios, lagos, pântanos, oceano?

Quem nos afirma que não são lembranças de eras transcorridas, sobre as quais adormecemos quando nos soou a hora noturna, acordando com a madrugada para viver, de novo, ao sol e, de novo, dormir?

Se me recordo do que fui outrora é natural que, mais tarde, me lembre do que hoje sou.

E os dias passarão continuamente e eu voltarei com eles como os minutos voltam com as horas, as horas com os dias, os dias com as semanas, as semanas com os meses, os meses com os anos, os anos com os séculos enquanto girarem na Eternidade, que é o mostrador do Tempo infinito, impassível, parado, espelhando a Vida, que é o movimento.

Canteiro de saudades, 1927

UM... COMO MUITOS

A minha lâmpada, que era belga, não realizava os prodígios que a imaginação dos árabes atribui à de Aladim: por
mais que eu a esfregasse, a ponto de dessangrar as unhas,
não consegui tirar dela o gênio que me havia de abarrotar
de ouro e de servir, com a prontidão do pensamento, a
todos os meus desejos. Assim, apesar de eu possuí-la, era
pobre, de poucos móveis e sem alfaia alguma, a casa em
que eu, então, residia, com a minha alegre mocidade, à rua
Barão de Iguape, em S. Paulo, no ano da Graça de 1884.

Nesse tempo S. Paulo era uma cidade acadêmica e
modesta. Vila Mariana ainda não saíra da mata primitiva
que encerrava em sombra de folhagens densas o terreno
em que hoje se ostentam palácios. O Arouche era um subúrbio; a Mooca, um deserto; o Tamanduateí defluía rebri-
lhando ao sol e eram as suas águas que se despejavam nos
banheiros da *Ilha dos Amores*, rolando depois pela várzea
fora, orgulhosas de haverem beijado espáduas e colos femi-
ninos, enchendo, com o aroma que deles tirara, o cálice
das flores campesinas.

Que saudade das ruas que se alongavam quietas entre
muros de taipa debruados a silvedo florido! O abolicionismo
era o ideal do tempo e as *repúblicas* de estudantes eram valha-
coutos de escravos fugidos. Que o digam Edmundo Muniz
Barreto, Bittencourt Sampaio, Gomes Cardim e quantos outros.

A minha casa, essa, era um verdadeiro quilombo. Havia ali negros como em uma cabilda e, de quando em quando, destacávamos dois ou três, formava-se a guarda de defesa, de acadêmicos e de populares, quase sempre com Raul Pompéia como caudel, e, alta noite, através da garoa espessa, lá íamos para o Brás embarcar os negros na estação do Norte.

Havia um maquinista, tipo de gigante, da estrutura do bom S. Cristóvão, e com um coração proporcional ao copo, que se entendia conosco nas razias que fazíamos frequentemente, e escravo que lhe era confiado chegava ao Rio, apesar da vigilância e da baldeação na Cachoeira, sempre perigosa.

– Prefiro atirar um trem por um barranco abaixo a entregar um negro a quem quer que seja! jurava ele, bravio. E nunca faltou ao seu terrível juramento, porque sempre deu conta das encomendas que lhe foram feitas.

Entre os auxiliares mais prestativos com que contávamos um havia, negro, de nome Pedro Clemente. (Lembras-te, Edmundo?) Era um rapagão de peito largo, bíceps de atleta, alegre e sempre pronto a fazer girar em sarilho o cacete em defesa dos *míseros escravos*.

Esse *filantrópico* entrava francamente em todas as *repúblicas*, onde era recebido como um valente camarada e, contando feitos noturnos: raptos de escravos, surras em *capitães-de-mato* – e outras façanhas dignas de memória, impusera-se a todos os abolicionistas que nele confiavam de coração aberto. E Pedro Clemente, ouvindo os escravos narrarem o que sofriam nas fazendas, rugia de dentes cerrados, ameaçando os tiranos com o porrete nodoso.

De quando em quando, porém, apesar das mais rigorosas cautelas, desaparecia um escravo aqui, ali nas *repúblicas*.

Os estudantes indignavam-se e Pedro Clemente, inflamado em cólera generosa, propunha, aos berros, assaltos a casas de fazendeiros, incêndios de propriedades, oferecendo para escalar os prédios dos carrascos ou para empunhar o facho incendiário.

Uma noite, depois de uma sessão romântica no *Corvo*, com muita literatura e vasta cerveja ao chegar à casa, tarde, encontrei o meu *quilombo* em alvoroço. É que um dos *malungos*, de nome Jacinto tendo saído à gandaia, fora agarrado na esquina por uma patrulha de negreiros.

Que fazer? O desgraçado era de Araraquara. Àquela hora já estaria a ferros para seguir, de madrugada, a caminho, talvez, da morte, na fazenda.

Resignei-me recomendando aos meus "agasalhados", com o exemplo daquela noite, maior cuidado em se resguardarem. Correu, talvez, um mês. Uma noite, lia eu, embalando-me na rede, quando ouvi passos precipitados no corredor e logo, vozeiro alegre na sala de jantar. Levantei-me, às pressas, para ver a causa do desusado alarido e quem havia eu de encontrar no meio da negralhada roto, macilento, com a gaforinha assanhada e coberta de pó e rindo, aos abraços a uns e outros? Jacinto.

Fugira de novo, apesar de ferido, porque estivera no tronco depois de uma surra de bacalhau que lhe deixara as costas alanhadas.

Ao ver-me agachou-se, agarrando-me pelos joelhos e inclinando-se para beijar-me os pés. Contive-o.

O negro aprumou-se elasticamente e, fechando a carranca, encarou-me rilhando os dentes. Rápido, em gesto vivo, sacou a faca da cava do casaco, apertou-a no punho trêmulo, descaiu de cócoras e cravou-a d'alto no soalho, dizendo, em voz surda, encarado em mim:

– Óie, sô dotó... só seu não sufri... Só si meu sangui não correu ni chão... Vamcê qué sabe quem foi qui pegô eu? quê?! Vamcê né capaz di maginá! E o carão ossudo e fulo arreganhava-se-lhe em rictus de fera. Foi esse nêgo contadô di rodela; esse nêgo qui vamcê trata diguá pra iguá; esse canaia que diz que tem pena da gente, que que cumê fazendeiro vivu...

– Pedro Clemente! exclamei. Jacinto sacudiu a cabeça:

– Esse mêmu. É capitão-di-mato, pegadô, u mais pió di todos. Foi zêri qui pegô eu ali nisquina i mi levô direitinho pra sinhô, ni cidade Ah! sô dotô... Arrancou a faca a duas mãos, cravou-a, de novo, mais fundo, na taboa como se atravessasse o coração do negro, dizendo por entre dentes: Só s'eu não sufiri Só si meu sangui não correu... Nêgo canáia... canáia! Mas ele mi paga, sô dotô... isso paga! E todos os negros, que o cercavam, rosnaram ameaçadoramente.

– Canáia!

– Um da raça da genti... Uhm! Cruz! comentou, comum muxoxo, uma velha negra, batendo o cachimbo na palma da mão. E Jacinto, de cocoras, rugia fazendo oscilar no soalho a faca vingadora.

Havia heroísmo nesse tempo, mas entre os heróis às vezes apareciam cães, como esse Pedro Clemente, *"abolicionista"* exaltado e... *capitão-de-mato.*

O meu dia, 1927

ESPORTE E SAÚDE

O NOSSO JOGO

*T*ranscrevendo-o do *Correio do Povo*, de Porto Alegre, publicou *O País* em o seu número de 22 do corrente um artigo com o título "Cultivemos o jogo de capoeira e tenhamos asco pelo do boxe", firmado pelo correspondente do jornal gaúcho nesta cidade, dr. Gomes Carmo.

Concordando *in limine* com o que diz o articulista, valho-me da oportunidade que me abre tal escrito para tornar a um assunto sobre o qual já me manifestei e que também já teve por ele a pena diamantina de Luiz Murat.

A capoeiragem devia ser ensinada em todos os colégios, quartéis e navios, não só porque é excelente ginástica, na qual se desenvolve, harmoniosamente, todo o corpo e ainda se apuram os sentidos, como também porque constitui um meio de defesa individual superior a todos quantos são preconizados pelo estrangeiro e que nós, por tal motivo apenas, não nos envergonhamos de praticar.

Todos os povos orgulham-se dos seus esportes nacionais, procurando, cada qual, dar primazia ao que cultiva.

O francês tem a savate, tem o inglês o boxe; o português desafia valentes com o sarilho do varapau; o espanhol maneja com orgulho a navalha catalã, também usada pelo fadista português; o japonês julga-se invencível com o seu jiu-jítsu e não falo de outros esportes clássicos em que se treinam, indistintamente, todos os povos, como a luta, o pugilato à mão livre, a funda e os jogos d'armas.

Nós, que possuímos os segredos de um dos exercícios mais ágeis e elegantes, vexamo-nos de o exibir e, o que mais é, deixamo-nos esmurraçar em ringues por machacazes balordos que, com uma quebra de corpo e um passe baixo, de um "ciscador" dos nossos, iriam mais longe das cordas do que foi Dempsey à repulsa do punho de Firpo.

O que matou a capoeiragem entre nós foi... a navalha. Essa arma, entretanto, sutil e covarde, raramente aparecia na mão de um chefe de malta, de um verdadeiro capoeira, que se teria por desonrado se, para derrotar um adversário, se houvesse de servir do ferro.

Os grandes condutores de malta – guaiamus e nagôs – orgulhavam-se dos seus golpes rápidos e decisivos e eram eles, na gíria do tempo: *a cocada*, que desmandibulava o camarada ou, quando atirada ao estômago, o deixava em síncope, estatelado no meio da rua, de boca aberta e olhos em alvo; o *grampeamento*, lanço de mão aos olhos, com o indicador e o anular em forquilha, que fazia o *mano* ver estrelas; o cotovelo em aríete ao peito ou ao flanco; a joelhada; o rabo de raia, risco com que Ciríaco derrotou em dois tempos, deixando-o sem sentidos, o famoso campeão japonês de jiu-jítsu; e eram as rasteiras, desde a de arranque, ou tesoura, até a baixa, ou baiana; as caneladas, e os pontapés em que alguns eram tão ágeis que chegavam com o bico *quadrado* das botinas ao queixo do antagonista; e, ainda, as bolachas, desde a tapa-olho, que fulminava, até a de *beiço arriba*, que esborcinava a boca ao *puaia*. E os ademanes de engano, os refugos de corpo, as negaças, os saltos de banda, à maneira felina, toda uma ginástica em que o atleta parecia elástico, fugindo ao contrário como a evitá-lo para, a súbitas, cair-lhe em cima, desarmando-o, e fazendo-o mergulhar num *"banho de fumaça"*.

Era tal a valentia desses homens que, se se *fechava o tempo*, como então se dizia, e no tumulto alguém bradava um nome conhecido como: *Boca queimada*, *Manduca da praia, Trinca-espinha* ou *Trindade*, a debandada começava por parte da polícia e viam-se urbanos e permanentes valendo-se das pernas para não entregarem o chanfalho e os queixos aos famanazes que andavam com eles sempre de candeias às avessas.

Dessa geração celebérrima fizeram parte vultos eminentes na política, no professorado, no exército, na marinha como Duque Estrada Teixeira, cabeça *cutuba* tanto na tribuna da oposição como no *mastigante* de algum *parola* que se atrevesse a enfrentá-lo à beira da urna; o capitão Ataliba Nogueira; os tenentes Lapa e Leite Ribeiro, dois *barras*; Antonico Sampaio, então aspirante da marinha e por que não citar também Juca Paranhos, que engrandeceu o título de Rio Branco na grande obra patriótica realizada no Itamaraty, que, na mocidade, foi *bonzão* e disso se orgulhava nas palestras íntimas em que era tão pitoresco.

A tais heróis sucederam outros: Augusto Mello, o *cabeça de ferro*; Zé Caetano, Braga Doutor, Caixeirinho, Ali Babá e, sobre todos o mais valente, Plácido de Abreu, poeta, comediógrafo e jornalista, amigo de Lopes Trovão, companheiro de Pardal Mallet e Bilac n'*O Combate*, que morreu, com heroicidade de amouco, fuzilado no túnel de Copacabana, e só não dispersou a treda escolta, apesar de enfraquecido, como se achava, com os longos tratos na prisão, porque recebeu a descarga pelas costas, quando caminhava na treva, fiado na palavra de um oficial de nome romano.

Caindo d'encontro às arestas da parede áspera, ainda soergueu-se, rilhando os dentes, para despedir-se com uma vilta dos que o haviam covardemente atraiçoado. Eram assim os capoeiras de então.

Como os leões são sempre acompanhados de chacais, nas maltas de tais valentes imiscuíam-se assassinos cujo prazer sanguinário consistia em experimentar *sardinhas* em barrigas do próximo, deventrando-as.

O capoeira digno não usava navalha: timbrava em mostrar as mãos limpas quando saía dum *turumbamba*.

Generoso, se trambolhava o adversário, esperava que ele se levantasse para continuar a luta porque: "Não batia em homem deitado"; outros diziam, com mais desprezo: "em defunto".

Nos terríveis recontros de guaiamus e nagôs, se os chefes decidiam que uma questão fosse resolvida em combate singular, enquanto os dois representantes das cores vermelha e branca se batiam, as duas maltas conservavam-se à distância e, fosse qual fosse o resultado do duelo, de ambos os lados rompiam aclamações ao triunfador.

Dado, porém, que, em tais momentos, estrilassem apitos e surgissem polícias, as duas maltas confraternizavam solidárias na defesa da classe e era uma vez a Força Pública, que deixava em campo, além do prestígio, bonés em barda e chanfalhos à ufa.

O capoeira que se prezava tinha ofício ou emprego, vestia com apuro e, se defendia uma causa, como aconteceu com a do abolicionismo, não o fazia como mercenário.

O capanga, em geral, era um perrengue, nem carrapeta, ao menos, porque os carrapetas, que formavam a linha avançada, com função de escoteiros, eram rapazolas de coragem e destreza provadas e sempre da confiança dos chefes.

Nos morros do Vintém e do Nheco reuniam-se, às vezes, conselhos nos quais eram severamente julgados crimes e culpas imputados a algum dos das farândolas. Ladrões confessos eram logo excluídos e assassinos que não justificassem com a legítima defesa o crime de que fossem denunciados eram expulsos e às vezes, até, entregues à polícia pelos seus próprios chefes.

Havia disciplina em tais pandilhas.

Quanto às provas de superioridade da capoeiragem sobre os demais esportes de agilidade e força são tantas que seria prolixa a enumeração.

Além dos feitos dos contemporâneos de *Boca queimada* e *Manduca da praia*, heróis do período áureo do nosso desestimado esporte, citarei, entre outros, a derrota de famoso jogador de pau, guapo rapagão minhoto, que Augusto Mello duas vezes atirou de catrâmbias no pomar da sua chacarinha em Vila Isabel onde, depois da luta e dos abraços de cordialidade, foi servida vasta feijoada. Outro: a tunda infligida a um grupo de marinheiros franceses de uma corveta Pallas, por Zé Caetano e dois cabras destorcidos. A maruja não esteve com muita delonga e, vendo que a coisa não lhe cheirava bem em terra, atirou-se ao mar salvando-se, a nado, da agilidade dos três *turunas*, que a não deixavam tomar pé.

A última demonstração da superioridade da capoeiragem sobre um dos mais celebrados jogos de destreza deu-nos o negro Ciríaco no antigo Pavilhão Paschoal Secreto fazendo afocinhar, com toda a sua ciência, o jactancioso japonês, campeão do *jiu-jítsu*.

Em 1910 Germano Haslocher, Luiz Murat e quem escreve estas linhas pensaram em mandar um projeto à Mesa da Câmara dos Deputados tornando obrigatório o ensino da capoeiragem nos institutos oficiais e nos quartéis. Desistiram, porém, da ideia porque houve quem a achasse ridícula, simplesmente porque tal jogo era... brasileiro.

Viesse-nos ele com rótulo estrangeiro e tê-lo-íamos aqui, impando importância em todos os clubes esportivos, ensinado por mestres de fama mundial que, talvez, não valessem um dos nossos pés-rapados de outrora que, em dois tempos, mandariam um Firpo ou um Dempsey *ver vovó*, com alguns dentes de menos e algumas bossas de mais.

Enfim... Vamos aprender a dar murros – é esporte elegante, porque a gente o pratica de luvas, rende dólares e chama-se boxe, nome inglês. Capoeira é coisa de galinha, que o digam os que dele saem com galos empoleirados no alto da sinagoga.

É pena que não haja um brasileiro patriota que leve a capoeiragem a Paris, batizando-a, com outro nome, nas águas do Sena, como fez o Duque com o *maxixe*.

Estou certo de que, se o nosso patriotismo lograsse tal vitória, até as senhoras haviam de querer fazer *letras*. E que lindas seriam as *escritas*! Mas se tal acontecesse, sei lá! muitas *cabeçadas* dariam os homens ao verem o jogo gracioso das mulheres.

Bazar, 1928

ÀS PRESSAS

À hora em que, de afogadilho, urgido pelo tempo, escrevo esta efeméride (9 da manhã) já a minha querida rua do Rozo, ordinariamente tão sossegada, só ressoando, para meu encanto, risos de crianças e chilreios de passarinhos, borborinha, referve, tumultua atupida de gente, marulha o vozeiro de um como assustado povo, estronda com o buzinar de numerosos automóveis, atroa a estropeada dos cavalarianos que a policiam, bezoa com o pregão de um mundo de feirantes que se instalam ao longo dos passeios, à sombra das árvores, com tabuleiros, cestas, latas e catimploras.

Os que chegam aforçurados, aos grupos que se atropelam, parecem vir fugidos de uma catástrofe da qual, na pressa, puderam apenas salvar relíquias que trazem em embrulhos ou em cestinhos.

Avançam aos tropelões, às corridinhas, animando-se uns aos outros: anciãos e matronas, graves pais de família, rapazes, senhoritas, algumas ágeis como Atalanta que, para animarem os retardados parentes, deitam a correr, rindo, com as fitas e as plumas dos chapéus esvoaçando ao vento.

E o açodamento torna-se mais ansioso, ouve-se o ofegar cansado. Alguns param, boquiabertos, limpando o suor, mas logo os companheiros bradam-lhes incitando-os com a ameaça de que não acharão lugar e lá os levam aos empurrões.

Efetivamente o povaréu que chega todo se represa a esquina da minha rua e das outras continuam a afluir densas massas.

O desfiladeiro da rua Farani lembra o das Termóplas quando por ele avançaram os persas. A rua Paissandu é como um rio humano, correndo encachoeiradamente por entre as airosas palmeiras. A rua Guanabara formiga e pela rua do Ipiranga é tal a invasão que as crianças correm espavoridas nos jardins das casas, refugiando-se nos braços das amas, e os grandes cães de guarda arrancam furiosamente nas correntes, ladrando raivosos.

Lembro-me dos dias tristes e atônitos que passaram por nós quando, sob a ameaça das forças revoltadas, toda a cidade abalava em fuga para as montanhas.

Felizmente o que hoje assim alvoroça a minha quieta rua, tão pacata de costume, a esta hora matinal, não é um êxodo de pânico, uma abalada de terror, mas um movimento alegre de entusiasmo provocado pelo grande encontro de atletas, cujo resultado, (que Deus seja pelos nossos, Ele que é brasileiro, como afirmam os otimistas) à hora em que circular *A Noite*, será conhecido em toda a América do Sul.

O estádio, com as suas muralhas festivamente embandeiradas, parece uma praça forte assediada por um exército.

Há gente em todas as suas portas espremendo-se com risco de asfixia. Aqui, ali, rompem protestos indignados contra o arrocho.

É uma senhora que pede mais respeito a um cavalheiro que, involuntariamente, porque também o empurraram, fez com que o seu complicado chapéu tombasse à bolina.

É um ancião, de melenas brancas, tipo de Nestor, que vocifera enfurecido, brandindo o guarda-chuva diante dos olhos espantados de um rapazelho.

– Eu podia ser seu avô, sabe o senhor? Seu avô. Tenho netos mais velhos do que o senhor. Falta de educação... No meu tempo os rapazes da sua idade davam caminho aos velhos, descobriam-se diante deles.

Ao que responde o rapazelho:

– É possível. Mas no seu tempo não havia futebol...

É adiante outro bate-boca entre uma senhorita e um elegante.

– Ah! isto não são modos. E o senhor ainda se queixa. Quem o mandou empurrar? O senhor está com o casaco manchado de gordura e eu perdi o almoço. É! O senhor só fala do seu casaco e não vê as empadas, os sanduíches, os camarões que ali estão espalhados. E agora? Que havemos de comer lá dentro, eu e mamãe?

Outro, que conseguiu safar do aperto uma galinha assada, perdendo apenas o papel que a embrulhava, leva-a espetada na bengala. E são gritos, faniquitos, cotoveladas, vozes: "Não belisque! Não empurre! Não seja confiado! Moço, eu digo a papai. Tire a mão daí, seu malcriado!".

E toda essa gente comprimida brada pelos porteiros, reclama a presença dos diretores, pede a intervenção da polícia. E a colina, ao fundo, começa a encher-se levas e levas subindo encarreiradamente, espalhando-se pela erva, tomando os pontos mais altos. Aparecem vultos nos telhados das casas, rapazes tentam marinhar pelos caules das palmeiras...

Apinha-se condensadamente a rua, suspende-se o trânsito dos automóveis. São 9 $^1/_2$, o jogo deve começar às duas. Não há remédio. Ponho aqui o ponto final porque, se me demoro mais um segundo, fico a ver navios e o que eu desejo ver não é propriamente uma revista naval, mas a decisão do campeonato.

O meu dia, 1922

BOLA A GOL!

Que uma mulher se mate porque o marido a despreza por outra, porque a maltrata com injúrias e bordoada ou porque não lhe dá o necessário à vida, deixando-lhe o lar sem fogo, a despensa vazia, sem, ao menos, o pão e a laranja, que são os últimos recursos, no dizer do povo, é um pouco violento, enfim, compreende-se, mas que, em gesto desprendido e trágico, emborque a taça do veneno por causa de uma bola de couro, é muito!

Pois foi o que se deu aí num subúrbio.

Certa dama, ainda na flor dos anos, desgostou-se da vida e dissolveu-a num vidro de lisol, porque o marido, que aqui ficou, viúvo, dando as cartas, por ser correio, ao deixar a mala da correspondência, em vez de atirar-se amorosamente nos braços da criatura, enfiava os calções e ia para o campo *shootar* a gol com o seu *team*.

A mulher tentou, a princípio, chamá-lo à ordem com boas palavras para que ele fizesse *goals* em casa, no seio da família.

O homem prometeu, jurou, mas não houve meio – sempre que investia em arremetida ao *goal* era certo achar-se *off-side*. A mulher revoltava-se, queixando-se de que ele jogava sem atenção, distraído. O pobre homem coçava a cabeça, prometia emendar-se, mas não ia lá das pernas e, no melhor da festa, o juiz apitava: *off-side*.

Desesperada, a mulher revoltou-se:

– Isto assim não está direito. Todo o mundo faz *goals* em casa, só você é que não pode. Por quê?

– Não sei. Bem que eu *shooto*, mas é aquela certeza. Não me ajeito no campo. Não sei se é falta de treino ou o que é. Lá, não perco bola; aqui, é isto. Quem sabe se não é por causa da grama? Campo muito gramado não serve: a gente *shoota*, a bola emperra, engasga e é isto. Você fica zangada, mas culpa não é minha. Eu só queria que você me visse jogar lá no outro campo. É um gosto. E não é dizer que jogo só como *center-half*; não. Jogo em qualquer posição. E aqui é uma vergonha. Você tem razão, não digo o contrário, mas que hei de eu fazer?

A esposa mísera queixava-se a todos do abandono do marido. O homem não pensava em outra coisa – era só a bola, o *goal* no tal campo, os trancos, um inferno!

Às vezes, alta noite, punha-se a berrar, a esmurrar os travesseiros. Ela despertava-o e o monstro, em vez de agradecer-lhe a solicitude carinhosa, ficava aborrecido, amuava:

– Ora você... Que mania! Eu estava quase entrando com a bola e você acorda-me!

– Ai! não havia de acordar. Para os vizinhos pensarem que estávamos brigando e começarem a dizer por aí que vivemos como gato e cachorro. Pois você estava berrando como um danado... Não, tem paciência. Isto não pode continuar assim. Ou você endireita ou eu tomo uma resolução e acabo de uma vez com isto. Estamos casados há três anos e que é da bola? Nem sinal. Não, isto assim não está direito. Não sou exigente, mas também não quero passar por tola. Se você não jogasse, por isto ou por aquilo, eu não me zangava, mas jogando como você joga lá fora... Não, tenha paciência.

O pobre homem fazia das tripas coração, esbofava-se, mas qual! no momento havia sempre alguma coisa que o atrapalhava – *shootava* fora, na trave ou perdia a bola no melhor momento.

Há casos assim e o pobre explicava:

– Olha, filha, o Crispim é uma fera no Bangu, ninguém pode com ele, aquilo é *goal* um em cima dos outros; vai jogar em outro campo, não dá nada. Eu sou assim. Que hei de fazer? Você pensa que é má vontade, não é. Nem que eu faça força, não vai. Jogo é o diabo. Quando se está de sorte, tudo pega, mas quando se está de azar, é escusado.

– Então, não?

– Vamos ver. E tentava. Nada! A pobre criatura desesperou e o desespero levou-a ao suicídio.

Dirão os que não conhecem a alma humana que ela era uma tola, por isto ou por aquilo. Eu não discuto, lastimo a pobrezinha. Perguntem a um torcedor se há coisa que enfeze mais do que estar a ver o adversário fazer *goals* e a gente... nada.

O meu dia, 1922

O ESPORTE E A BELEZA

O Sr. Lafreté, presidente da *Academia de Sports de Paris*, segundo li em comentário publicado no Suplemento d'*O Imparcial* de 29 de abril de 1923, sussurrou (com a discreta reserva que lhe impunha o posto que ocupa na dita Academia) a suspeita que tem, ou melhor: a convição em que está de que os exercícios físicos comprometem a plástica feminina.

Gomez Carrillo, que não tem responsabilidades que lhe tolham a franqueza, fez-se porta-voz do tímido sussurro, agravando-o ainda tonitruosamente com a sua própria opinião, de todo infensa aos mesmos exercícios, quando praticados pela mulher.

Se o ginasiarca parisiense e o escritor espanhol não provarem, com argumentos e exemplos convincentes, que a razão lhes assiste, não serei eu quem os siga na campanha.

Além do que tenho observado e que desmente as afirmações de tais estetas, contraponho ao que dizem as maravilhosas cópias de beleza que nos legou a antiguidade e apoio-me no consenso de autores como Taine, Spencer, Marius-Ary Leblond, Lalo, Barthez, Michelet, Coubertin e outros, todos acordes em afirmar que a ginástica e os esportes metodizados concorrem mais para a beleza feminina do que todos os arrebiques e afeites de que se vale a mulher, para realçar os seus encantos naturais.

Deixo de referir-me às figuras da estatuária grega, nas quais se vê a verdadeira euritmia na proporção harmoniosa das formas, na esbelteza dos movimentos, na graciosidade das atitudes. Assim Ártemis no alor airoso com que investe aos cervos na floresta, à frente do bando cinegético de ninfas, açulando a matilha que devorou Acteon. Assim Atalanta, a corredora, vencendo agilmente a pista. Assim todas as deusas que avultavam em altares e as donzelas que apareciam graciosamente nas procissões da idade áurea, coroadas de rosas e entoando cânticos.

Aristófanes, quando se referia às virgens que se exercitavam na arena, tomando parte nas gimnopédias, louvava-lhes a beleza senhoril, a cor da cútis, o brilho dos olhos e a alegria sã e honesta.

Leiam-se, a tal propósito, nos *Ensaios de crítica e de história*, de Taine, os formosíssimos estudos intitulados: *Les jeunes gens de Platon* e *Sainte Odile et Iphigenie en Tauride* e ainda várias passagens da *Philosophie de l'art*.

O movimento é vida e a saúde é essencial à beleza. A inércia amolenta, traz a flacidez e a tibieza e em fofos coxins, encerrada em harém, como as odaliscas, perde a mulher a flexibilidade, engorda, faz-se toda enxúndia como as huris de Bizâncio que viviam espapadas em tapetes, respirando arômatas voluptuosos, guardadas à vista por eunucos que não lhes consentiam um passo fora dos gineceus.

Comparem-se as adiposas cativas dos serralhos com as canéforas da frisa do Partenon – umas, confinadas em estufilhas mornas; outras, soltas, ao ar livre, criadas em plena natureza, ao sol, sem peias, e ver-se-á o benefício da educação enérgica que, não só apura a beleza, como ainda, reforçando a estrutura, prepara a mulher para o destino augusto que ela traz para a vida, que é a maternidade.

A mulher moderna opõe à arte estética o artifício pérfido. O que, antigamente, era adquirido no ginásio ou no campo, à sombra do arvoredo: a força, a esbelteza, a saúde que se reflete na cor do rosto, no brilho dos olhos e ainda na elegância dos movimentos, imagina-se hoje conseguir em oficinas recônditas de aformoseamento.

Uma aula calistênica, dirigida competentemente, faz mais pela estética feminina do que todos esses institutos de beleza que por aí há, com os seus aparelhos depilatórios, os seus unguentos, as suas lâmpadas coloridas, os seus eletuários, os seus alfenamentos, as suas cintas compressoras e todo o arsenal e toda a farmácia que só conseguem dar a ilusão da beleza, precipitando o engelhamento das rugas, desabando sanefas de perigalhos, quando não provocam enfermidades herpéticas que deformam para o sempre as que se deixam embair pelos reclamos desses Mefistos que, prometendo a mocidade, o que, em verdade, fazem às míseras clientes é apressar-lhes a velhice.

O Sr. Lafreté, presidente da *Academia de Sports de Paris*, não se arrecearia tanto do prejuízo da beleza feminina pela prática do esporte se visitasse a América do Norte, e nela visse a mulher bela, graciosa e forte, que se apura ao ar livre em exercícios compatíveis com a sua natureza.

Certamente ninguém exigirá da mulher que jogue o *football* ou o *rugby*, que esmurrace antagonistas com o guante de boxe, que arremesse barras de ferro, que se engalfinhe em luta romana.

Há exercícios que lhe não são próprios e que lhe seriam prejudiciais, não só à beleza como à saúde e até a sujeitariam ao ridículo. Mas a agonística conta tantos outros e, entre eles, a natação, à qual devemos magnificências corporais (sem citarmos Frinéa, que era nadadora exímia), como essa admirável Annete Kellerman; a corrida e os exercícios de corpo livre, que desenvolvem a plástica, fazem circular, com vivacidade, o sangue, dão ligeireza aos movimentos e graça às atitudes.

É possível que o presidente da *Academia de Esportes de Paris*, prefira ao canône da beleza elástica o da boniteza atual, feita de melindrosismo piegas e de remelexos, com muita pomada e polvilhos, tinturas e oxigênios, saltos de palmo e outros artifícios.

Se acha mais bela do que Atalanta, vencedora no estádio, a melindrosa do *fox-trot* e do *ragtime*, tem razão. Tal libélula, se se atrevesse a disputar uma carreira na pista ou um páreo na piscina, sucumbiria ao primeiro arranco ou logo às primeiras braçadas. Para esse alfenim, concordo: o esporte seria prejudicial à beleza até porque, com o suor na corrida ou com a água na piscina, se lhe dissolveriam as pinturas e calafetos e ficaria, em público, como em verdade o é, antes dos arrebiques que a disfarçam: hedionda.

As outras, as que não usam de meios ilusórios, essas não receiam o ar livre e o sol e quanto mais se exercitam mais se lhes avivam as cores, porque são reflexos do sangue sadio que lhes corre nas veias, e não vantagens de cosméticos de vermelhão da China.

Feira livre, 1926

SOBRE POETAS E VIDA LITERÁRIA

AOS ACADÊMICOS DE S. PAULO

*E*m S. Paulo, onde fiz as minhas primeiras armas, havia uma tradição oral, transmitida de geração em geração, como a história gloriosa dos antepassados corre em uma tribo contada pelos maiores aos novos da família, para perpétua memória e consagração imorredoura dos ancestrais heroicos.

Abancados às mesas do *Corvo*, à luz vacilante e lôbrega do lampião fumarento, emborcando *bocks*, nas grandes noites de junho trazia-se à palestra, numa espécie de evocação intelectual, os vultos dos que por ali haviam passado, com as suas liras, cantando amores e tristezas, uns céticos, outros crentes, apaixonados outros.

Lembro-me de ter muita vez levantado o meu copo para acompanhar os brindes feitos à memória de Castro Alves, e com que entusiasmo! todo o viçor dos meus 18 anos expandia-se e o saudar terminava num evoé delirante que muitas vezes, despertando os grandes cães que dormiam entre os tonéis, tinha um remate lamentoso de uivos. Por felicidade os alemães obsequiadores acudiam com pontapés solícitos para sopitar a elegia cínica dos intrusos.

Castro Alves, com a sua poesia alevantada, vasada nos moldes de Hugo, estrofes talhadas abruptamente que caem como avalanches, conquistara a simpatia de grande parte da mocidade entusiasta do meu tempo. Nas festas acadêmicas, quando um poeta vinha à tribuna, esguedelhado e flamíneo, o auditório que fizesse como os romanos fizeram quando atravessaram o desfiladeiro do país dos Sabinos –, que acobertasse a cabeça – porque os blocos não se faziam esperar, caíam em roldões dos lábios fluentes do inspirado. O público, entretanto, recebia com visível agrado essas estrofes sonorosas – o retumbar do verso era uma necessidade.

Mas tarde, lendo em soledade o poeta da *Euthanasia*, senti pendor para os seus escritos. Cumpre-me dizer com sinceridade que essa impressão que me empolgou o espírito devo-a ao seu poema em prosa *A noite na taverna*. Sei bem que muitas das situações ressentem-se da leitura aturada dos poetas ingleses; em todo caso há uma grande e perfeita uniformidade de visão artística. Marlow e Byron, Shelley, Poe e tantos outros folheados pelo erudito acadêmico podiam ter desbastado o caminho, mas a viagem foi feita sem companhia e quando o poeta atravessou os umbrais do antro estava só, com a sua Musa, devo dizer, com a sua Musa de olhos doces e tristes.

Há quem o chame o "Colombo da Europa literária" porque foi ele que nos mostrou os amplos horizontes devassados pelo sentimento – ou pela Arte, que é a expressão desse produto d'alma – dos mestres do continente antigo. Não discordo e seria rematada ingratidão da minha parte aventurar dissonâncias, quando cantais louvores em homenagem justa e digna a um dos que mais se esforçaram para exalçar o nível do nosso espírito; mas haveis de permitir que livremente manifeste a minha opinião acerca da brilhante trindade que hoje resplandece no frontão da Academia. O meu poeta preferido é o último – Varela.

Não tinha o fulgurante assomo do primeiro, faltava-lhe a erudição, o grande subsídio literário do segundo, mas, em compensação, sobrava-lhe sentimento. E a paixão com que voltava os olhos para o sereno céu da sua terra! a meiguice com que escutava os cantos das matas verdes, a enternecida afeição que dedicava aos seus patrícios ingênuos, ao caipira cantador, à caipirinha lânguida, o trabalho paciente de ressurgir todo o idílio selvagem no poema *Anchieta*. A poesia, intensamente brasileira, vibra muito mais em minha alma, comove-me talvez por uma afinidade de espírito, e a verdade é que, esquecendo os arroubos de Castro Alves, os eruditos períodos de Azevedo, voto todo o meu entusiasmo ao dolente cantor dos *Cantos do ermo e da cidade*.

Bilhetes postais, 1894

POEMAS BRAVIOS

*S*e as árvores e os rochedos, as águas que se despenham acachoadas de toda a altura das montanhas e as que dormem languidamente nos lagos cobertos de flores; as dunas em que se esgalham retorcidos, na tortura que lhes infligem os raios do sol, os mandacarus, esses Lacoontes dos desertos; as colinas forradas de bogaris, e ainda os animais: os que se enfurnam em cavernas, os que se escondem em luras, os que se aconchegam em ninhos; desde os que atroam temerosamente a brenha com frêmitos raivosos até os que a abemolam com a gorjeada alegre; e ainda os insetos, cujas pequeninas vozes tremem no silêncio como as faíscas brilham na escuridão, piscando-as de cintilações efêmeras, que lhes não quebram, até com mais espesso o trevor; se todos os seres simples e todas as coisas, incluindo no concerto os raios do sol e os nimbos do luar, que no vale místico do Tempé acudiram ao som da lira órfica, houvessem aprendido com o divino poeta a traduzir em palavras o que sentem a poesia que fizessem seria, decerto, igual à que, de quando em quando, irrompe em caudal tumultuoso e sonoro da alma desse gênio agreste que é Catulo Cearense.

Não falam, infelizmente, os seres simples e as coisas, deu-lhes, porém, o Senhor intérpretes que são os poetas, que veem através do mistério e exprimem o que jaz aprisionado no silêncio eterno.

E um desses poetas privilegiados, oráculos da Natureza, é esse mesmo Catulo Cearense.

Não tem a sua poesia a disciplina da arte dos homens, é forte, insubordinada como a própria natureza. Nela o som é alto e retumba, a luz é vívida e escalda se é de sol, se é de luar sensibiliza e encanta como um filtro; o cheiro que trescala não é o de essências manipuladas, mas o aroma virgem, seivoso das matas, olência saída diretamente do cálice das flores que delicia, atordoa e mata.

Toda a obra do poeta ressuma força. Não há nela artifício. As imagens são reflexos – retratam o que fica a uma e outra margem da correnteza poética: aqui arvoredo, lírios além, ou, em abertas, o pleno céu e o sol ou a tremulina do luar.

A desordem substitui a euritmia e essa mesma desordem é que dá caráter à poesia do grande sertanejo, tornando-a um espelho da vida bárbara nesses rudes rincões.

Abre-se-lhe um dos livros, toma-se, ao acaso, um poema, *Flor da noite*, por exemplo. Começa-se a leitura, vai-se por ela docemente, em embalo de meiguice como se desce um rio ao meneio da pá do canoeiro, sob um toldo de franças cobertas de flores e chilreantes de vozes de passarinhos.

Súbito sente-se que a corrida se apressa – refervem, remoinham, espumam em raiva as águas, cresce um rumor temeroso: é a cachoeira que se anuncia – e lá vai a canoa atraída pelo abismo. É a fatalidade, é o destino que irrompe transformando o quadro, mudando o aspecto risonho em cenário trágico para, pouco adiante, depois de tropeleões formidáveis sobre rochedos e penhascais, estender, de novo, o rio em leito sereno por onde prossegue suave, blandífluo, retratando a paisagem e o céu.

Assim na poesia de Catulo.

O amor começa em idílio, vai indo, crescendo, surge a desconfiança, inflama-se o ciúme e explode instantânea a tragédia, rápida como as quedas dos rios nas cachoeiras ou como as tempestades estivais que abalam a trovões todo o sertão, alagando-o em enxurradas que formam lagos e correm em rios tumultuosos, arrasando tudo que se lhes antepõe à fúria, mas, na manhã seguinte, as terras reaparecem floridas e a vida retoma o seu curso com mais vigor.

O que se encontra no último livro do grande cantor brasileiro: *Poemas bravios* não é a poesia regular, enquadrada em regras inflexíveis – é a própria Natureza soberba e nela as almas com toda a força do instinto, a selva humana com as suas belezas grandiosas, as suas insídias, as suas maravilhas que enlevam e os seus abismos que devoram.

É a terra bárbara, enfim, que se nos apresenta com a sua gente, tal como é, tal como vive, tal como a sentiu esse que trouxe para a cidade, ao som da sua lira, em prodígio igual ao que realizou Anfião, não somente pedras, mas toda a beleza, toda a grandiosidade, toda a poesia dessas regiões misteriosas onde se concentra a Alma do Brasil.

Às quintas, 1924

A CONSAGRAÇÃO DA FRANÇA

A Academia Brasileira de Letras nasceu no escritório da *Revista Brasileira*, no primeiro andar de um prédio humilde na antiga rua Nova do Ouvidor, hoje Sachet. Duas salas acanhadíssimas: redação em uma, secretaria em outra.

Dos sócios da casa o menos assíduo era o sol, representado, quase sempre, pelo gás, porque, desde a escada, tinha-se a impressão de que, em tal cacifro, mal os galos começavam a cantar Matinas, a Noite recolhia a sua sombra, pelo menos a parte com que escurecia o quarteirão logo que o sino grande de S. Francisco, lentamente, em sons graves, dobrava as Ave Marias.

Na redação reuniam-se, diariamente, chuchureando um chá chilro, José Veríssimo, diretor da *Revista*, Paulo Tavares, secretário, Machado de Assis, Joaquim Nabuco, Lúcio de Mendonça, Graça Aranha, Paula Ney, Domício da Gama, Alberto de Oliveira, Rodrigo Octavio, Silva Ramos e Filinto de Almeida.

Por vezes apareciam Bilac, Guimarães Passos, Raimundo Corrêa, Valentim Magalhães, Pedro Rabello e outros.

Andava eu, então, publicando na *Revista* um romance *Agareno*, posteriormente crismado em *Tormenta* –, e só me atrevia a afrontar-me com a treva da escada carunchosa e rangente, na qual, mais duma vez, encontrei ratazanas pré-históricas, quando recebia chamado para rever provas.

Com o negrume do recinto contrastava o brilho da palestra que ali se travava. Se as ideias fulgissem e as imagens relumbrassem, certo não haveria em toda a cidade casa mais iluminada do que aquela, infelizmente, porém, apesar dos conceitos diamantinos de Machado de Assis, do esplendor dos períodos de Nabuco, da cintilação do espírito de Lúcio e dos paradoxos relampejantes de Paula Nei, era necessário manter sempre aceso um bico, ao menos, de gás, para que tantos luzeiros não andassem aos esbarros desmantelando pilhas de brochuras, abalroando nas mesas, que eram duas, uma das quais de pinho reles e tripeta, claudicando sob o peso glorioso de obras-primas à espera de editores.

Foi em tal pobreza obscura, como a do presépio (*honni soit qui mal y pense!*), que nasceu a Academia e, se anjos não esvoaçaram no beco, anunciando o natal da Instituição, cá embaixo, na terra rasa, teve a recém-nascida vozes que, se não a glorificaram com Hosanas, fartaram-se de a arrasar anunciando-lhe a morte com prognósticos ridículos.

Fraca, entanguida, morre, não morre, a Academia só não sucumbiu porque teve a desvelá-la a dedicação dos seus fundadores, que a aleitavam com esperanças, leite muito dessorado, e envolviam-na, para aquecerem-na, em faixas de entusiasmo.

Lúcio era o mais corajoso e solícito dos aios da pobrezinha. Foi ele que a vacinou com a linfa da perseverança; foi ele que a curou da coqueluche, que lhe pôs ao pescoço o colar de âmbar para evitar as crises da dentição, que a batizou no templo das musas e que lhe incutiu n'alma a grande Fé, tônico que a fortaleceu para vencer os percalços da primeira infância.

Um dia – já, então, a Academia andava por seu pé, falava e comia de garfo nos famosos jantares da "Panelinha", – Machado de Assis, que era o seu Presidente, comunicou que o governo resolvera dar à instituição, – reconhecida de utilidade pública – instalação condigna em uma das alas do

Sillogeu, dotando-a ainda com uma verba de vinte contos anuais para sua manutenção.

Com tal benefício, ficaram os acadêmicos dispensados da mensalidade com que contribuíam e, em vez do que lhes saía do bolso, muito ratinhado, passaram a receber a cédula de presença, na importância de vinte mil-réis.

E a Academia começou a funcionar com regularidade, e cadeiras, no edifício da Lapa, onde o sol entra a jorros e com o sol o estrondo dos bondes e de mil outros veículos perturbadores do silêncio e da serenidade.

Certo dia – a política não tem entranhas! – o Congresso, por motivos que a História ainda não averiguou, resolveu suspender a cesta dos pastéis e a Academia voltou ao regime da penúria, celebrado por Aristófanes e Licurgo. O termômetro do entusiamo precipitou-se abaixo de zero e as sessões tornaram-se pouco frequentadas e desinteressantes.

Foi nesse período de aperturas que a Morte, rebentando uma represa de Fortuna, fez com que rolasse para a Academia um rio de ouro.

O fenômeno causou surpresa: o macaréu chegou a provocar protestos e a Inveja açulou contra a que se deitara em estrame e acordara em leito atálico toda a matilha do seu ódio.

O que se disse da herdeira, santo Deus! O interessante, porém, (sempre a raposa da fábula!) é que muitos dos que mais se acirraram contra a vinha andam-lhe agora em volta, em cúpido farisco, d'olho nos cachos, que já lhes não parecem verdes, procurando meios de guindar-se pela cepa até alcançarem lá em cima os bagos sumarentos.

Eis que agora a França, não só acrescenta as posses da Academia com valores preciosos, como ainda lhe dá o prestígio de um prêmio de honra, fazendo-a legatária do palácio, que edificou para sua residência, na Avenida das Nações, com as riquezas que o exornam e que são exemplares, e dos mais belos, do seu patrimônio artístico, que ela, decerto, não confiaria a quem não fosse digno de os possuir.

Que dirão de tal gesto os que tudo nos negam? Pois a França, a quem se não contesta a hegemonia intelectual, reconhece oficialmente a Academia Brasileira? A França de Montaigne e de Racine, de Rabelais e de Molière, de Ronsard e de Hugo, de Voltaire e de Anatole acolhe no seu girão o Brasil de Gonçalves Dias e Alencar, de Castro Alves e Machado de Assis, de Álvares de Azevedo e Bilac, de Aluísio e Raimundo Corrêa!? Mas então nós somos alguma coisa... Ora esta!

Não há como o estrangeiro para descobrir o que temos, não só na terra, em belezas naturais, como nas criações da inteligência.

É possível que, de hoje em diante, assim como já nos interessamos por certas paisagens, louvadas pelos que nos visitam, leiamos os nossos autores dignificados pela França. E já não é sem tempo.

E não terminarei sem algumas palavras à nossa Academia. Não as direi eu, mas o grande Bernardes, que mas emprestará de uma das suas mais formosas silvas.

Medite-as a Academia dos Felizes, porque há nelas conselho:

Na Igreja Primitiva os Cálices eram de madeira, como consta do Concílio Triburiense, celebrado em tempo do Papa Formoso, ano 895, e destes usaram os Sagrados Apóstolos, como diz Honório Augustudunense, citado por Bernardo Bisto na sua Hierurgia. E essa é a razão daquele tão decantado Apotegma de S. Bonifácio Mártir, Bispo de Mogúncia, que perguntado se era lícito consagrar em cálice de pão, respondeu: "Antigamente os cálices eram de pão, e os sacerdotes de ouro; agora os cálices são de ouro, e os sacerdotes de pão".

Feira livre, 1926

O POETA DA RAÇA

O Poeta, pressentindo a morte, apressou o regresso à Pátria para que a grande noite o não apanhasse fora do lar doméstico. Queria dormir à sombra das suas palmeiras.

Na hora extrema a vista alonga-se – a morte é uma ascensão e, como dos cimos o olhar dilata-se por extensões imensas, assim o moribundo, da altura suprema a que se eleva, vê todo o passado e avista, talvez, os lindes do mistério futuro onde se entra por uma ponte levadiça que nunca mais é arriada para dar saída.

Não foram os ventos propícios ao navegante enfermo que nem forças tinha para sair do beliche em que jazia.

Levantou-se a procela. Bulcões escureceram tenebrosamente os ares, o mar encapelou-se, lúrido, e a barca, aos boléus nos vagalhões estalava, rangia abrindo-se por todas as costuras.

Ao estrondo tormentoso acrescentava a maruja a celeuma espavorida e cada vez que uma onda alagava o convés, todo o cavername gemia e a barca, às guinadas loucas, inflectia de proa ao vórtice.

Quem se lembraria do passageiro enfermo que, no leito do beliche, revia a terra próxima, desde o cais da cidade até as estradas brancas, e o seu outeiro natal, chamado do Alecrim, nesse encantado berço que ele descreveu evocativamente em versos que deviam ser insculpidos no brasão da cidade?

Quanto és bela, oh! Caxias – no deserto,
Entre montanhas, derramada em vale
De flores perenais,
És qual tênue vapor que a brisa espalha
No frescor da manhã meiga soprando
À flor de manso lago.

E sofreria o Poeta no abandono em que o deixaram, como se já estivesse no túmulo? Talvez não.

Assistia junto dele, como solícita enfermeira, aquela que nunca o abandonara, distraindo-o nas horas de tristeza, emoldurando-lhe a saudade em esperanças quando o coração o norteava para a Pátria. Essa companheira meiga era a Imaginação que, exaltada pela febre, cercou o poeta de um círculo de fogo, onde ele ficou alheio de todo à vida, como Brunhilda na auréola em que a prendeu Wotan.

Propinando-lhe o delírio como um lenitivo, dando-lhe o desvairo por viático, a Imaginação febricitada foi caridosa com o moribundo.

Aquele troar de madria e ventos, a grita da companha em alvoroço, o estalejar dos mastros e das vergas, o estraçalhar das velas, todo o estridor medonho da catástrofe chegava aos ouvidos do Poeta através da ilusão do delírio como o estrupido heroico da terra bárbara, a Pátria virgem que ele celebrou nos poemas autóctones da nossa literatura.

Era ela que o recebia festivamente com o ressoo formidável dos instrumentos, das armas e das vozes dos seus guerreiros brônzeos. Eram os seus Timbiras que, em pocema bravia, celebravam o regresso do grande Piaga, o cantor e o defensor das tabas.

E o mar e os ventos, cada vez mais iracundos, mantinham a ilusão.

Súbito, imenso golfo, galgando as amuradas, subverteu a barca e o oceano fechou-se. E assim, em sonho heroico, passou, talvez, da vida à morte, o Poeta máximo do Brasil, um dos maiores líricos da América.

Outros poderão excedê-lo no estro, no esmero da arte, no som grandíloquo da lira, nenhum o sobreleva na linguagem nem, mais do que ele, sentiu e amou a Pátria.

A sua Poesia vem, como o canto das aves, o murmúrio das águas e o perfume das flores, do seio da floresta: as figuras dos seus poemas vestem-se com as galas simples da natureza; flores e plumagem.

A cultura em Gonçalves Dias, requintando-lhe a arte, não lhe prejudicou o sentimento, como o adubo que robustece a planta não lhe modifica a natureza. Ele manteve-se sempre o "indigete", o poeta da selva, o cantor da terra e da luz, da beleza e da força da Pátria. Foi o anunciador da nossa Poesia, e, sendo dos mais estremes no vernáculo, não desprezou o idioma que soava nas brenhas, por entre os ramos floridos antes que a terra frondosa surgisse aos olhos dos seus descobridores.

Gênio augusto da minha terra, nascido ao calor das mesmas areias, pelas quais meus olhos tanto, na infância, se estendiam deslumbrados, caxiense, meu conterrâneo, dir-se-á que escreveste para a nossa Caxias de hoje ou melhor: para o nosso Maranhão, ensanguentado pela politicalha mesquinha, os versos flamejantes de cólera que rugem na tua obra meiga.

São iambos proféticos, como os de Arquíloco:

> Malditos sejais vós! malditos sempre
> Na terra, inferno e céus! No altar de Cristo,
> Outra vez a paixões sacrificado.
> Ímpios sem crença e precisando tê-la,
> Assentastes um ídolo dourado
> Em pedestal de movediça areia;
> Uma estátua incensastes – culto infame! –
> Da política sórdida manceba
> Que aos vestidos outrora reluzentes
> Os andrajos cerziu da vil miséria.
> No antropófago altar, madido, impuro
> Em holocausto correu d'hóstia inocente

Humano sangue, fumegante e rubro.

....

Afrontas caiam sobre tanta infâmia!
E se a vergonha vos não tinge o rosto
Tinja o rosto do ancião, do infante
Que em qualquer parte vos roçar fugindo
Da consciência a voz dentro vos punja,
Timorato pavor vos encha o peito
E farpado punhal a cada instante
Sintais no coração fundo morder-vos.
Dos que matastes se vos mostre em sonhos
A chusma triste, suplicante, inerme...
Sereis clementes... mas que a mão rebelde
Brandindo mil punhais lhes corte a vida:
E que então vossos lábios confrangidos
Se descerrem sorrindo – cru sorriso
Entre dor e prazer- – qu'então vos prendam
A poste vergonhoso, e que a mentira
O vosso instante derradeiro infame!
Bradem: Não fomos nós! – e a turba exclame:
Covardes, fostes vós! – e no seu poste
De vaias e baldões cobertos morram.

....

E eis como versos escritos em 1839 sobre a "Desordem de Caxias" podem ser aplicados a todo o Estado que hoje se enfeita para honrar e glorificar a memória do maior dos seus filhos!

Às quintas, 1924

UM GÊNIO

– *E* o concurso?

– Foi um desastre. Recebi apenas um trabalho, esse mesmo de fora, porque os literatos da terra, sabendo que o Saveiro resolvera concorrer, retraíram-se espavoridos. E não houve mais interesse pelo certame, senão curiosidade ansiosa pelo trabalho que o grande artista cinzelava entre as copadas mangueiras da sua residência de beira-rio.

Todos os dias eram cartas, pajens de fazendas que me vinham perguntar se o autor da *Transfiguração* já me havia mandado o seu trabalho e, nas ruas, nas lojas, onde quer que me vissem, eram certas as perguntas: "Então, o homem?". Já recebeste?". E eu, nada; encolhia os ombros, resignado.

– Que história é essa de *Transfiguração*?

– É o grande romance do Saveiro, romance poema, maravilhoso!

– Publicado? Ainda não está escrito. Ele expõe-no aos íntimos.

– Mas afinal...?

– Afinal, uma manhã, já nas vésperas do encerramento do concurso, correu a notícia da partida do Saveiro para a fazenda do Albino, na serra. O grande artista não podia trabalhar na cidade, sempre com visitas, admiradores que o procuravam com álbuns, cartões-postais. Alguns passavam horas rondando a casa com a Kodak pronta e, mal o artista aparecia à varanda ou à janela, entre a folhagem florida da ipomeia, zás!, um instantâneo. Ele revoltava-se, protestava irritado contra a violação da sua vida íntima. Deu ordens severas aos criados para que não deixassem entrar importunos, mas qual! volta e meia era um estalido entre os bambus – máquina fototográfica em função.

Assim assediado, sem liberdade para pensar, Saveiro resolveu aceitar o oferecimento do Albino e, uma manhã, ainda com estrelas no céu e névoas nas campinas, montou a cavalo e foi-se. Quando se soube que o homem havia abalado para a serra, com uma resma de papel e um litro de tinta, o Quincas, presidente da Câmara, esteve, vai não vai, a decretar feriado municipal para comemorar a hégira literária.

Saveiro escondeu-se nas asperezas da fazenda serrana, sem dar novas de si, até que, um dia (foi isto em maio) justamente à hora em que a grande praça da Matriz formigava com o povaréu, que se encaminhava para a devoção do mês de Maria, um colono do Albino atirou, como uma bomba, "a notícia da morte do artista". Foi uma desolação.

A igreja não teve fiéis, o empresário do circo transferiu o espetáculo, suspenderam-se festas, um casamento, que se realizava, ficou pela metade apenas no ato civil, porque o vigário, compungido, mandou fechar a igreja e a boda estatelou no adro, atordoada e resmungando.

Encheu-se a redação do meu jornal: gente a chorar, a lamentar a grande perda, e foi logo aberta uma subscrição para o monumento que vai ser erigido na praça da matriz. O Quincas propôs que se mandasse colocar uma placa de bronze na casa em que vivera, "honrando e glorificando a cidade e o município, o artista incomparável da *Transfiguração*. Não te descreverei o enterro: foi uma apoteose, veio gente de cinquenta léguas em redor para as exéquias – os trens chegavam cheios e eram automóveis, troles, carros de bois, cavalgadas. Até uma cadeirinha do século XVII trouxe dos cumes da montanha à casa do Juiz de Direito uma senhora, D. Perpetua Gomes, que todos julgavam morta, dizendo-se que havia estourado de ira com a Lei de 13 de Maio.

Os hotéis ficaram abarrotados, armaram-se barracas e muita gente, gente boa, dormiu ao relento. No cemitério, quando entrou o fúnebre cortejo, foi de assombrar. Havia gente trepada nos mausoléus, nos ciprestes, nas casuarinas, aos ombros dos anjos melancólicos; e à beira da sepultura falaram oradores de todas as classes: representantes do governo municipal, o Quincas, da Instrução Pública, o Mamede; do comércio, o Casca Grossa; das indústrias, o Valentim Ferro Velho; de vários grêmios literários e dançantes; de associações políticas, do centro teosófico, da comissão da Comunhão Espírita, o vigário, o diabo! Eram sete horas da tarde, já escuro, e ainda eloquência estrondava entre os túmulos. Depois a semana de nojo e as exéquias com catafalco na igreja, suspensão da sessão na Intendência, sessões fúnebres nos clubes, polianteias. Um horror! Foi em uma das tais sessões que um orador, caixeiro de um armazém de vinhos, propôs que uma comissão se dirigisse à Intendência pendindo que fosse criado o "Museu Saveiro" onde, a expensas da cidade, fossem reunidos e conservados todos os objetos que haviam pertencido ao grande artista.

A ideia, delirantemente aplaudida, foi lançada em uma folha de papel, no cursivo do caixeiro, e subscreveram-na cinco mil e tantas assinaturas. O Quincas compreendeu que era de boa política pôr-se ao lado da opinião popular e tratou de obter os votos da Câmara, o que não foi difícil por virem perto as eleições. E o projeto passou por unanimidade.

Foram, então, nomeadas comissões para arrolamento do que se chamou "o relicário da cidade". A Intendência adquiriu a casa em que vivera o grande artista. E começou um formidável trabalho de empenho para a nomeação dos funcionários que se deviam encarregar do catálogo e da conservação dos bens do morto – imortal: móveis, objetos d'arte, biblioteca etc. Eu tive a minha parte – fui encarregado de reunir os originais da "póstuma" do autor da *Transfiguração*.

Confiei o jornal ao Donato e pus-me em campo. Esquadrinhei tudo, tudo!, na casa em que vivera o artista: móveis, vãos de paredes, subterrâneo, tudo! e só achei jornais velhos, papéis rabiscados, folhas de revistas, nada, porém, em que fulgurasse o gênio do homem extraordinário. Foi então que o Albino, que tinha por ele uma admiração que roçava pelo delírio, disse-me: "Que achava conveniente" que eu fosse à fazenda da serra e procurasse por lá. Com certeza o artista levara consigo os originais, não os querendo deixar ali, entre gente rude. Lá é que deviam estar as poesias, as novelas, a *Transfiguração* e também o conto com que ele, só com a promessa de o mandar ao certame do meu jornal, afugentara todos os concorrentes. Fui.

Viagem tremenda, meu amigo. Que alcantis! Que florestas! Só mesmo um homem, de todo alheado da vida terrena e em absoluto entregue ao ideal, poderia viver em sítio de tanta aspereza. Cheguei à fazenda mais morto do que vivo.

Recebido pelo administrador do Albino, um homem simples, de maneiras dóceis, disse-lhe ao que ia e mais: que tinha pressa porque deixara a cidade em ânsia sôfrega e o jornal entregue a um rapazelho estroina, que era capaz de virar a política, atacando o Quincas e elogiando o Pires, que estava na oposição e sem vintém.

O homem compreendeu-me e, coçando a grenha, hirsuta como a floresta que ficava a um tiro de espingarda "tico-tico" da casa da fazenda, disse-me que "para o caso melhor era ele mandar vir a moça que acompanhara seu Saveiro. Concordei. Horas depois entrava-me pela sala dentro uma dessas morenas que são o encanto e a glória do sertão brasileiro – tez fina, olhos grandes e negros, boca pequena, aberta em rosa, cabelos que a vestiriam se ela os soltasse, colo cheio, quadris anchos e um jeito de olhar e uma voz...! O homem disse-lhe o meu desejo.. Ela sorriu e, logo acedendo, explicou:

– Ele vivia lá em cima. Só vinha aqui para comer. Lá em cima é que ele vivia, na minha casa.

– Pois vamos à sua casa. Fomos. Era dentro da mata, uma choupana que era um ninho, a pedir, para descrevê-la, a pena de Chateaubriand ou de Bernardin de Saint Pierre.

Mal cheguei ao que fora o retiro poético do nosso Firdusi, tratei procurar relíquias. Achei a resma de papel e achei o litro de tinta e a mala de roupa com alguns romances policiais que ele, naturalmente, levara para repouso do espírito. Eis, porém, que, a um canto, descubro uma página de almaço riscada, manchada. Tomo-a, examino-a e descubro letras, cheguei a decifrar algumas palavras, no emaranhado dos rabiscos: "laranja, entono, água suja, crepúsculo... bac..." e letras avulsas – um A aqui, um T além.

A mocetona, vendo-me a examinar, com interesse, a página complicada, sorriu mostrando-me uns dentes admiráveis e simples, como uma figura bíblica, uma daquelas doces mulheres que faziam o encanto patriarcal, inclinou-se sobre o meu ombro e perguntou dengosa:

– O senhor está lendo alguma coisa?

– Não. Mesmo porque não há aqui nada escritor.

– Não há agora, porque eu risquei tudo.

– Você!

– Eu, sim. Ah! comigo é assim. Quem me quiser bem há de querer a mim só. Isto de me beijar e de escrever a outras não serve. Fui eu que risquei, eu mesma. Sou assim. Ciumenta até aqui. Quem não tem ciúmes não quer bem. O senhor não acha? e envolveu-me num olhar que... me fez compreender o fim trágico do grande artista.

– Mas... e esse original que lá está no museu Saveiro, ao qual conferiste o primeiro prêmio no teu jornal?

– É a tal página rabiscada pela mocetona, a única coisa que ficou do gênio do homem, cujo monumento deve ser inaugurado amanhã. E eu, no discurso oficial, tenho um trecho em que escondo a verdade e explico os rabiscos. Meu amigo, não devo ir d'encontro à opinião pública. Tenho família e quero ganhar tranquilamente a minha vida – deixo-me ir na onda. Saveiro era uma besta e um refinadíssimo devasso, a única coisa que dele ficou é aquilo que lá está, em moldura de ouro. Pois queres saber que digo daquela ignomínia? Ouve. E leu-me este trecho, que reputo indigno:

"A página primorosa, de prosa lapidária, que conservamos religiosamente no 'Relicário' da cidade, revela-nos o artista exigente, insatisfeito, que trabalhava a frase com paciência beneditina. Debaixo daquelas linhas, que se cruzam, daqueles borrões que cintillam como astros, a Posteridade paciente descobrirá os esplendores de um Pensamento Novo. E, nesse dia, quando os diamantes forem extraídos da ganga que os esconde, o Brasil verá o seu Poeta máximo e a nossa cidade receberá, triunfante, as glorificações do universo."

– Mas isto é vil, Gaudêncio! É uma mentira covarde! Uma mistificação canalha...

– Será o que quiseres, mas eu não sou idiota para ir d'encontro à opinião pública. Tenho família, sabes? Tenho família e quero ganhar em paz a minha vida. Pouco me importa que o Saveiro tenha sido uma besta. O povo diz que era um gênio, seja.

Frutos do tempo, 1920

HÁBITOS E TRANSAS POLÍTICAS

A CEIA

Na ceia, que a Igreja hoje comemora, foi que Jesus expôs aos discípulos, em breves e eternas palavras, e com a alegoria do pão e do vinho, o seu divino programa e essa cerimônia perpetua-se nos banquetes políticos nos quais os escolhidos dos próceres leem, com mais ou menos sintaxe, entre o peru e o champanhe, as suas plataformas.

Na refeição frugal, em que foi instituído o sacramento da Eucaristia, a vítima foi o anfitrião; nas de hoje é o povo que, nem sequer, como Lázaro, que se sentava na escaleira do palácio do rico, à espera de um bocado, que sempre sobrava para a sua fome, pode ficar à porta do edifício dos comes e bebes promissores.

Na ágape evangélica só havia um traidor, já abotoado com os trinta dinheiros do Sinédrio; nas comezainas da atualidade eles são tantos que, apuradas as somas que representam, com elas se poderiam saldar todas as dívidas da nação, sobrando ainda dinheiro em barda para abarrotar o erário público.

Cristo humilhou-se lavando os pés aos discípulos para que andassem limpos; os de hoje deviam lavar-lhes as mãos e estou certo de que delas tirariam mais imundície do que o nazareno tirou das plantas dos seus convivas, ainda que elas houvessem chafurdado nos atoleiros de Jerusalém, que não primava pelo asseio, como afirmam os escritores do tempo.

Jesus, por ser Deus, conhecia o traidor e nas palavras com que o denunciou despertou-lhe a consciência. Os banqueteados de agora, como não os favorece o dom divino, desconfiam de toda a assistência e, por mais que lhe cantem aos ouvidos as doces palavras da lisonja, estão sempre suspeitosos da perfídia, perguntando a si mesmos:

– Será este? Será aquele? Qual será o que me há de trair?

Judas ajusta o negócio e leva os agentes dos compradores ao monte das Oliveiras para fazer entrega da mercadoria. Os de hoje vendem, não só o Mestre, como até o seu reino e tudo que nele existe, crime que não pode cometer o homem de Kerioth, porque o reino de Jesus era o céu e o céu, como as uvas da fábula, está muito alto para ser alcançado pelas raposas.

Além de Judas sentava-se também à mesa o pescador de Tiberíade, de nome Cefas, que foi crismado em Pedro. Esse não era homem de negociatas, mas tinha a vida em grande conta e preferia-a certa, ainda com as tempestades que agitavam o lago e com a penúria que, por vezes, o fazia sofrer frio e fome na misérrima cabana, à incerteza das promessas do Homem sereno que reviçava as terras secas, sarava os enfermos e ressuscitava os mortos.

Foi por pusilanimidade apenas, não por traição, que ele negou o Mestre ao cantar do galo. Ainda esperou muito, deixem lá.

Os galos começam a cantar de madrugada, quando as estrelas empalidecem, demitindo-se, para que o sol encontre o espaço livre.

Os Pedros da Política negam o Mestre logo que as cores da tarde se vão diluindo; não esperam o escuro e, quando os galos cantam nos poleiros, já eles estão de malas feitas e de passagem para outro lado, tratando do *menu* de outro banquete para ouvirem e aplaudirem outra plataforma.

E querem ainda que Jesus seja o tipo do Mártir! O martírio que ele sofreu foi grande para o seu tempo não há dúvida, mas com o progresso, tudo cresceu e desenvolveu-se, e, assim como os prazeres multiplicaram-se, mais intensos, assim as traições tornaram-se mais negras, as infâmias mais vis, as torturas mais dolorosas.

Um Judas! era um Judas! Um Pedro... isso que monta!? Hoje os Judas são tantos que se o Dr. Bulhões Carvalho os excluísse do recenseamento... nem sei a que ficaria reduzida a nossa população.

Enfim, o melhor é não bulir.

Ceiemos todos, mas certos de que entre os que se sentam conosco à mesa, mais de metade está ali para comer-nos por uma perna.

O meu dia, 1922

A CANASTRA DE GAUDÉRIO

Não havia corrigi-lo – nascera assim, assim havia de morrer: era sina. Pai do descanso, como diz o povo na sua gíria pitoresca, vê-lo era em véspera de viagem.

Enquanto os outros tratavam de fazer cuidadosamente as malas Gaudério, (nome de predestinado), sempre remanchão, passeava alambasadamente pela casa, com uma ponta de cigarro a queimar-lhe os beiços, mãos às costas, ou assobiando, senão arranjava pretexto para discutir com os companheiros, distraindo-os do que faziam.

Por mais que lidassem com ele para que se decidisse a arranjar a canastra de couro de vaca estrelejada a tachas amarelas, encolhia frouxamente os ombros e, com a lerdice habitual, dizia amolengado, cuspilhando d'esguicho para os cantos:

– Tem tempo!... E continuava na pasmaceira coçando regaladamente as pernas cabeludas.

Os companheiros tiravam partido do relaxamento de Gaudério. Tendo à mão a canastra se, por acaso, depois de fechadas as malas, achavam alguma coisa que lhes passara despercebida, lançavam-na à cafarnaum do amigo, como a porão de cargueiro: este, um par de chinelas; aquele, umas ceroulas; outro, uma brochura, o que fosse. E Gaudério moita, indiferente, até que o criado aparecia anunciando a chegada da carroça que devia levar a bagagem à estação.

Era então ver o homenzinho afobar-se em azáfama, corre daqui, salta dali a arrepanhar no chão tudo que via, a arrancar retratos das paredes e atafulhar desordenadamente a canastra: livros e papéis velhos, sapatos e folhas avulsas de apostilas, andainas de casimira e roupa suja, cartas de família e contas dos credores, latas vazias de goiabada e chinelos desaparelhados e ainda, em tal mistifório, metia, de afogadilho, o cachimbo da cozinheira, maços de cigarros, cascaria de frutas e de queijo, ratoeiras enferrujadas e lixo à ufa.

Isto feito, tentava fechar a canastra, que bojava, sendo preciso que os companheiros a forçassem a pulso ou trepassem-lhe na tampa tripudiando em cima para que o dono pudesse dar volta à chave. De tal balbúrdia resultava chegar sempre a canastra de Gaudério em petição de miséria – com as roupas manchadas da tinta ou besuntadas de banha, os livros rotos, a papelada sórdida, tudo por motivo do atropelo com que ele andara na última hora e ainda porque consentira em que um companheiro, que já havia fechado a mala, metesse no canto da sua canastra um pequeno embrulho, exemplo de que se serviam os outros, com esperteza para a atravancarem de badulaques.

Conhecendo Gaudério, como conheço, não me surpreendeu saber que ele vai lançar a sua candidatura a deputado nas próximas eleições. Serão favas contadas e dele, quando triunfar nas urnas, se poderá dizer: *The right man in the right place*. Não só terá o reconhecimento garantido como poderá contar, pela certa, com o voto da Câmara elegendo-o para a comissão de finanças com designação para relatar um dos orçamentos e, em tal trabalho, fará infalivelmente o que, em tempo de estudante, fazia com a famosa canastra de couro de vaca e tachas amarelas: deixá-lo-á para a última hora e escancarado para que receba todas as botas e burundangas com que queiram atochar os espertalhões.

Em verdade – que são senão canastras de Gaudérios esses orçamentos enxertados de emendas as mais absurdas, algumas bojudas, dessas que na gíria aduaneira são chamadas "elefantes" votados a troche-moche por falta de tempo ou de outra coisa, com que, ao apagar das luzes, em plena escuridão, é feita a mudança de um para outro exercício?

O resultado de tal desídia é sempre o que se vê: uma mixórdia que ninguém entende e que, em vez de facilitar, só serve para complicar a vida da nação.

Há coisas, por exemplo, que aparecem em todos os exercícios, são como as baratas que se acham nas frestas dos velhos baús e que surgem assanhadas sempre que alguém os abre e revolve, desaparecendo, logo em seguida, sem que se saiba como nem por onde. Causam apenas susto, alvoroçam aos que as veem, mas é só isso.

Uma de tais baratas orçamentárias, do tipo das cascudas que esfervilhavam em enxame na canastra complicadíssima de Gaudério, é a tal questão das acumulações remuneradas. Não há ano em que tal bicho não apareça.

Dantes era uma barafunda no funcionalismo quando o feio inseto surgia do meio das emendas orçamentárias; hoje ninguém liga. Assim como aparece some-se: tal qual como as baratas dos baús.

As canastras que agora começam a ser despejadas nos vários ministérios, estão cheias até as bordas, não só dos teres dos respectivos Gaudérios como do que nelas atiraram os espertos. Gaudério, quando encontrava entre as suas camisas e ceroulas, os seus punhos, colarinhos e gravatas, borzeguins e galochas, potes de tinta e de brilhantina, bisnagas de dentifrício, pentes engordurados, latas de graxa e meias servidas e outras moxinifadas esbravejava furioso contra o abuso.

De que lhe servia, porém, a fúria? – o intento dos companheiros fora conseguido, o mais... Gaudério que se queixasse ao bispo.

Não era propriamente ao bispo que ele mandava a queixa, senão aos pais, pedindo recursos para refazer o seu guarda-roupa que ficara estragado com os contrabandos dos companheiros E, como os pais, fosse lá como fosse: empenhando-se, encalacrando-se em empréstimos – desfazendo-se de bens, sempre arranjavam os tais recursos solicitados Gaudério acabava rindo-se da esperteza dos companheiros, acendendo um cigarro, murmurava apenas, raspando molengamente com as unhas longas, que tem, as escanifradas pernas cabeludas:

– Vocês são pândegos...

Sim uns pândegos... O diabo é que essa pândega, além de pôr o orçamento em sarrabulhada de caixa de turco, ainda somos nós que pagamos os prejuízos que nos acarretam as misturas que neles fazem os retalhistas da última hora.

Eu sempre achei em Gaudério um corte admirável de relator de orçamentos. Aquela canastra era um vaticínio.

Bazar, 1928

BOAS FESTAS

Algumas horas mais e será uma vez o ano de 1923. Não sei como a História o receberá, isto é lá com ela; eu, de mim, afirmo que tanto se me dá vê-lo morto como me importava com ele enquanto, folha a folha, ia saindo do calendário para a cesta dos papéis.

Isto de viver acaba tornando-se um hábito e a gente não dá pelas horas que passam e transita de um dia para outro como vira a esquina de uma rua.

Vive-se como se caminha e agora, com a ligeireza em que vamos, menos se sente – duas por três a está aí a velhice –, é o fim da viagem, rápida como as que fazemos em táxis e que, amanhã, os que nos hão de suceder farão ainda com mais celeridade: pelo ar.

Que importa o tempo se os homens continuam os mesmos? A melhor terra, a mais fértil, de águas mais copiosas, entregue a colonos lerdos nunca será mais que mortório espinhoso e a charneca, se nela puserem uma turma de trabalhadores enérgicos, em pouco tempo se mudará em alfobre de boa medrança.

Se, em vez de Ano-Novo, nos dessem gente nova a coisa mudaria de figura, seria outro cantar, como vulgarmente se diz, e até eu, que detesto essas chirinolas zaragalhantes com *jazz-bands* e outras moxinifadas americanas, seria capaz de ir atordoar-me em um desses *réveillons* que por aí se anunciam, mas para ver a mesma coisa com mudança apenas de um número, não vale a pena.

Do que foi estou eu livre e dou-me por muito feliz por haver chegado são e salvo à fronteira da nova era. Se não tirei a sorte grande nem recebi alguma condecoração dessas que são distribuídas com mão pródiga, também, louvado Deus, não tive de acompanhar carcereiros nem conheci de perto o serviço modelar da Assistência mandado à solicitude dos seus médicos e enfermeiros por algum automóvel.

O que passou, passou. Pagar adiantado, isso é que não faço.

Por que hei de eu acender luminárias para receber um mistério que vem a mim com carta de prego, simplesmente porque o precede a Esperança? Conheço de sobra essa senhora. Muito me tenho eu nela fiado e tal confiança eu é que sei quanto me tem custado!

Vê-la com o ramo verde e ver um candidato em véspera de eleições, com a circular, é tudo a mesma coisa. O candidato promete ao eleitorado este mundo e o outro, caem os eleitores na esparrela e, mal o homenzinho se apanha reconhecido, não tem o povo maior inimigo do que ele, em tudo e por tudo. O mesmo faz a Esperança.

Agora com o Ano-Novo ei-la em cena a agitar as almas e as tolas ouvem-na e de que confiam no que lhes ela promete são provas os grandes gastos que por aí se fazem em vitualhas e guloseimas, vinhaça e beberetes, músicas e flores para que a primeira hora de Ano-Novo seja recebida festivamente.

Não vou nisso. Tenho experiência que farte para não cair em logros. Não compro nabos em saco. Se o Ano-Novo quer ser recebido com festa diga, primeiro, a que vem, o que traz, mostre-me o seu programa, mas feito como se fazem as escrituras, com testemunhas e firmas reconhecidas. De promessas vãs estou inteirado.

Que me importa a mim que o ano seja este ou aquele? o que eu quero é ver o que nele há e, em todos, o que vejo é a mesma coisa, ou melhor: os mesmos homens com as maldades, as insídias etc. etc. Plataformas e folhinhas, tudo papel sem valor.

E devo até dizer que hoje, com o que tenho visto, prefiro o silêncio aos compromissos generosos que assumem conosco os que pretendem as nossas boas graças.

Não há muito – e os males aí estão por prova – apareceu-nos uma de tais esperanças. Quem a ouvisse falar diria que soara para nós a grande hora venturosa anunciada pelas profecias e com a balbúrdia que, então, se fez em todo o país, não houve um homem de bom senso que se lembrasse de consultar os aparelhos sísmicos. Se tal homem houvesse aparecido teria verificado que os dias vindouros seriam tremendos; que um terremoto como jamais houve nem no tempo da Atlântida, convulsionaria o país durante três anos e pico, deixando-o mais arrasado do que a última catástrofe no Oriente deixou algumas das formosas cidades do Japão.

As ruínas aí estão – não só de casas, como de montanhas; não só das finanças como do próprio brio do povo que, ainda que possa assentar-se à sombra da sua bandeira, não o fará com a mesma independência com que o fazia outrora, porque os seus atos vão ser fiscalizados, a sua vida vai ser vigiada atentamente por uma curatela imposta pelos que confiaram em promessas e que viram ir por água abaixo, por água ou não sei por onde – porque o certo é que ainda não se conseguiu saber como e para que rumo foi canalizada a maquia que para cá mandaram.

Somos uma nação com sentinela à vista, tendo apenas a pátria por menagem.

Ora o causador de tudo isso, o homem a quem devemos mais do que a miséria que já nos arrasta pelas raias da fome: a vergonha, entrou solenemente no fastígio com a mesma solenidade e o mesmo entusiasmo do povo com que, na *Aída*, logo que se propala a notícia da atrevida entrepresa de Amonasro, é Radamés aclamado salvador da Pátria, nomeado generalíssimo das forças egípcias, recebendo a espada com que deve combater a horda etíope.

No ato de Philae, porém, o namorado da escrava, surpreendido em traição pelos sacerdotes, clama

> *Io son' disonorato...*

e, atravessando a cena, entrega a espada ao *sam*, seguindo para a prisão.

O Radamés de cá não só não fez tal entrega como ainda ameaçou reduzir a pó a quem ousasse dizer-lhe em face o que todos sabem e que ele próprio não contesta, porque não pode. E, em vez de seguir para o julgamento, como o tenor na ópera, agarra a espada a mãos ambas e investe com os que o acusam e a lei ainda o prestigia, ainda que sem a espada, que está com ele, apenas com as balanças, essas mesmas inúteis por serem pequenas para o peso de tantos milhões.

Ora, com exemplos tais ainda haverá quem se lembre de festejar vindiços?

Ano-Novo... Que venha – que nos dê o que traz e no fim... veremos. Festas adiantadas não serei eu quem as faça. Tenho escarmento bastante.

Demais, os anos valem pelas ações dos homens. Assim, se nos prometessem homens capazes, homens competentes e de reconhecido patriotismo eu festejaria o advento da nova era, mas um 4 em vez de um 3, um acréscimo de número, mudança apenas de placa... Por tal não serei eu quem se abale.

Festejo por festejo mais merece o que vai, que, ao menos, me deixou com vida, do que o que vem que não sei como me tratará. Mais vale um pássaro na mão do que trezentos e sessenta e seis voando e 1923 está na mão.

Enfim, como é de uso dizer alguma coisa amável aos leitores entre um ano e outro, não quero quebrar a tradição e faço sinceros votos para que, no fim do ano próximo, eu ainda escreva crônicas e conte com todos os meus leitores, sem falta de um, para suportá-las.

Bazar, 1928

OS TIROS

*N*arra uma lenda tebana que o fenício Cadmo, o mesmo que introduziu na Grécia as letras do alfabeto, querendo oferecer um sacrifício a Atena no sítio em que determinara fundar uma cidade e onde, efetivamente, traçou o campo primitivo de Tebas, a belacíssima, mandou por água alguns dos seus companheiros a uma fonte próxima, que era consagrada a Ares, ou Marte.

Tanto, porém, demoraram-se os emissários que o príncipe decidiu sair-lhes na trilha, e, ainda bem não se avistara com a fonte, quando urros temerosos atroaram os ares e, por entre relâmpagos, rompeu desabridamente do bosque assanhado dragão, desconforme de corpo e vomitando labaredas que incendiavam tudo em volta.

Compreendendo, desde logo, que os seus homens haviam sido vítimas do monstro, que tão furiosamente assim o assaltava, dispôs-se o corajoso príncipe para o duelo. Esperou-o a pé firme, apontando-lhe a lança ao peito e, arremessando-se a fera em ímpeto desvairado, encravou-se no ferro e, flagelando estrondosamente o solo com a escamosa cauda, expirou com um regolfo de sangue negro e pútrido que alastrou o terreno em vasto tremedal.

A conselho de Atena o vencedor de tão desigual combate arrancou, um a um, os dentes do dragão espalhando-os pela terra e deles, instantaneamente, nasceram homens armados que logo se empenharam em luta tão renhida que, de tantos que haviam surgido, cinco apenas escaparam e esses foram os *sparti*, ou homens semeados, troncos da grande e poderosa raça dos tebanos.

A lenda cadmeia serve-me de partida para um comentário muito à feição do momento.

Nós também vimos surgir da terra, repentinamente, uma legião de guerreiros, não gerados de dentes drácenos, mas apelidados pela voz de um poeta, e, por virem de tão suave milagre, não se manifestaram raivosos, entrematando-se, como os de Tebas, mas fraternizando em volta de um altar como o de Atena, que é também o de uma padroeira – a Pátria.

Esses guerreiros, que surtiram de todos os pontos do nosso imenso território, foram os Atiradores.

Quem os não viu aqui galhardos, desfilando garbosamente pela cidade como a revelação de uma força nova? Quem os congregava? o sentimento do dever cívico.

Prontos ao primeiro chamamento, reuniam-se nas respectivas sedes e era de ver-se o entusiasmo com que se exercitavam em manobras fatigantes, em manejo de armas, em trabalhos de sapa, cada qual mais ativo e mais contente. E quem eram eles? os mancebos da nossa primeira linha – estudantes, jovens do comércio e do funcionalismo, a fina flor da nossa mocidade.

A emulação, que se estabeleceu entre as várias corporações, tornou-se estímulo para que todas se apurassem timbrando, cada qual, em aparecer melhor e assim, mais de uma vez, tivemos ensejo de aplaudir essas congéries de milicianos moços que se adestravam caprichosamente pedindo apenas ao Estado que lhes consentisse saírem com a bandeira mostrando que, assim como a levavam triunfalmente, de ânimo feliz, através das ovações do povo, levá-la-iam, com ardor heroico, por entre o fogo e o fumo das batalhas se voz da Pátria assim o ordenasse.

Os Atiradores eram a grande reserva nacional, eram a mocidade unida e forte, formando a segunda linha da defesa da Pátria, a sua muralha interior; eram a demonstração de que, além da força dos quartéis, havia a força dos lares, onde cada cidadão era um soldado pronto a sair no primeiro instante.

E, todo o Brasil, orgulhoso dessa legião influída pelo patriotismo, aclamava-a com entusiasmo quando a via em marcha. E as mães saíam a ver os filhos nas fileiras e sorriam-lhes atirando-lhes flores e bênçãos comovidas. Tudo ia bem...

Eis, porém, que surge um atirador maior, um atirador das Arábias e, uma a uma, com a arma terrível de que dispõe, vai abatendo as corporações de Tiro, talvez para que não fique desmentida a lenda dos guerreiros saídos da terra que, mal tomaram pé, logo trataram de destruir-se.

E vai tudo raso.

Tudo, não. Felizmente. como aconteceu em Tebas, restam ainda alguns Tiros: o da Imprensa, o 245... e quantos mais? não chegam talvez a 5, como os cadmeus.

Diz-se que o arrogante atirador não quer tiros e fulmina a todos com a mesma cólera com que o dragão de Marte atirou-se aos que foram à fonte que ele guardava, entendendo que mais vale o sorteio militar, cujos resultados aí estão patentes, do que a instituição patriótica na qual se inscrevia, com entusiasmo, toda a nossa mocidade.

Enfim... o que é bom não medra entre nós e deve ser assim em um país sempre em novas reformas, como os armazéns de secos e molhados.

Os Tiros deram excelentes provas e, se tanto não os houvessem menosprezado e combatido, seriam hoje uma grande e disciplinada força nacional.

E o sorteio? o sorteio é uma loteria que, até hoje, só nos tem dado bilhetes brancos. Brancos, não, pretos e alguns até beneficiados pela Lei de 13 de Maio. Os brancos, com raras e honrosas exceções, passam todos pelas malhas, como os camarões. *E cosi va il mondo.*

Às quintas, 1924

FESTAS E TRADIÇÕES

CINZAS

*D*urante os três dias de Carnaval Sebastião Macario andou pela cidade disfarçado em asno, com um saco a tiracolo.

Não zurrava, não escoucinhava. Caminhando pacatamente na multidão, sério, grave, com a melancolia que caracteriza o animal, cuja feição adaptara, volta e meia abaixava-se, apanhando aqui, ali um pouco de poeira, confete, nastros de serpentinas, trapos, moedas azinhavradas e tudo atafulhava no saco. Dir-se-ia um trapeiro modesto e era, quem o diria!, um sócio correspondente da Sociedade de Psicologia Social de Leipzig.

Figura comum – um burro – ninguém se preocupava com ele e, assim, o erudito andejo fez, sem incômodo e despercebidamente, farta colheita de lixo, dirigindo-se com ela, na madrugada exausta de quarta-feira, para a sua casa em Catumbi, onde tem uma horta que lhe dá para viver.

Despindo a pele de burro e depois de um banho reparador e refeição frugal, como convém a um filósofo, que se nutre de ideias gerais, encerrou-se em um quarto, cuja chave ele traz sempre consigo, e que é assim como a cela de Fausto, como ainda ultimamente no-la descreveu Octavio Augusto no seu formosíssimo poema. Fechou-se por dentro a duas voltas, pôs-se à vontade, deu luz à lâmpada, acendeu um acanor e, despejando as apanhaduras num cadinho, chegou-lhe o fogo.

Levantou-se, súbita e vivacíssima, uma chama brilhante e, em menos de cinco minutos, tudo que o paciente investigador levara das ruas turbulentas estava reduzido a cinzas.

Trasfegando, então, para um covilhete de cristal o resíduo da alegria da cidade, Sebastião Macario foi às prateleiras, muniu-se de ácidos e começou a analisar.

O resultado dessa famosa experiência, disse-me o grande homem, que andou por aí rebuçado em modéstia, escondendo o gênio com um par de orelhas maiores do que as de Midas, daria um tomo torte, de mais de quatrocentas páginas, que seria uma torre de moralidade.

Nas cinzas, disse-me ele, achou de tudo, menos alegria: Achou hipocrisia, perfídia, dolo, lágrimas, muito cobre, remorsos, arrependimento, até sangue. E concluiu:

– Meu amigo, esses três dias são para mim, que os analisei, os mais tristes do ano. Toda a gente vem para a rua, não divertir-se, mas sacudir tristezas. Cada qual traz a sua mágoa oculta, o seu pesar recôndito, como esses enfermos que buscam as piscinas milagrosas contando delas sair curados.

Leva-os a fé. Entram, banham-se, banham-se e, quando tornam das águas, acham-se, às vezes, piores. Muitos até, que apenas sofriam de um reumatismo, veem, subitamente, o corpo abrir-se-lhes em pústulas por se haverem contaminado na companhia dos leprosos. Mas vá alguém dizer-lhes mal das águas. Bradarão indignados contra o sacrilégio, afirmando que aproveitaram com os banhos milagrosos, que já se sentem outros, mais lépidos e ligeiros; que aquelas úlceras são derivadas do mal, expurgos por onde se lhes vai esvurmando o vírus envenenador do sangue. Mas, lá no íntimo... ai! deles...

O mesmo dizem os carnavalescos que, pelo prazer efêmero dos três dias, aumentaram as dívidas, empenharam as joias, deixaram de saldar as contas, achando-se, na quarta-feira, sem pão e com os trastes às costas, sobre um monte de cinzas, como Jó em Hus.

As cinzas aí estão para quem as quiser ver. O homem vive de ilusões e o Carnaval é uma delas, a maior, talvez. Não creias em alegria de mascarados. É a eterna história do palhaço que ri engulindo lágrimas, história velha como a vida e glosada por todos os poetas.

Sempre me pareceu que esses tumultuosos dias eram os mais tristes do ano. Quis convencer-me, fantasiei-me de asno e saí por essas ruas recolhendo o lixo da alegria e aí o tens, reduzido a cinzas. Qual é o precipitado, que, em vão, os mais rebeldes à verdade procuram esconder, mas que a análise descobre? arrependimento.

– Mas não encontraste um pouco de sincera alegria em tudo que apanhaste?

– A princípio, na chama que se levantou das apanhaduras, pareceu-me ver alegria, muita alegria, exatamente como no Carnaval enquanto referve a estroinice; depois, meu amigo, tudo ficou reduzido ao que vês – cinza...

– E esse cobre que encontraste... Dinheiro perdido, não?

– Sim, dinheiro perdido... dinheiro de um cofre que... Mas isso é lá com a Polícia. O que eu te digo, diante da precisão da análise, é que os três dias de Carnaval são os mais tristes do ano... Isso são!

O meu dia, 1922

TEMPORA MUTANTUR

O Natal do meu tempo!

Na minha infância – daí, quem sabe? Eu era pobre e o tal velhote prefere as casas ricas, naturalmente porque lhe dão gorgetas – não se falava em Papai Noel. Eu, pelo menos, não me lembro de haver jamais ouvido tal nome, não só em minha casa como em todo o meu quarteirão.

Os meus sapatos, assim como eu os deixava, assim amanheciam. Também, a que horas me deitava eu? Às tantas da madrugada, depois da ceia e da missa do Galo.

É possível que Papai Noel viesse com os seus presentes e procurasse o calçado onde os atafulha e, não o encontrando (pudera!) passasse adiante. O que afirmo, porém, é que nunca achei nos meus sapatos coisa que se parecesse com um soldado de chumbo; achava terra dos caminhos que percorrera ou do quintal onde brincara o *Tempo será* com os da minha idade, mas brinquedo... nenhum!

Também não me queixava, não só porque ignorava a existência de tal velho, como porque eram tantas as alegrias da noite que, ainda que me prometessem uma arca de Noé com seu mundo de bichos, não sei se me resignaria a meter-me na cama, deixando a mesa posta e já ornada de compoteiras e pirâmides de doces e na cozinha a azáfama opípara de um festim a Gamacho.

E fora, então, na rua! Volta e meia era uma serenata com violões, violas, flautas e cavaquinhos, um rancho pastoril, uma tuna zangarreando guitarras.

Em certas casas devotas resplandeciam presépios e os donos, muito lhanos, permitiam a entrada às famílias e era um encanto ver-se a montanha armada na sala, com as suas fontes espelhantes, a caverna com a Sagrada Família, uma bicharada numerosa pelos caminhos, reis, soldados, pastores de vários tamanhos e, oscilando em barbantes, presos ao teto, anjos e aves.

Os sinos soavam alegremente e as ruas enchiam-se com rumorosa alegria. Bailes, eram sem conta e quem passava ouvia o rastejar dos passos, o vozeiro das marcas das quadrilhas e os roncos dos oficleides. Outros tempos!

O Natal de hoje é triste nos lares. Na minha infância os velhos, ao tomarem lugar à mesa da ceia, verificavam se se achavam presentes todos os filhos e os netos que já podiam fazer a santa vigília e ainda os pequeninos, adormecidos nos braços das mucamas, olhavam-nos com enlevo, e depois de darem graças a Deus, abençoando-os a todos, sentavam-se e partiam o pão e serviam o vinho.

Era a comunhão da família, a missa doméstica, na qual se reuniam os que o amor, a fortuna, os trabalhos haviam separado. E os velhos troncos reenfolhavam-se, orgulhosos da fronde que ali se abria junto do berço de Jesus, o pacificador.

E assim a noite do Natal passava docemente, em convívio, cada qual contando a sua vida: prazeres e sofrimentos. Às vezes a conversa sustava-se em silêncio comovido, os olhos marejavam-se, rolavam caladas lágrimas à lembrança de um nome que soava sem resposta – mas a alegria levantava-se de novo. Ali estava a vida, e que era uma gota de lágrima no lumaréu festivo!?

E os velhos contemplavam, com ternura, aquela irradiação que lhes saíra do amor: os filhos, os netos que eram eles, que se projetavam no futuro. Hoje... O *réveillon* dos *restaurantes* matou a poesia do Natal. A festa do lar foi substituída pelas patuscadas dos *cabarets*, o culto da família desapareceu de todo: o deus de Moab venceu o Deus de Israel.

Enquanto os velhos, sozinhos, reveem o passado, acendendo, com a saudade, um lume triste, a que se achegam transidos, lá fora, longe, os que os deviam acompanhar nessa noite de concentração, sentam-se a mesas floridas e bebem pela taça venenosa que lhes apresenta aquela mesma figura estranha que, nua e lânguida, aparecia ao neófito, nos subterrâneos dos templos, para experimentar-lhes a energia d'alma. E eles?...

Que terão para consolo na velhice esses que, apenas, levam da mocidade os frutos colhidos à margem do Asfaltite, cuja polpa é de cinza?

Enfim... eles riem-se dos velhos e acham que o Natal de hoje é que é o bom Natal. Talvez tenham razão... Os velhos do meu tempo já lastimavam que os rapazes preferissem meter-se em serenatas e bailes e acompanhar ranchos de pastorinhas a ficar com eles, só aparecendo em casa à hora da ceia, não por amor da família, mas porque sabiam que havia peru, baba-de-moça e vinhaça e suspiravam como eu suspiro comigo os homens da minha idade:

"Ah! o meu tempo!...", e como, com o passar dos anos, hão de suspirar os moços de hoje.

O meu dia, 1922

FANTASIA DE CARNAVAL

— *D*evo a minha fortuna ao Carnaval, disse-me o estranho tipo depois de haver, com resorvido chupão, chuchurreado a espuma da cerveja que se lhe apegara aos bigodes fartos. Eu era o maior desgraçado desta cidade. Imagine a minha vida: 3º escriturário de uma repartição de fazenda, tendo a meu cargo uma família de oito pessoas: mulher, duas cunhadas, uma tia, três filhos e a sogra. Um inferno!

Imbuido de ideias antigas, aferrado à moral serôdia dos meus antepassados, eu ia à missa aos domingos, pagava pontualmente as minhas contas e era da casa para a repartição, da repartição para a casa. A honra para mim estava logo abaixo de Deus – um deslize qualquer causava-me indignação.

Basta que lhe diga que cortei relações com um amigo só porque me constou que ele fora visto, uma noite, em certo botequim do largo da Lapa.

Era o que por aí se chama – um homem honrado, cidadão correto, pai de família exemplar. Para dar-lhe ideia da minha assiduidade como funcionário, basta que lhe diga que, durante a epidemia da *espanhola*, com 40º de febre, variando, não deixei de comparecer à repartição.

Trabalhava como uma azêmola e em questões de honra era um D. João de Castro. Pois quanto mais me esforçava em atividade e esmerava em virtudes cívicas mais me atrapalhava.

Já não sabia que fizesse para arranjar dinheiro, honestamente, já se vê, e cada vez me encalacrava mais. Enfim... era a sorte.

Mas a promoção de certo colega meu, sujeitinho que aparecia na repartição de quinze em quinze dias e, assim mesmo, só para contar façanhas e aventuras amorosas e falar das suas relações com os paredros da política, foi o que, primeiro, me fez ferver o sangue:

"Pois, que diabo! deixava-se esquecido um funcionário zeloso, carregado de família, com doze anos de serviço sem uma falta, para promover-se um cábula parlapatão, só porque se dava com o senador F. e frequentava a casa do Ministro G...? Era desaforo!" E resolvi faltar à repartição. Deixei de lá ir um dia. O chefe chamou-me à ordem no dia seguinte e no fim do mês fui descontado. Subi a serra, estive, vai, não vai a fazer um escândalo, lembrei-me, porém, da família, ponderei as consequências e resignei-me.

Aproximava-se o Carnaval. Todos os meus companheiros de seção, o chefe inclusive, combinavam troças formidáveis em clubes, descreviam as fantasias com que iriam aos bailes, nomeavam as raparigas que levariam, marcavam encontros aqui, ali: uns no Assírio, outros no "High-Life". E eu murcho, desunhando ofícios e pensando no fim do mês com todo o horror das contas: senhorio, venda, açougue, a Light, os turcos das prestações... o diabo!

Irra! bradei no sábado, aí por volta das duas horas, quando na sala havia apenas duas pessoas: eu e o contínuo. Vou também cair na pândega. Tão bom como tão bom. E abalei disposto a alugar uma fantasia qualquer e esbodegar o ordenado de um mês numa bruta orgia com champanhe e mulheres.

Na rua, porém, a consciência, açulada pela moral ranzinza, que foi sempre a causa dos meus infortúnios públicos e particulares, fez-me mudar de ideia.

De mais a mais pediram-me por um dominó ordinaríssimo, uma reles camisola de metim, 180$000. Desisti.

Foi no bonde que me veio a inspiração feliz. "Assim como assim, disse eu com os meus botões, se uns se fantasiam com roupagens e máscara, coisas exteriores, por que não hei de eu sair com uma fantasia original, um disfarce que me torne de todo irreconhecível? E que disfarce seria esse? o do caráter."

Eis uma ideia! exclamei. Que me conste ninguém ainda se lembrou de fantasiar-se por dentro, isto é, de mudar aquilo que os filósofos chamam o "eu".

Pois foi o que eu fiz. No sábado comecei mentindo à família e ganhei o mundo disposto a proceder como até então nunca procedera – e fiz-me canalha, mas um canalha às direitas. Fui a um clube, bebi, meti-me com mulheres, dancei o tango e outras danças complicadas, joguei roleta, trinta e quarenta, ganhei, perdi, tornei a ganhar, amarrei uma "gata" formidável e acordei no domingo, às quatro da tarde, em um quarto muito encrencado, que não era o meu, ao lado de uma mulher, que não era a minha.

Fiquei aterrado. Como entrar em casa? Que diria eu à minha gente, à minha sogra, em primeiro lugar, que é uma mulher da pá virada? Não...! Resolvi pensar e deixei-me mais algumas horas no quente... Enfim, abreviando a história: jantei com a rapariga e outras. Que jantar! Champanhe a rodo, fonógrafo, um cachorrinho felpudo que me lambia todo e uma mulheraça gorda que me cobrou os olhos da cara pelas bebidas, pela música e creio que também pelas lambidelas do cachorro. Depois do jantar metemo-nos, cinco raparigas e eu, num automóvel, fomos fazer o corso e às onze horas caímos em cheio e aos berros em um clube. Na segunda-feira acordei às 5 da tarde em outro quarto, ao lado de outra mulher. Enfim, só dei acordo de mim na quarta-feira de cinzas numa estação de polícia. Como para lá fui e por que, não sei. Tinha um galo na cabeça e, além do galo, uma enxaqueca que me desatinava.

Dei balanço nas algibeiras: restava-me uma nota de cinquenta mil-réis. Tomei um quarto em um hotel barato, mediquei-me e na sexta-feira apresentei-me na repartição muito humilde. Pois quer o senhor saber? fui recebido como um herói e desde esse dia outra foi a consideração que me dispensaram.

Três meses depois fui promovido.

— E não tornou à casa?

— À casa? à família? ao ramerão da vida doméstica com a sogra, a mulher, as cunhadas, a tia e os filhos...? Qual nada! A experiência serviu-me. Essa fantasia de canalha tornou-se o meu trajo comum. Pois se eu, enquanto fui homem sério, funcionário exemplar, modelo de chefe de família, cidadão correto não passei da cepa torta, havia de voltar à toleima de que me libertara? Não vê! Hoje vivo à tripa forra: calote aqui, dentada ali, farras, e toda a minha independência. A família que se arranje. Não se pode ser honrado, acredite. Não vale a pena. É possível que se ganhe o céu com a virtude, mas eu, nessas coisas, fico com o adágio: prefiro o pássaro que tenho na mão e não penso nos que estão voando. E o pássaro que tenho seguro é a boa vida cá em baixo.

Vai outro *chopp*? Consta-me que vou ser nomeado para uma comissão importantíssima em uma das alfândegas do Sul. Nunca tive disso enquanto fui honrado. Consideravam-me uma besta e riam-se de mim. Pois é assim, meu amigo. Garçom, dois *chopps* duplos, bem gelados!

Feira livre, 1926

A ARLEQUIM

*A*firmam por aí, trêfego pândego, que resolveste abandonar a troça. Não sei que fundamento tem tal *diz-se*... Essa versão não passa de balela... Tu não podes viver como um burguês empanturrando a pança em bródio infame, dormindo à sesta num sofá de vime, enquanto à lua a serenata geme.

Eu não creio, Arlequim, no que me dizem, não deixaste a guzla favorita.

Vem do retiro, surge, meu boêmio! Vem desmentir a pérfida calúnia; e, se achares dormindo entre liláses a saltitante e viva Colombina, dá-lhe um beijo na boca que a desperte.

Vai procurar Pierrô, que anda arredio, e Pulcinelo, que ninguém vê mais. Traze esse bando gárrulo; convida toda a legião de clássicos estroinas. Bate os bosques que outrora eram batidos pelos tropéis dos sátiros hilares. Traze toda essa turba de bacantes, ao crebro som metálico dos címbalos. Traze Sileno, embora em carraspana meio tombado na anca do jerico, vai à profunda e lúrida floresta, descobre a gente que exaltava o riso, para que, ao menos uma vez por ano, este povo tristíssimo consiga escancarar as rígidas mandíbulas numa sonora gargalhada franca.

Que diabo! a coisa nem parece a mesma... Vá lá que o raro espírito dos áticos, ou mesmo o fino espírito gaulês, por preguiça não tenham vindo à rua... Mas tamanha tristeza na cidade!... Nem vestígios sequer de uma bandeira, nem as folhagens do bom tempo antigo, nada dos velhos símbolos de Momo... É muito, hás de convir, pândego amigo.

Vem trazer-nos um pouco de alegria, ó divino Arlequim das pantomimas! Vamos! Que custa? arriba e salta à rua.

Que saudades do trépido pandeiro! Que saudades da lânguida mandora!

Anda tão murcho o pobre fluminense que até pode morrer de hipocondria... Que te custa sair um dia apenas? Por quem és, nobre amigo, atende e salta!

.... Mas Arlequim não dá sinal de si!

Que Carnaval, meu Deus! Que pasmaceira!

Bilhetes postais, 1894

NÚCEGO

*F*oi na tempestuosa manhã da terça-feira gorda que apareceu na Avenida o homem nu. Duas razões, ambas fortes, podia alegar o adamita em defesa do seu original "costume": o Carnaval e a inundação.

Durante o Carnaval permitem-se todas as fantasias e, quanto mais extravagantes são elas, tanto maior é o êxito que alcançam.

Já vi bailarem na mesma roda guerreiros troianos e chins de rabicho; frades bernardos e índios com araiós e jacarés às costas; príncipes alambicados e "mortes lúgubres, badalando sinetas; diabinhos e donzelas vestidas como Isolda; bebês chorões e pierrôs e, no meio de tal moxinifada, um peru do poleiro heroico de Chantecler.

Via-se de tudo: o belo e o horrível, o irônico e o imbecil, o sarrafaçal e o austero, o irrisório e o trágico. Era uma salgalhada incoerente e parecia bem. O Carnaval é a grande comédia popular, é a explosão do instinto do disfarce próprio do homem, do camaleão e do polvo.

O carnavalesco veste-se como lhe convém, copiando figurino de uma época ou mandando cortar um trajo segundo o molde da própria fantasia.

Andou este ano um homem disfarçado em garrafa de cerveja. Não tinha espírito, não dizia palavra – ia pelas ruas macambúzio, como se levasse, em vez de bebida, remorsos cruciantes. Deixavam-no passar e ninguém o chamou à fala para pedir explicações sobre a origem de tal fantasia. Gostos não se discutem.

Sendo assim por que se há de proibir que um homem, lido em Cuvier e em Lubbock, saia à rua à primitiva, como se deixasse a caverna, moradia humana nos dias iniciais, para caçar o mamute na floresta ou dar cabo de um ictiossauro que o não deixava pregar olho com os estrondos noturnos nos juncais de uma lagoa?

Estará a pré-história no Índex carnavalesco? Não consta. E o homem dos dias primevos era simples e andava como os animais, sem preocupar-se com o que pudessem dizer os vizinhos, que eram de boa paz, nem tão pouco com a polícia, que ainda não fora criada para perturbar a ordem.

Andava à vontade e por preço cômodo e, como enfeites, bastavam-lhe um colar de dentes e a hedionda tatuagem, que os séculos, lentamente, aperfeiçoaram na arte graciosa da pintura e da maquiagem.

A segunda razão também justifica o procedimento do descerimonioso transeunte matinal da avenida. Chovia a cântaros, a cidade era um imenso lago onde se despejavam rios caudalosos, além das catadupas que as nuvens altas jorravam, como no dilúvio, e o homem, diante das águas abundantes, fez o que lhe pareceu natural: pôs-se em pelo.

O povo, a princípio, tomando a coisa como excentricidade carnavalesca, achou-lhe graça e riu à tripa forra, preocupando-se apenas com saber o nome do cordão do qual se havia trasmalhado aquele membro.

Mas, rompendo a turba, surgiu um puritano ferrenho bradando, d'olhos flamejantes e punhos fechados em murros:

– Que não! Que aquilo não era Carnaval mas pouca vergonha, afronta à religião e aos bons costumes. E exigiu polícia e uma folha de vinha.

O "nu" estacou olhando airadamente em volta, espantado e coçando-se, sem atinar com o motivo do tumulto em que se via envolvido. Os assistentes manifestavam-se uns pró, outros contra. Este achava a fantasia muito apropositada, aquele pedia, aos berros, uma camisa de força para o tipo.

Mulheres, que passavam, vendo o rumoroso ajuntamento, metiam-se curiosamente por ele; dando, porém, com o homem naquele trajo, quero dizer, naquele gosto, abriam os dedos diante dos olhos e fugiam arrepiadas. Chegou, por fim, um guarda civil e, tirando o capote, lançou-o abnegadamente sobre a nudez forte, como manto de pudor, pouco diáfano para ser o da fantasia. E, convidando o homem a acompanhá-lo, lá foi levando o núcego, não para o "salão", mas para a delegacia, debaixo de vaia.

Se o preso voltasse e, solene, na atitude sublime do Mestre Perfeito no caso da adúltera, dissesse: "Homens, aquele, dentre vós, que não for como eu, que me atire a primeira pedra", estou certo de que ninguém se curvaria à procura de calhaus, até porque seria perder tempo e esforço no ponto em que se dava o escândalo, que é todo ele asfaltado.

Mas o homem não disse palavra, seguiu mudo e surdo às afrontas, embrulhado no capote da Ordem Pública.

Analisemos agora o caso.

Que crime cometera o homem? Ofendera a moral. Mas que é a moral? uma conveção da moda.

O homem foi preso não porque estava nu, mas porque o nu ainda não foi decretado. O seu crime consiste em ter querido, como o essênio fazer de precursor.

O Batista foi recolhido a Makeros e lá degolado; o "nucego" depois da delegacia, se não perdeu a cabeça, perdeu o juízo, porque o deram por doido, mandando-o para a Praia da Saudade em carro-forte. Foi vítima da precipitação.

Se houvesse esperado os últimos figurinos e pudesse exibir um deles com o "nu" lançado por um dos grandes nome da Paris mundana, em vez de ser apupado, como foi, e autuado e mandado para o Hospício, teria sido o herói do Carnaval e o seu nome andaria célebre nas crônicas elegantes e passaria gloriosamente à História, como passaram o de Broomel e o do Chévalier d'Orsay.

Não teve paciência, contou de mais consigo e deu com os burros n'água, que, nessa manhã, era muita. O "nu" vem vindo devagar, com pés de lã, atacando a praça por dois lados – por cima e por baixo: desce pelo decote e sobe pelas pernas; – baixa o corpinho no busto, encurta a saia até os joelhos e, assim: subindo por um lado e descendo pelo outro, acabarão por encontrar-se as duas partes e o ponto de intrerseção será a abertura da praça. E ficará instituída a nudez sem escândalo, porque será moda.

O homem da Avenida quis fazer a coisa dum golpe e botou abaixo a camisa. Andou mal. Perdeu-se por apressado.

E tinha um meio de fazer a coisa, com probabilidade, se não certeza, de triunfo: Anunciaria nos jornais, para as tantas da manhã da terça-feira gorda, a estreia na Avenida, dum trajo originalíssimo, último modelo da Casa Liberty, de Paris, talhado em tecido tão fino, de tal transparência, que seria como o sol.

O povo teria afluído curiosamente e, quando ele aparecesse nu, todos os olhos se alargariam maravilhados e, horas depois, as lojas da Avenida estariam apinhadas de gente a pedir a tênue novidade, e os telefones dos bairros "chic" não dariam trégua ao pessoal dos armazéns de modas.

É verdade que há sempre alguém que vê claro e fala pela verdade, como a criança da lenda que, à passagem do rei, que passeava com o trajo imaginário, que os aduladores afirmavam ser esplêndido, disse, com surpresa risonha: "O rei está nu!".

Aqui o brado não partiu de uma criança, partiu dentre as barbas tremendas de um cidadão conspícuo, último abencerragem de uma raça que vai desaparecendo.

Não fosse tal cavalheiro um fóssil e o homem não teria sofrido vexame algum, continuando, muito à vontade, na Avenida, e tomaria o seu aperitivo na *terrasse*, almoçaria na Brahma, iria ao cinema etc.

Porque a verdade é que na Avenida veem-se ousadias maiores do que a nudez desse homem, mas como são modas de Paris todos aceitam-nas e até as elogiam.

Talvez que, no ano próximo, o escândalo seja provocado por algum sujeito (ou sujeita) que se atreva a afrontar os olhos do público de calças (ou de saias).

No andar em que vão as coisas, o "nu", dentro em breve, será o trajo comum. Ao menos será fresco e barato, e para o nosso clima, com a crise, não haverá melhor.

Frutos do tempo, 1920

À MARGEM DA SOCIEDADE

BATOTAS

Sejamos gratos aos deuses e à intendência, sejamos gratos aos homens que vêm em socorro dos nossos corações minados pelo tédio. De mãos postas, ajoelhados, cantemos o louvor dos que nos trazem a delícia do jogo para consolação das nossas almas afitas e alívio das nossas algibeiras frouxas.

Já tínhamos as patas dos cavalos e as respectivas *galinhas* (escrevo *galinhas* para que não bradem que sou francelho em tempos de nativismo, usando a expressão *poules*, própria de gauleses, quando temos correspondente nos glossários vernáculos).

A roleta é uma velharia, como as cartas, como os dados, estou mesmo convencido de que Deus fez entrar para a arca em companhia de Noé e dos bichos, um casal de jogos para entretenimento dos homens durante a quarentena sobre as águas do dilúvio. Veio depois o jogo dos bichos, apesar dos protestos dos naturalistas e do clamor da imprensa; depois os frontões surgiram com as suas bolas e as unhas terríveis dos pelotários que nos arrancam o último vintém do bolso; os *book-mokers* escancararam as portas, vorazes como goelas de lobos e o povo incauto entrou pelas guelas dos *book-makers*, seduzido pelas tontinas, pelos *warrants*, pelas acumulações, dentes carniceiros que têm arrancado a muita gente a camisa do corpo.

Já houve uma senhora que andou pela imprensa contando a dolorosa história da sua penúria, porque o esposo deixara uma fortuna sobre o tapete de uma banca e outra veio depois com a sua queixa: questão de duzentos contos ou mais que um número consumira. E as que acordam sem lume e sem pão, achando apenas, nos bolsos dos maridos, pedaços de *galinhas* (em francês: *poules*) de corridas de cavalos, de pelotários, de velocipedistas, essas caladas e tristes, não sobem as escadas dos jornais, vão aos seus santos e, com lágrimas, pedem a regeneração dos maridos que, longe de se comoverem, praguejam, ameaçam e saem com as últimas joias para o penhor. Mas são parcelas e não devemos discutir com exceções; outros há que ganham: são os banqueiros.

Foi, entanto, o jogo que manteve em calma o espírito do povo durante a revolta. As balas uivavam, esboroando casas, matando transeuntes e as quinielas eram disputadas com bravura, cavalos esbofavam-se, fichas cobriam os tapetes, havia baralhos de *lansquenet* altos como a torre de Babel, crianças esgrouviadas jogavam o dado em plena rua, como os soldados de Roma, no Calvário, enquanto Jesus agonizava; houve mesmo quem jogasse mavorciamente nos episódios de terra e mar: no alcance das balas, na resistência das fortificações.

Havia fome e pavor e, para disfarçar essas calamidades, não há como a jogatina. Já os lídios, povos velhos, entendiam assim e Heródoto, que muito viu, no primeiro livro da sua história, consagrado a Clio, escreveu: "No reinado de Atis, filho de Manés, toda a Lídia foi assolada por uma grande fome que os lídios suportaram algum tempo com paciência. Mas, vendo que o mal não cessava, procuraram remédios e cada qual escolheu um que mais se conformasse com o seu gosto. Foi nessa ocasião que inventaram os dados, a pelota e todas as outras espécies de jogos, menos o das damas, de cuja invenção não se ufana tal gente. Eis então o uso que fizeram das suas invenções para iludir a fome. Jogavam alternativamente durante um dia para se distraírem da necessidade de comer e, no dia seguinte, comiam em vez de jogar. Levaram a vida assim durante dezoito anos...

O jogo é, pois, uma espécie de coca – jogando pode um homem dispensar o bife... por um dia, isso em tempos de fome e carestia. Estaremos nós em tal extremidade? É natural que estejamos, porque um novo José anda a preparar a jogatina para distrair a fome pública. Já não bastam as tavolagens existentes; outras vêm, mais outras, toda a cidade vai, em breve, ser uma grande banca, porque os empresários invadem tudo, criando celeiros de resignação para os venturos tempos da calamidade.

Lanterna mágica, 1898

NOVA COMPANHIA

Com capital de 1.000:000$ fundou-se nesta cidade uma grande companhia, que tem por fim explorar a grande mina da... Caridade Pública. As ações, que são as mais generosas dentre quantas arrastam maquias de pascácios, já estão tomadas e rendem, além dos juros, indulgências plenárias de dois em dois anos, garantindo aos acionistas casa, cama e comida na Glória Eterna. Mas para que o público veja a quanto pode chegar o tino industrial neste fim de século, transcrevo o prospecto que tem o nome extravagante de Clopin Trouillefou:

COMPANHIA DE SEGUROS DA VIDA ETERNA

Capital realizado 1.000.000$000

Indulgências plenárias de dois em dois anos, bênçãos dos societários e o reino dos céus, excelentes acomodações. Orquestra seráfica às refeições.

A miséria, nos grandes centros, é uma necessidade de primeira ordem, porque exercita os sentimentos, estabelecendo uma relação de simpatia entre o feliz e o desgraçado. A miséria, instituição da Divina Graça, é o símbolo da Agonia Suprema — ela representa a grande Dor Humana e vem de Hus, onde Jó, coçando a lepra com um caco de telha, fez o cântico do sofrimento, o poema sentimental da resignação. Manter a miséria é cultivar um dos mais belos princípios da religião cristã, dando ensejo à prática dos misericordiosos conselhos do Senhor.

Como se há de dar de comer a quem tem fome, dar de beber a quem tem sede, vestir os nus, consolar os aflitos, se desaparecem os miseráveis? Cessando a causa cessarão os efeitos, desaparecendo o indigente desaparecerá a esmola, que é o empréstimo sagrado que garante o Supremo Bem. Para que se não extinga esse veio de piedade resolvemos fundar a Companhia, cujos fins passamos a enumerar:

1º Explorar, por todos os modos, a Caridade Pública, fonte inesgotável de renda neste país essencialmente piedoso;

2º Preparar, por meio de exercícios práticos, crianças de ambos os sexos para esmolarem nas ruas e praças públicas;

3º Criar agências de miseráveis em vários pontos da cidade, encarregando-se a companhia dos anúncios, atestados etc. etc.

A companhia dispõe de um pessoal competentemente habilitado para preparar inválidos, responsabilizando-se a fazer as operações gratuitamente, ficando à escolha do manteúdo ter uma perna quebrada, um olho de menos, uma úlcera, um quisto ou outra qualquer desgraça comovedora.

A Companhia, além de fornecer cães e realejos aos cegos, véu, luto e crianças às viúvas, muletas aos estropiados, carrinhos aos atáxicos, terá um contrato com a Botanical para quebrar pernas.

A Companhia recebe pensionistas de ambos os sexos, sem distinção de nacionalidade, porque a Caridade não é jacobina.

Pelo exposto pode V. S. julgar da grandeza e do futuro desta Companhia, fundada sobre magníficas bases de religião e de ouro, com sucursais em todos os Estados da União, Missões inclusive.

Seguem-se as assinaturas dos incorporadores.

E a justiça? A justiça também faz parte da Companhia porque é cega...

E não há mais uma ação... Decididamente para filantropia não há como o nosso povo.

Lanterna mágica, 1898

MISÉRIAS

Nesses cortiços, que formam, dentro da cidade, pequenos departamentos sórdidos, de onde o vício emigra, onde prolifera a infâmia, onde o crime nasce, onde a inocência morre, a julgar pelo que vemos diariamente nas ruas – há uma grande escola de miséria, vive oculta, trabalhando clandestinamente na sombra e na lama, a alma perversa e ignóbil de Clopin Trouillefou.

Pela manhã, antes da inteira claridade, mal dispertas ainda, saem, para a peregrinação das ruas, todas as turmas de miseráveis – velhos cegos com a concertina a tiracolo, aleijados batendo macabramente as pesadas muletas, leprosos com o seio nu mostrando, em toda a sua hediondez, as chagas cancerosas, velhas de *sabbat*, trôpegas, gemendo males não sofridos, moças em pleno vigor dos anos, chorando por estarem grávidas, mostrando o ventre com ar piedoso e, finalmente, os balbuciantes.

Para os pequeninos é que a polícia deve voltar os olhos... Eles andam por aí aos pares, rotos, famintos, sonolentos, pedindo em nome de Deus a esmola da caridade pública. Alguns mal falam, outros, exaustos, deixam-se ficar na soleira das portas e adormecem com as pequeninas mãos abertas para que, mesmo durante o sono não lhes fuja o óbolo da piedade.

Essas crianças crescem no pântano, educam-se na mendicidade, formam-se na promiscuidade do vício e do crime, acompanham, com os olhos inocentes, todas as abjeções do mundo e habituam-se por fim, dando mais tarde, quando os sexos se pronunciam, os grandes fornecimentos dos prostíbulos e as grandes levas dos presídios.

É toda uma tribo do futuro que se perde, é todo um clã de trabalhadores que fica escabujando no vício e no crime. Urge, em nome da pátria e da caridade, dar um destino a esses órgãos sacrificados por um caftismo cruel, para que não tenhamos diariamente diante dos olhos esse triste espetáculo – crianças que mal caminham, que apenas balbuciam, educadas, como os animais sábios, para a exploração da piedade.

Quando a hora da noite vai adiantada, quando não há mais tavernas abertas, o rebotalho da sociedade foge para a viela onde há mulheres que nunca foram mães e mães que nunca acarinharam os filhos, à espera de que se abra a porta da espelunca, para acabar o sono começado nas esquinas ou nas soleiras das portas e interrompido pela ronda.

Entra a onda – o homem bêbedo, a mulher gasta, a criança impura.

À porta, o Aqueronte que dá passagem para o Letes imundo, recebe a moeda ganha com a miséria ou com o vício, desenrola as esteiras e volta ao seu posto.

Os sonolentos estiram-se vestidos como estão, bêbedos e nauseabundos. Em torno, os que vieram mais cedo roncam, outros, com os olhos ainda abertos, meditam crimes. Mãos negras procuram nas carnes flácidas das *coureuses*, bocas vomitam o sedimento da embriaguez, e nem uma voz para abençoar a criança que cerra as pálpebras no lodo, como uma rosa murchando ao cair na água lôbrega de um pântano.

Os vermes da imundície resvalam pelos corpos, bocejos soam como estertores, há pragas e maldições, ao mesmo tempo que o espasmo de um par, no canto sem luz, confunde a harmonia do beijo com a surdina lancinante de todos aqueles sonos.

A casa parece um túmulo de vivos.

De vez em quando entra um vulto, bambo como um espectro que se recolhe. Cai na primeira esteira acordando o nojo dos animais do sujo. As cabeças levantam se tornam a cair, sem rumor, na tábua.

O sonho não entra ali, como o luar não entra nas penitenciárias subterrâneas. No antro, abafado pela lama, um analista d'almas descobriria todas as moléstias da consciência humana. Entretanto ali dorme a criança na promiscuidade repelente de bandido e da barregã, ali descansa o desgraçado que não tem abrigo e os que são puros, os que não têm pecados, bruxuleiam abrindo e fechando as pálpebras com medo daquelas mãos que passeiam na sombra como larvas insidiosas.

E a noite corre até que o crepúsculo sorri e o Aquеronte bate com a ponta do pé nos adormecidos e expulsa-os da furna... Saem todos, inclusive a criança, e a casa fecha-se como um túmulo exumado.

Lanterna mágica, 1898

CHARLATÃES

O que imporia não é saber, é curar.
(Aforismo de um Hipócrita)

Volta à baila – e temo-la ferrada – a grave questão vital dos charlatães de toda a espécie, que por aí formigam em verdadeira feira livre de terapêutica. Uns dizem-se diplomados por Faculdades estrangeiras, com prática em hospitais de Seca e Meca, e montam consultórios ricos, com gabinetes abscônditos, ou reservados, para exames e aplicações de forças universais, a tanto por centelha; outros alapardam-se em antros, apocilgam-se em baiucas infectas, abalsando-se em mataria de ervas, raízes, batatas, frutos, favas e bicharia seca, e búzios, manipansos, ossos, um mistifório de coisas abracadabrantes que operam por sugestão no espírito tacanho dos imbecis.

Entre os que curam também há mulheres destras no ofício de desfazer agravos. Tais criaturas, em vez de respeitarem o texto da Ave-Maria que considera "bendito o fruto do ventre", como as energúmenas que acompanhavam os *fratricelli*, inimigos da espécie, entendem que tais frutos devem ser varejados e derrubam-nos, esmagam-nos ou arrancam-nos, a pés juntos, deixando as míseras árvores em petição de miséria.

O que, sobremodo, impressiona aos que procuram tais médicos e curandeiros, contra os quais se move campanha tão renhida como as que empreenderam os romanos contra os médicos gregos que, segundo o velho Plauto, abriram tendas de cura em certos bairros da *urbs* – é a farmacopeia.

Os remédios que eles anunciam e aplicam são verdadeiramente prodigiosos. Há certas panaceias que valem pela mais sortida drogaria – saram tudo, dos pés à cabeça: desde os calos e as unhas encravadas até a meningite e a embolia.

Uma delas, por exemplo, que se podia chamar "Pau para toda a obra", refaz os pulmões aos tuberculosos e engorda-os em três tempos, e faz desaparecer, em dias, a mais anafada enxúndia, reduzindo o obeso a pau de virar tripas.

Como pode uma droga produzir efeitos tão contrários? O espertalhão que a inventou explica no prospecto que acompanha os vidros:

"Engorda porque há nela essência de banha, emagrece porque na sua composição entra o 'murino' ou extrato fluido de ratazanas, e como a ratazana come toucinho..."

É assim tal droga um como pau de dois bicos ou castiçal onde se acendem velas ora a Deus, ora ao diabo. Emagrece e engorda, como a cachaça tanto aquece como refresca.

Esses médicos, que se inculcam de celebridades, como ninguém é profeta em sua terra, – alegam agarrando-se ao adágio – vêm exercer a sua ciência entre nós. Não lhes sendo permitido curar senão depois de se submeterem a provas perante a congregação da nossa Faculdade de Medicina, munem-se de meios e conseguem o salvo-conduto que lhes dá direito a arranjar a vida à custa da dita do próximo.

A prova da nossa Faculdade é uma ordália suave – conforme o testemunho de um dos nossos médicos – o candidato passa por elas como gato por brasas e, armado do título, abre banca e faz-se colaborador do obituário.

Os que apenas receitam não dão muito na vista: matam como os Borgias e, como podem despachar o defunto com um simples atestado, mandam imprimir tais manifestos aos milheiros e passam os dias assinando-os.

Correm mais risco os cirurgiões! Esses sim... As operações que realizam estarrecem como *guignóes*.

O paciente vai para a mesa operatória (tendo pago adiantadamente o serviço, por causa das dúvidas), e lá permanece horas, dias inteiros, de máscara ao rosto, chuchando clorofórmio, sendo retalhado, estripado, espostejado, cosido, recosido. Às vezes (como se deu em certa clínica de um de tais ádvenas, que, por não ter mãos a medir, opera três e quatro vítimas ao mesmo tempo), dão-se casos de troca.

A. homem, deitou-se em uma mesa, B. mulher, estendeu-se em outra. Na pressa dos cortes e das ligaduras houve confusão e o resultado foi levantarem-se os operados ele, ela; ela, ele. Imaginem as caras dos infelizes quando se viram mudados de sexo, dando aos diabos a ortopedia que os deixava em situação de vexame.

O operador lavou as mãos, como Pilatos, e as coisas ficaram no pé (pé é um modo de dizer), em que ele as deixou.

Quem tem valor não emigra. Nada como a pátria, gemiam em Babilônia os de Israel e também suspirou em Paris Alighieri. Os que a trocam por outras terras têm lá as suas razões para tal mudança. Quem é bom já nasce feito, não se vai fazer alhures.

Admitindo, porém, que um desses Diafoirus se incompatibilize com a sua nação, por política ou por outro motivo qualquer, e resolva passar-se a outra, o que ele deve fazer é dar vida e não matar como peste ou aleijar como automóvel.

O que, entretanto se vê – e é um médico brasileiro que o afirma – é justamente o contrário: as celebridades que aqui chegam, com prática em vários hospitais e em todos os cemitérios, o que fazem, além de contrariar o propósito do Ministério da Agricultura, que quer o povoamento do solo, é arrasar, esfolar os patetas, levando-lhes couro e cabelo com o bisturi e com as contas.

Mas, pergunto eu: A culpa é dos médicos, dos curandeiros e das curiosas que matam? Não, a culpa é dos pascácios que os procuram. Quantos há por aí que preferem um Pai qualquer, desses que vivem de candomblés e pajelanças, a um Miguel Couto, um MacDowell ou um José de Mendonça?

Que trazem eles dos cafundós que visitam? trazem um sapo ou uma simpatia feita com cinza de saia de mulher virgem, terra de sepultura e sangue de galinha preta e, com tais mixórdias, dão-se por satisfeitos, esticando a canela convencidíssimos de que deram no vinte.

O que cura, dizem eles, é a fé. O finado mestre Dr. Erico Coelho referia um caso curioso da sua clínica, que prova o prestígio da superstição no ânimo do povo... e de muita gente boa! Foi o caso em um rincão da antiga província do Rio, onde iniciou a sua brilhante carreira o notável ginecologista.

Chamado para atender a uma puérpera, em perigo de vida, montou a cavalo e partiu a galope, por maus caminhos e em noite agreste. Chegou como um pinto à casa da aflição e, introduzido na alcova, onde se esperava o natal, o que se lhe deparou à vista colocou-o em situação difícil – entre a gargalhada e o impropério. Posta de gatinhas na cama, com pesado selim no dorso, cilha a arrochar-lhe o ventre, a parturiente, bufando a bochechas túmidas, assoprava no gargalo de uma garrafa. O médico revoltou-se contra a brutalidade; mas uma voz falou na sombra:

– É assim mêmo, seu dotô. Vosmecê dêxe. É uma simpatia móde apressá o trabaio. Era a parteira que falava.

Erico quis desarreiar a mísera senhora, mas os da família opuseram-se, dizendo:

– Não, seu doutor, tenha paciência. Nós todos nascemos assim.

Escusado é dizer que o futuro lente da nossa Faculdade de Medicina, que tinha energia por vinte, pôs a mulher à vontade: sem selim, sem garrafa e com um rapagão de quatro quilos e meio a berrar por mama.

Ora, com tais clientes, como se há de combater a charlatanice, se são eles que pedem o selim e mais peças de arreiamento?

Que vivam os charlatães, porque, lá diz o rifão: O burro albarda-se à vontade do dono.

O dono quer, pois seja feita a sua vontade... e corra o marfim.

Feira livre, 1926

CAFARNAUM

A miséria pulula na cidade como cogumelos em fumeiro. É um fervilhar de sordície humana que faz nojo. Anda-se aos esbarros com cegos e estropiados, roça-se em pus, topa-se com aleijões que se arrastam à maneira de sevandijas.

Sentados nas soleiras das casas são ulcerosos, que estendem pernas esborcinadas, esputando sânie; são mutilados chamando para a sua desgraça a atenção dos transeuntes; são mulheres imundas, com uma matula de crianças, uma, às vezes duas de mama, e outras correndo pela calçada maltrapilhas, remelosas, os cabelos pelo rosto, escarapelando-se às unhadas na fúria de comichões parasitárias.

Os bondes são assaltados e, em torno deles, uma multidão alrota, jeremia, estendendo mãos sujas. Se alguém para é logo assediado: crianças precipitam-se choramingando, contando misérias domésticas: a mãe entrevada, o pai tuberculoso, um irmãozinho a morrer por falta de leite.

Há anciãos que pedem baixinho, com pudor, desenrolando todo um romance de decadência: "Que foram estabelecidos, que tiveram posses, mas a desgraça chegara e ali estavam valendo-se dos corações caridosos, forçados pela fome".

Poucos passos adiante um latagão de boas cores, olho esperto, dá à manivela, fazendo roufenhar um realejo ou é um trio – o homem com a guitarra, a mulher com o violão e a filha com uma voz esganiçada, cheia de guais plangentes, atroando um vão de esquina com endeixas zangarreadas.

À hora das refeições farândulas apinham-se às portas dos hotéis, como os mendigos, outrora, à portaria dos conventos. E as casas particulares têm também os seus pensionistas, que chegam a um e um, com marmitas, cestinhos ou jornais em que levam as sobras das mesas, mais ou menos abastadas.

A maioria de tal gente é composta de indivíduo válidos: homens rijos, mulheres que se engalfinham por amantes, rapazolas que, depois de fartos, formam badernas e vão à calaçaria, organizando *teams* de *football* no meio da rua, atravancando-a e atroando-a de obscenidades, aos pontapés a um trapalho, que faz, às vezes, de bola, e que, frequentemente, vai ter aos vidros das janelas, quando não dá em cheio no rosto de quem passa. E não se lembre o atingido de protestar contra o *off-side* porque então, além do bolaço, terá a descompostura, senão a pedrada.

A cidade, com tal escumalha, que aumenta dia a dia, tem o aspecto de um pântano coalhado de podridões. Agora, com o incêndio dos pardieiros do morro de Santo Antônio, é toda uma enxurrada que desce para a planície e com ela virão os exploradores, que tiram partido de todas as catástrofes.

Amanhã serão mais mil, mais dois mil pedintes esmolando pão, vestes e dinheiro com pretexto de que o fogo os deixou sem lar e em completa penúria. E o povo, já sobrecarregado, terá ainda sobre si mais essa turba faminta e nua.

À noite, o aspecto da cidade é o de um acapamento de ciganos: quase que se não pode caminhar sem risco de pisar em um corpo. Dorme-se ao ar livre, na grama, nos bancos dos jardins abertos, no muro dos cais, nos degraus das igrejas e dos edifícios públicos, nas soleiras das portas, nas obras e nas ruínas e o vício referve impudente. É a hora da Vênus Porneia.

É a reúna que passa achicheladamente, seduzindo dengosa, com o olhar de viés, os quadris em desnalgamento lúbrico, o dichote canalha estalando-lhe entre os dentes podres, na boca que tresanda a álcool. É a menina, ainda impúbere, que propõe torpezas, indicando alfurjas onde se encontrem sem risco. É o meretrício reles, no ir e vir da gandaia. É o *pivete* experto que passa à sorrelfa, insinuando a mão sutil no bolso do primeiro incauto. São os galfarros dos *contos* trapaceiros, esgueirando olhares na multidão à cata de ingênuos e velhos rebotalhos do crime, pessoal do xadrez, com retrato na polícia e ficha no Gabinete de Identificação.

É a tasca bezoando com o vozeio dos ébrios; são os lupanares atupidos de azevieiros e de micelas; são as tavolagens regurgitando de manidestros e, nas ruas, continua o pedinchar lamuriento, vozes gemendo na sombra, vultos que se adiantam tomando o passo aos retardatários, com uma lengalenga de sofrimentos e um fortum de entontecer.

Parece que uma população subterrânea exsurge espalhando-se pela cidade – é a cáfila noturna, o vampirismo trágico, e o Rio, esplêndido de luzes, fica como as roças no tempo do milho quando os formigueiros despejam os seus enxames vorazes, que arrasam culturas, carreando para os profundos celeiros, não só os frutos como ainda o novedio das plantas que ficam em talas.

Deu-se aqui um caso, que tanto pode ser atribuído ao humorismo de algum aluno de Swift, como à mania exibicionista, cada vez mais alastrada, ou, quem sabe lá! (tudo é possível) talvez fosse mesmo, como disse o anúncio, um movimento de piedosa solidariedade.

Certo perneta, enriquecido por herança, entendeu que devia dar a quantos tivessem o mesmo defeito, que o tornava infeliz antes do legado, um minuto de alegria, e convocou-os pela imprensa, para certo dia e hora no terraço do Passeio, com a promessa de uma esmola.

Desde meio-dia, disseram os jornais, começou a afluência e às duas da tarde eram tantos os pernetas que o terraço ficou como um pátio de hospital de inválidos, e ainda pelas aleias e fora (os sem gravata), em volta do jardim, era um incessante toquejar de muletas, um contínuo e duro macetar de pernas de pau. E todos – velhos e moços, homens e mulheres, logo íntimos, conversavam risonhos daquela ventura que lhes aparecia, alongando os olhos ávidos à espera do doador.

Alguns desconfiavam: "Talvez fosse pilhéria ou reportagem ou quem sabe se não seria cilada da polícia para uma canoa em que fossem apanhados os pernetas da cidade!?!"

E alguns já se dispunham a abalar quando apareceu um *táxi* com dois cavalheiros graves, um deles com uma maleta que, ao bater na portinhola do veículo, tiniu metalicamente. Era o enviado do generoso herdeiro.

Houve reboliço – o povo de estropiados cercou os recém-vindos.

Postos em ordem os pernetas, o da mala começou a distribuição dando a cada um uma prata de mil-réis. Foi uma decepção. Alguns revoltaram-se, olhando a moeda na palma da mão. "E para isto, quase exigiram que viéssemos em trajo de rigor e em *landaulet.*"

Houve quem recusasse a moeda com desprezo, alegando que havia gasto muito mais na viagem, além da caminhada a pé, desde a rocinha doméstica até à estação suburbana.

Outros benzeram-se com um resignado "Seja tudo pelo amor de Deus!".

Em verdade, lançar a esperança à rebatinha para divertir-se com desgraçados pode ser pilhéria, sê-o-á, porém, de mui requintada crueldade. Enfim... passou.

Imagine-se que seria se outros se lembrassem de convocar, com o mesmo engodo, cegos, leprosos, reumáticos, *culs-de-jatte*, capengas, corcundas, chereicos, tuberculosos... Teríamos o museu de Cafarnaum, com as diversas seções macabras.

O *perneta esmoler*(?) inaugurou um mostruário, mas o que ficou nas pocilgas, nos tugúrios suburbanos, nas casotas dos montes, em buraqueiras de ruínas, por aí fora, em todos os esconderijos em que se alaparda a miséria, daria para uma revista hedionda.

Tal gente existe, mas espalhada pelos diferentes bairros e submetida a uma organização inteligente, em virtude da qual cada distrito só pode ter um número certo de cegos, de pernetas, de ulcerados etc., para que ninguém diga ao dar com os olhos num pedinte: "Agora mesmo dei a um como você. Não posso atender a todos os capengas da cidade. Deus o favoreça".

Tal não sucederá se ao capenga seguir-se um cego, ao cego um sem braços, a este um trangalhadanças epiléptico etc.

A verdade é que o Rio é hoje o paraíso dos indigentes que fizeram da "pobreza" profissão rendosa.

Há "pobres" capitalistas, proprietários. Alguns têm automóveis na praça, outros emprestam a 12% ao mês e adiantam sobre os vencimentos aos funcionários públicos.

No andar em que isto vai, dentro em breve a população ativa terá de emigrar deixando a cidade entregue ao parasitarismo invasor. E Clopin Trouillefou será aclamado rei, instalando-se, com os seus andrajos e as suas muletas, no palácio do Catete.

É, sem dúvida, pela certeza que têm da próxima vitória que os "sem-teto" recusam a colocação que o governo lhes oferece nas terras férteis das colônias. E deixem lá que eles têm razão: sempre é melhor viver sem cansaço e à farta na Avenida Rio Branco do que mourejar de enxada, ao sol, plantando batatas por essas roças de não há cinemas e outras delícias da civilização.

Cafarnaum é um nome bíblico e vai bem à capital de uma república, que se preza de cristã. Que fique, e, como a polícia parece interessar-se por essa miséria, que se desenvolve assustadoramente, seja ela a madrinha de crisma e quem substitua a bandeira constitucional por um trapo, símbolo do governo do rei dos mendigos, cuja dinastia começa nas páginas da *Notre Dame de Paris*, de Hugo.

Frutos do tempo, 1920

QUASE HISTÓRIA

UM EPISÓDIO

O milagre de Josué, mandando parar o sol para que os seus guerreiros não interrompessem a obra de vingança em que se empenhavam bravamente, com o favor de Iavé, desmantelando as muralhas de Jericó e passando a fio de espada todos os habitantes da cidade afrontosa, não vale o que realiza a minha memória conservando-me n'alma, com todo o brilho, toda a grandeza que teve, esse glorioso dia 13 de Maio de 1888, o maior dos que hei vivido e um dos mais formosos dos que têm desabrochado ao céu desde que o sol se desfolha em horas.

O chefe israelita deteve o astro por instantes breves e fê-lo uma só vez; eu ressuscito o dia antigo, faço-o renascer do passado, trago-o do fundo do Tempo, não uma vez, sempre que dele me lembro e o evoco, não como simples miragem, mas real, sensível. E vejo-o com a sua luz, sinto-o com o seu ar, ouço-lhe os rumores alegres e na cidade, que foi esta, onde o vivi e gozei, revivo-o e regozo-o, entrando na multidão dantanho e nela distinguindo figuras de heróis e de simples populares, quase todos desaparecidos na morte.

Vejo-os cercando e aclamando um triunfador que avançava monumentalmente, brônzeo, em estátua viva, tendo por pedestal grandioso o Povo em massa – José do Patrocínio.

Nós, os seus discípulos, debruçados às janelas da *Cidade do Rio*, vimo-lo chegar naquela comovedora apoteose, alçado aos ombros dos seus patrícios, agitando-se no estuo da multidão e, certamente, não foi maior que o nosso o maravilhamento dos apóstolos na barca quando, através da tempestade e por sobre as ondas enfurecidas do lago de Genezareth, viram Jesus caminhar sereno, cercado de um halo que irradiava fulgurantemente na caligem tormentosa.

E assim viera ele, no imenso andor humano, desde o Paço da cidade, onde fora assinada a Lei Áurea, até a redação, onde o esperávamos com flores e, mais que flores, lágrimas que nos rebentavam dos olhos correndo-nos alegremente pela face iluminada em sorriso.

E a multidão avançava densa sob um toldo de bandeiras, por entre as quais choviam pétalas, ao som estrepitoso de palmas, trazendo em triunfo o homem admirável.

Na *Cidade do Rio* eram inúmeras as comissões que o esperavam com estandartes e foi um trabalho para trazê-lo até acima, rompendo a turba que se apinhava desde a larga porta até o limiar superior da escada.

Patrocínio, amarfanhado, com o colarinho esmagado, suando em bicas, agitava-se aflito, exprimindo-se por gestos, porque a voz lhe ficara pelo caminho em não sei quantos discursos.

Quando, a muito custo, conseguimos arrancá-lo dos braços do Briareu levando-o, aos trambolhões, para o seu pequeno escritório, que parecia uma estufa (tantas eram nele as flores), o herói deixou-se cair em um sofá e ali ficou arquejando, com a mão ao peito a conter o coração, olhando-nos enternecido, olhar de vítima suplicante que implorasse socorro contra perseguidores minazes.

Fora, na rua, era o tumulto, o marulho popular ameaçador e terrível.

Montando guarda ao herói resolvêramos defendê-lo da glorificação opondo, se tanto fosse preciso, os nossos próprios corpos. E um dos nossos, revestindo-se de coragem, foi parlamentar com os representantes das várias associações, todos com discursos engatilhados, dizendo-lhes que o grande jornalista não os podia receber naquele momento por achar-se fatigadíssimo e ameaçado, segundo dissera um médico, "de síncope cardíaca".

O povo é tirânico. Apesar das palavras ponderadas do nosso Ulisses houve vozes de rebeldia. Um queria apenas vê-lo, apertar-lhe a mão; outro comprometia-se a tão-somente entregar-lhe o discurso que levava escritor. Um velho negro, de carapinha branca, pedia, de mãos postas, que lhe permitissem beijar os pés do libertador da sua raça. A nada, porém, cedeu o parlamentar inflexível e a sala da relação esvaziou-se.

Começávamos a respirar tranquilos quando o paginador da folha, Bento Torres, bateu à porta do escritório chamando-nos em grande alvoroço.

Abrimos.

– Está aí Benjamin Constant com os cegos, disse-nos o companheiro.

Ao ouvir tal nome Patrocínio pôs-se logo de pé e, rompendo o grupo dos da sua guarda, saiu à sala para receber o grande soldado e indefeso patriota que, então, dirigia o Instituto dos Cegos.

Lá estava ele, o varão austero, cercado dos seus alunos. Patrocínio adiantou-se comovido e estendeu-lhe a mão. Benjamin atraiu-o a si sem uma palavra e os dois homens conservaram-se um momento abraçados enquanto a banda de música dos cegos executava o Hino Nacional.

Terminada a peça patriótica, Benjamin pronunciou um pequeno discurso em nome daqueles que ali estavam, os cegos, que lhe haviam pedido a graça de os guiar à presença do homem generoso que, a golpes de genialidade, realizara o milagre de expungir da pátria a mancha da escravidão. Não podiam vê-lo, que, ao menos, lhes fosse dado ouvirem-no. Guardariam na alma o som da palavra poderosa que abalara e fizera ruir a muralha do cárcere infame onde gemia cativa e vilependiada toda uma raça.

Os cegos, que se haviam ajuntado em volta de Benjamin, sorriam enlevados, murmurando aplausos enternecidos.

Patrocínio adiantou-se para responder. Cercamo-lo.

O formidável tribuno, de inspiração sempre torrencial, o orador estupendo, cuja eloquência não tivera, jamais, competidora, o homem ímpeto, o gênio explosivo quedou encarado naquele auditório de trevas.

Os olhos dos cegos moviam-se desvairadamente nas órbitas, sentia-se neles a ânsia aflita dos prisioneiros que se debatem por trás das grades dos presídios.

Alguns abriam desmedidamente os olhos opacos, outros fechavam-nos apertando-os, outros batiam as pálpebras. E Patrocínio olhava-os a todos sem poder tirar de si uma palavra. Tremia.

Fora, a multidão bradava por ele, chamava-o e o batalhador enérgico ali estava retorcendo as mãos, no meio daqueles pobrezinhos, almas que ele não podia libertar como libertara as outras.

Adiantou-se, tomou um fôlego profundo e quando pensamos que ele fosse iniciar o discurso que, certamente, seria maravilhoso, vimo-lo atirar-se dencontro a Benjamin Constant, inclinar-lhe a cabeça ao ombro, rompendo em soluços.

E o grande soldado, inflexível como uma coluna, amparou-o aos braços, apertando-o ao peito e, através das lentes do seu *pince-nez*, vimos-lhe os olhos marejarem-se-lhe.

E em volta dos dois homens os cegos, d'olhos mortos, ignorando a cena que ali se passava, sorriam antegozando o encanto da palavra que fora substituída por eloquência mais comovedora – a das lágrimas.

Frechas, 1923

UMA LENDA UBÍQUA

O mês de maio de 1899 passei-o eu, quase todo, em Santa Cruz, na Bahia, com o major Salvador Pires de Carvalho e Aragão, encarregado, pelo governo do Estado, de levantar a planta da baía Cabrália e de estudar a região determinando os pontos de mais realce na história do descobrimento do Brasil.

Instalados na casa da Câmara Municipal da Vila, sobrado de cinco janelas, cujos baixos serviam de cadeia, com um quarto para o carcereiro, o qual apenas tinha, sob sua guarda, um preso que, às vezes, saía à porta "para apanhar fresco", regressando ao cárcere quando bem lhe parecia, vivíamos como em um seio de Abraão.

O meu prazer era ficar à janela, olhando a costa e a imensa baía em cujas águas fundeou a frota de Cabral, e, andando com os olhos de um a outro ponto, guiado pela famosa e fidelíssima carta de Vaz de Caminha, recompunha *in situ*, com personagens imaginárias, mas que se moviam como se fossem reais, o grande acontecimento, com todos os episódios citados pelo escrivão, desde a primeira visão do monte Pascoal, a descida à praia coalhada de selvagens, a missa, as cenas alegres do gaiteiro, até o triste abandono dos degredados que ficaram chorando entre as dunas, com os olhos alongados seguindo as velas que se perdiam no horizonte.

À noite, enquanto na igreja, a dois passos da Câmara, soavam os cânticos glorificadores da Virgem, sentávamo-nos à porta, gozando o fresco de mar.

Em cima, um velho negro agitando uma toalha, aos berros, enxotava os morcegos dos nossos aposentos, para que, durante o sono, não nos fosse cobrado o tributo de sangue.

O carcereiro, que nos rondava, fazendo jus ao café e a cigarros, era um narrador pitoresco e conhecia todas as lendas da região. Uma das que mais nos interessaram e que nos foi confirmada pelo Dr. Antonio Ricardi da Rocha Castro, de Porto Seguro, dizia de um milagre em tudo igual ao que se deu na costa do Rio de Janeiro, com Estácio de Sá, e que salvou o fundador da cidade de perecer às mãos dos selvagens.

"Aí pelos anos de 1797-98, piratas franceses, avizinhando-se da costa, em três navios, encontraram um barco tripulado por um pescador de nome Reginaldo. Aprisionaram-no e, com ameaças, exigiram que ele os guiasse a ancoradouro seguro, onde ficassem sobre âncora, podendo desembarcar. Escusou-se habilmente Reginaldo ao ofício de traidor, dizendo não conhecer a costa, que evitava, por ser sempre hostilizado pelos naturais.

Não desanimaram os franceses e, remando para a Coroa Vermelha, desembarcaram em batéis, tomando pé na restinga.

Esperou-os em terra Pedro Corrêa, com dez companheiros e travou-se o combate com fúria igual de parte a parte. Começavam, porém, a ceder os de terra quando, do lado da igreja, na colina, rompeu a todo o galope de um cavalo branco, à frente de um bando de soldados, lindo mancebo acobertado de armadura que faiscava ao sol. Investindo com os invasores, repeliu-os levando-os, pelo mar dentro, a golpes formidáveis.

Uns conseguiram alcançar os batéis, remando aforçuradamente para os navios, e muitos pereceram no mar.

O cavaleiro formoso e rutilante, que desapareceu, com os seus homens, logo depois da vitória, não era outro senão S. Sebastião, santo que é tido em grande veneração em Santa Cruz, sendo o seu dia festejado com cerimônias religiosas, cantares e folgares do povo.

Levado pelos piratas para Caiena, conseguiu Reginaldo passar daí a Portugal, regressando mais tarde a Santa Cruz, onde morreu velhíssimo.

Falando do milagre, dizia ele que muitos dos franceses, escapos do guerreiro misterioso, morreram de gangrena, a bordo por se haverem cortado nas conchas e nas cascas de mariscos da baixinha da Coroa Vermelha."

A lenda, tal como a refiro, é corrente em Santa Cruz e em Porto Seguro e as festas com que é comemorado na velha igreja colonial o dia do santo batalhador, que é o de vinte de janeiro, de algum modo fundamenta a tradição da terra, conservada na memória dos velhos, que a transmitem às crianças e aos que por ali passam, como no-la transmitiu, com o pitoresco da sua linguagem e os arrebatamentos dos seus arranques dramáticos, o carcereiro da cadeia de Santa Cruz.

Será, em verdade, uma lenda local ou reflexo da que fez com que Estácio de Sá consagrasse a cidade que fundou ao glorioso mártir de Narbona?

Eis um bom quebra-cabeças para os pesquisadores. Eles que o destrinchem.

Às quintas, 1924

REIVINDICAÇÃO HISTÓRICA

*P*or mais que viva nunca me hei de esquecer da linda manhã da minha chegada a Santa Cruz.

Foi em maio de 1899. Partindo de S. Salvador a bordo do pequeno vapor *S. Felix*, da Companhia Bahiana, em companhia do Major de engenheiros Salvador Pires de Carvalho e Aragão, o destemido comandante da Polícia da Bahia em Canudos e de Alfredo Otaviano Soledade, segundo escriturário da Secretaria da Junta Comercial do Estado, fiz excelente viagem posto que, diante da barra de Una, passássemos um mau quarto de hora entre vozes alarmadas da tripulação em azáfama, gritos de mulheres, promessas a vários santos e palavrões desabridos de alguns cacaueiros (ou cacoístas) irreverentes.

O pânico cedeu lugar à gargalhada quando, por medida de prudência e garantia das vidas que iam a bordo, o comandante resolveu mandar arriar um bote que levasse à terra um mascate italiano, único passageiro que se destinava ao perfidioso porto. E prosseguimos serenamente.

O Major Salvador Pires ia a Santa Cruz em missão do governo do Estado para proceder aos necessários estudos que respondessem ao questionário formulado pela comissão do Instituto Histórico Bahiano encarregada da comemoração do 4º Centenário do Descobrimento do Brasil. Soledade acompanhava-o como fotógrafo.

O assunto das nossas conversas a bordo, onde nos isoláramos dos demais passageiros, sempre em rezingas que, por vezes, ameaçavam degenerar em lutas, era, de preferência, o descobrimento do Brasil.

Íamos pelas águas que marulharam à proa dos galeões cabralinos, olhando as estrelas que os marujos da frota avistaram de longe, perlongando a costa, que lhes apareceu frondosa nas suas matas, alcantilada nas suas barrancas ou alva nos seus areais.

Na madrugada luminosa em que chegamos à baía Cabralia, ao entrarmos no pequeno porto de Santa Cruz, na foz do rio João de Tiba, já eu havia tirado da mala o livro que me devia servir de roteiro naquela exploração a que eu me atrevera levado pelo desejo de conhecer o ponto da terra formosa onde primeiro se levantara a cruz: a carta histórica de Pero Vaz de Caminha. E foi com ela sempre à mão que percorri o litoral arenoso e coroado de uricuris e mussandós, subi às barrancas, aventurei-me pelas matas fui até a ponta extrema da Coroa Vermelha, verificando, com os meus companheiros, ponto por ponto, todas as referências feitas pelo escrivão minucioso ao que se nos ia deparando na terra de Santa Cruz onde desembarcaram os descobridores.

Só por um propósito obstinado, por contumácia vaidosa de historiadores que se não querem convencer, ainda que a evidência se lhes imponha, é que se continua a manter a lenda do desembarque dos portugueses em Porto Seguro.

A carta de Caminha é clara, nela aparecem todas as marcas e, de modo tão preciso, que não resta a menor dúvida no espírito de quem confronta.

Diz ela: anotando a "Quinta-feira, 23 de abril (3 de maio): Quinta-feira, pela manhã, fizemos vela e seguimos direitos à terra, e os navios pequenos indo diante por dezessete, quinze, quatorze, treze, doze, dez e nove braças, até meia légua de terra, onde lançamos âncora em direito da boca de um rio...".

Este rio lá está: é o Granamuã.

Lá está a linha de recifes formando um porto abrigado, onde se podem agasalhar navios do maior porte. De tal porto, na baía Cabralia, diz o relator do feito:

"Fomos de longo, e mandou o Capitão aos navios pequenos que fossem mais chegados à terra e que, se achassem pouco seguro para as naus, amainassem, e sendo-nos pela costa obra de dez léguas donde nos levantamos, acharam os ditos navios pequenos um recife, com um porto dentro muito bom e muito seguro, com uma mui larga entrada, e meteram-se dentro, amainaram e as naus arribaram sobre ele, e um pouco antes do sol posto amainaram obra de uma légua do recife e ancoraram-se em onze braças."

Apliquem tal referência a Porto Seguro os mais audazes e se acharem modos de a pôr em encaixe peçam-me as mãos a bolos.

Diz adiante o ingênuo cronista:

"À tarde saiu o Capitão-mor em seu batel como todos nós e com todos os outros capitães das naus, em seus batéis, a folgar pela baía a carão da praia; mas ninguém saiu em terra pelo Capitão-mor não querer sem embargo de ninguém nela estar. Somente saiu ele com todos em um ilhéu grande que na baía está, que de baixa-mar fica mui vazio, porém é de toda a parte cercado d'água que não pode ninguém ir a ele sem barco ou a nado."

Esse ilhéu, que lá está em Santa Cruz, é a Coroa Vermelha, onde foi rezada a primeira missa e onde querem alguns que também houvesse sido chantada a cruz que pôs sob a proteção de Cristo a nossa terra.

Onde acharão os teimosos nas águas de Porto Seguro coisa que se pareça com esse ilhéu mencionado na Carta? E aquele rio "que não é mais ancho que um jogo de manguais" não é o Buranhém, com certeza, mas o Mutari, em cujas margens tanto caminhamos ouvindo as charitas e vendo os revoos, em nastros e colares, dos bandos de jandaias que, à tarde, chalrando ruidosamente, demandavam seus ninhos na floresta.

Lá está, também, a descrição do rio João de Tiba:

"E então o Capitão passou o rio, com todos nós onde fomos pela praia de longo, indo os batéis assim a carão de terra, e fomos até uma lagoa grande de água doce que está junto com a praia, porque toda aquela ribeira do mar é apaulada por cima e sai a água por muitos lugares."

Em tal lagoa vi eu, com encanto, na hora dourada da tarde, bandos de garças e guarás vermelhos.

Porto Seguro pleiteia, há muito, aliás com o voto de Varnhagen, a glória de haver sido o primeiro ponto da terra pátria visitada pela civilização. Todas as provas, porém, e vozes autorizadas como a de Catrambi, por exemplo, impugnam-lhe a pretensão e quem perlustrou tais paragens não hesita um só minuto em restituir a Santa Cruz o que de direito lhe pertence.

Pedem agora os seus habitantes que lhes consintam assinalar, com uma cruz de granito, levantada na Coroa Vermelha, onde presumem que foi erigida a primeira, o acontecimento histórico.

Salvador Pires, apoiando-se na carta de Caminha, decidiu-se por outro ponto, e esse foi a margem do ribeirão Mutari, onde, diz o distinto engenheiro na excelente *Memória* que escreveu: "Coloquei um marco de maçaranduba, lavrado em quina viva, tendo um metro fora da terra e, em cada face, uma das iniciais do Instituto Histórico e Geográfico da Bahia (IHGB), tendo próximo ao marco fincado um mastro com a bandeira Nacional".

Pode haver dúvidas sobre o ponto em que deve ficar a Cruz, o que, porém, não sofre, nem admite contestação é o que alegam, contra os de Porto Seguro, os de Santa Cruz: que foi na sua linda praia, e não no abarrancado das margens do Buranhém, que os descobridores se puseram em contato com a terra graciosa e farta, chamada de Vera Cruz, que é esta ditosa Pátria minha amada.

Feira livre, 1926

VÁRIA

VELHAS ÁRVORES

As tempestades foram fatais às velhas árvores. Quantas, e das mais belas, rolaram por terra com as imensas raízes retorcidas!

Contam-se por dezenas as que o vento desracinou; citam-se as que foram fulminadas pelo raio; mostram-se as que as enxurradas, corroendo o solo em que elas jaziam, fizeram tombar nas chácaras e nas ruas dos arrabaldes.

Eram árvores centenárias, que haviam visto nascer a cidade, que a acompanhavam no seu progresso e, todos os anos, apesar de velhinhas, ofereciam-lhe flores e frutos.

Já não tinham resistência para suportar os embates da ventania: as raízes enfraquecidas dançavam soltas na terra fofa como arnelas abaladas em gengivas moles; o tronco puído pelo caruncho, desfazia-se-lhes em poalha; as folhas despegavam-se-lhes dos ramos à mais ligeira aragem. Eram gigantes de pés de barro, como o colosso do sonho de Nabucodonosor.

Se a Cidade zelasse com mais carinho pela conservação das relíquias da sua beleza natural não andariam os jornais carpindo a morte de tantas árvores frondosas, que eram padrões da fertilidade do nosso solo.

Mas que valem árvores? Os antigos adoravam-nas, enfeitavam-nas de ínfulas, defendiam-nas até com o prestígio de lendas e, quanto mais envelheciam mais crescia o respeito em torno delas e a sombra dos seus largos ramos era tida por asilo sagrado.

Algumas, como o loureiro, o carvalho, o cipreste ou ciparisso, para que ninguém ousasse tocar, sequer, em um só dos seus galhos, eram consagradas a deuses e todas tinham a proteção de um espírito que nelas vivia, como vive a alma no corpo humano.

Nós!...

O nosso amor pelo que recebemos de Deus manifesta-se em depredações revoltantes. Vede o rosto da cidade, que seria a mais bela do mundo se o homem nela não houvesse entrado com o seu instinto destruidor.

Dir-se-á que os nossos administradores, querendo perpetuar os costumes extravagantes dos selvagens, que furavam o beiço para aplicar o tembetá, que alanhavam a face, raspavam o crânio, limavam os dentes em pontas e ainda se besuntavam de campeche, urucum e outras tinturas, com o que pompeavam garridice, afeiam a fisionomia da cidade escalavrando-lhe as soberbas rochas litorâneas, pelando-lhe as montanhas, consentindo que arquitetos pantafaçudos plantem-lhe na fímbria construções monstruosas, ridiculamente pintadas a cores que lembram o escravo.

Serão fenômenos de atavismo? Talvez.

Hans Staden não sofreu tanto entre os tupinambás como sofre esta joia nas mãos dos que a administram.

A baía de Guanabara era o nosso maior orgulho. O estrangeiro, ao cruzar a barra, pasmava maravilhado ante o espetáculo que se lhe oferecia aos olhos. Vede a que está sendo reduzido o nosso formoso mediterrâneo: a pátio de despejo de um monte.

De uma eminência e de uma maravilha fazem uma chatice. A terra do morro, que podia sepultar os mangais do Caju, estendendo e saneando um bairro dos mais populosos e ativos, suprime o mar formoso, reduz a planície banal o que era um dos enfeites da cidade, que não só nos ufanava como encantava a quantos aqui vinham, convencendo-os de que efetivamente fôramos contemplados por Deus com a obra-prima da sua criação.

Se assim procedem com o mar, que respeito podem tais homens ter às árvores?

Havia aqui um baobá, verdadeiro titã vegetal trazido da África. Dois ou mais séculos passaram sobre ele e a árvore, que se afizera ao terreno do exílio, aceitando-o como pátrio, e que sentia no cerne calor de um sol que lhe recordava o do céu da sua região adusta, crescia frondosamente, ali na Glória, fronteira ao caprichoso relógio que anda, quase sempre, às turras com o Tempo.

Um dia, sem motivo algum que justificasse o ato criminoso, mateiros da Prefeitura derrubaram-no.

As figueiras geminadas do parque do Palácio Guanabara, quatro árvores que entremeiam os ramos e unem os caules em um só tronco, formando verdadeiro nicho entre as raízes, foram salvas do machado graças à intervenção pronta e enérgica do Barão do Rio Branco.

A árvore que existia em uma cocheira da rua Haddock Lobo, apresentando a curiosa superfectação de um coqueiro nascido no entroncamento dos seus galhos superiores, foi derrubada sem protesto; e o formidável jequitibá das Paineiras já esteve em risco de ser posto abaixo.

E quantos outros exemplares formosos da nossa flora têm desaparecido sem que se levante uma voz de protesto contra tais excídios.

Ventos, raios e aguaceiros abateram umas dez árvores, se tantas; velhas árvores que o tempo e o abandono haviam enfraquecido. Que é isso comparado ao que faz o homem, devastador impiedoso?

Correm os comboios, singram os navios. Quem os leva? a floresta. Movem-se as fábricas, quem as põe em atividade? a floresta. A lenha é o combustível que se consome em toda a parte – nas fornalhas e nos fogões.

O incêndio flameja dia e noite abrindo imensos vãos em matas opulentas, reduzindo a carvão madeiros preciosos. O machado atroa sem descontinuação as brenhas majestosas e quem sai em defesa desses tesouros, que são colunas de beleza, guardas providentes dos mananciais, zeladoras da saúde pelos eflúvios que espalham no ambiente, enfeites das montanhas quando rebentam em flores? Ninguém.

Na Europa, na cova de onde se retira uma árvore morta, faz-se a substituição pelo replantio e as florestas sucedem-se como as gerações humanas. Aqui arrasa-se e deixa-se o terreno exposto ao sol, vazio.

Na Europa, se uma árvore adoece denunciando o mal pela languidez das folhas amarelecidas, acodem-na a tempo e salvam-na; e o vegetal agradecido enflora-se respondendo ao benefício do homem com o perfume e a graça. Aqui derruba-se.

Na Europa muda-se uma árvore de um para outro sítio sem que as raízes se ressintam, nem uma só folha murche. Aqui quem tal fizesse passaria por louco.

Em vez de conservarmos destruímos e quanto mais bela é a árvore tanto mais se acirra contra ela o homem.

Povo inimigo da beleza tem-se a impressão de que, por inveja, como não a pode realizar, destrói a que vai encontrando.

Assim procediam os hunos de Átila que, por viverem sempre escarranchados em potros ou alapardados em tendas de peles, que tresandavam à suarda, quando invadiam as cidades em cavalgadas tumultuosas o que primeiro destruíam eram os templos enriquecidos de mármores divinos, não por escrúpulo religioso, mas por ódio à beleza e aversão ao perfeito.

As tempestades – e foram formidandas e duraram dias, quase tantos como os do dilúvio, – não derrubaram mais que umas dez árvores velhíssimas. Os homens devastam florestas.

O mar, outrora, na fúria das suas ressacas, esboroava alguns metros de cais; o homem arrasou uma montanha para vingar-se do mar.

Na progressão demolidora em que vamos que restará, em breve, da cidade formosa entre as mais formosas? um amontoado de casas irregulares entre montanhas calvas e um mangal lodoso que será tudo que lembre a magnificência verde que se chamou, em tempos, a baía de Guanabara.

E quando só houver ruínas da beleza que nos foi legada por Deus talvez os homens se arrependam do que fizeram. Mas até lá ainda há muito que destruir.

Frechas, 1923

O ZEBU

*P*or melhor que seja a Constituição de um Povo, por mais justos que sejam os seus códigos, mais austeros os seus tribunais, mais íntegros os seus juízes, mais vigilante a sua polícia sempre reinará nele a Discórdia, andarão as leis à matroca, os grupos em conflito, a Família em cizânia; e haverá motins e desordens, conflagrações e crises de governos, confusões na política e polêmicas na imprensa, bate-bocas nos becos e águas sujas nos lares se os pratos da sua cozinha não forem de boas iguarias, bem cozidas e adubadas com bons temperos.

"Dize-me o que comes dir-te-ei quem és" afirma, com segurança de profeta, o eminente filósofo do Gáster.

O homem é a soma do que come e bebe.

Compare-se um desses pantagruéis rechonchudos que se amesendam voluptuosamente, de pernas abertas e papo inflado, diante de palanganas de caldos verdes engrossados a fubá de milho, bem lardeados de toucinho e lombo e, depois de os chuchurrearem, aos goles gorgulhantes, com toda a fartura de couves, nabos, batatas, nabiças, aipos, bertalhas e mais folhagens, ainda chamam às goelas todo um cozido acogulado de legumes gordos, e atafulham-se, em seguida, com algumas costeletas com batatas e um mexido d'ovos, derriçando, por cima, um frango assado com arroz--de-forno ou farofa, tudo com rega de cartaxo ou verde, atupindo-se, por fim, com meia dúzia de laranjas, um ou dois abacaxis, bananas e ainda goiabada e queijo e por último café, rebatendo toda essa ucharia com um codório de cana. Compare-se, digo eu, um de tais abismos com um desses finos degustadores que escolhem meditadamente na lista o alimento delicado que lhe saiba sem, todavia, pesar-lhe no estômago, que o nutra sem afrontá-lo, que lhe dê substância sem provocar-lhe enfarte.

Um, ao fim da comezaina, encalha na mesa ou atira-se de borco à cama, entourido como a jiboia depois que engole o veadinho ou o vitelo que as suas roscas constritoras reduziram a pasta e a sua baba lubrificante envolveu como em molho; outro, levanta-se da mesa lépido, airoso, com o espírito espevitado e pronto para brilhar.

Um empanzina-se, outro equilibra a vida dando ao corpo a ração bastante para que se mantenha em força e saúde sem prejuízo do espírito, que pede leveza para altar-se, esvoaçar, ascender ao sonho, pairar sobre a ideia, como a abelha diante da flor viver, enfim, como vive a alma sutil, librando-se nas Alturas.

E assim como o excesso prejudica, a má qualidade do alimento é também nociva a quem o toma.

A semente requer terreno bem granjeado e adubo quanto baste à sua nutrição, se a abafam com demasia de terra ou a estrumam em excesso morre asfixiada ou congesta e se a lançam em leiva sáfara ou pedrenta não vinga; muito exposta ao sol esturrica; caindo em alagado encharca-se e apodrece; no entanto, com o calor e a umidade convenientes, medra viçosa e, em pouco, rompe a *flux* desenvolvendo-se em dias rápidos.

Tudo depende do trato, da escolha da terra, do preparo e da distribuição do adubo.

O prato pode servir de símbolo dos povos.

A França impõe-se pelo espírito gracioso e sutil, pelo requinte da sua galanteria; tudo nela revela o gosto primoroso.

Ela foi sempre um país de bona-chira; a sua cozinha é a mais variada, a mais estilizada, a mais leve de quantas borbulham e rechinam por todo esse vasto mundo de comedores.

Vatel é uma figura típica. Ragueneau é um "assador" emérito, que vive entre poetas.

Certos pratos franceses são verdadeiras obras d'arte: a *omelette soufflée*, por exemplo, é uma espuma de ouro, leve como a filigrana, fútil como uma *grisette*, e sem nada... é tudo. A França tem o segredo dos encantos da boca e a sua cozinha vale bem a conversa dos seus salões.

A Inglaterra com a sua preocupação de força esmurraçadora e pebolística, a Inglaterra pletórica do *gin*, não tem a finura gentil da França do champanhe que ferve em espuma, e o seu prato nacional é rubro e sangra: o *roast-beef*.

A Itália dourada fez do trigo louro e do milho os elementos principais da sua alimentação – é o macarrão, o pão em cadilhos; é a polenta, o milho em poeira loura, amassada com temperos picantes; e laticínios e frutas. O vinho é vulcânico. E o povo é alegre, canta, mas se lhe ferve a cólera, é terrível e explode.

A Espanha árdega tem a *olla-podrida* e abusa dos pimentões e do anis.

Portugal é rijo no seu comer opíparo – são as gordas viandas, os caldos em que brilham olheirões d'ouro e nadam rodelas de cebolas, é a peixada, são os legumes, é a boa fruta, é o vinho são, é o azeite puro correndo em fio de âmbar. Os seus festins lembram as bodas de Gamacho.

A Rússia lambuza-se de sebo, é gordurosa e densa. O Oriente abusa das especiarias fervidas. A Grécia foi sóbria. Roma foi glutona e estourou de indigestão vomitando, aos pés dos bárbaros, todas as colônias que devorara...

E nós?

Nós já tivemos a nossa mesa e regular, com um cardápio em que havia de tudo – desde a *mayonaise* e o *foie gras* até o caruru; do caviar ao *roast-beef*; do *tagliarini* ao vatapá; do tutu com lombo de porco e linguiça ao arroz estufado; da moqueca ao sarapatel; da canja às dobradinhas com tomates.

Tivemos de tudo e bem feito, bem temperado e tivemos, principalmente, carne, boa carne de vaca, carne rósea e de gordura dourada, saborosa e tenra, tão macia ao mastigo como fácil à digestão, prestando-se a tudo: ao cozido, ao ensopado, ao churrasco, às espetadas, ao picadinho e dando um caldo, verdadeiro apisto, que era uma delícia quando nos aparecia na malga estrelado de ouro, espalhando em volta um aroma que valia por todos os aperitivos. E hoje?

Hoje temos o zebu.

O zebu matou a cozinha brasileira.

Hoje (aqui no Rio, pelo menos) não se come carne: rilha-se courama. O zebu, que os defensores da pecuária indiana afirmam ser um boi excelente para negócio, porque é animal (aparentado com o cavalo do inglês) que não faz questão de pasto, porque come de tudo, e, contente, é capaz de engordar no alto do Pão de Açúcar lambendo o rochedo, entrou-nos pelo país como uma praga.

Os nossos campos, acocurutados de cupins, têm hoje também as carúnculas do boi indiano, que veio substituir o caracu, como o pardal está dando cabo do tico-tico indígena.

O zebu multiplica-se em calombos e, como é excelente para o negócio, havemos de roê-lo, digo roê-lo porque, às vezes, parece que o que de tal bicho se come em vez da carne, é o chifre.

Os açougues, com as peças de carne que expõem nos ganchos, fazem nojo: é uma carne escura, cianótica, de fibra rija, carne tetânica, com uma gordura amarelenta que as próprias moscas repugnam.

Impermeável como a borracha, não há tempero que a penetre, não há fogo que a coza, não há dentes que a mastiguem, porque nela embotam-se as facas mais afiadas, não há estômagos que a digiram, nem há fome, por mais que raive, que a deseje.

Em França os açougues de carne de cavalo apresentam-se como tais; aqui, não: vende-se zebu como boi manso, vende-se zebu como comestível quando é sabido que tal bicho, depois de morto, embravece e põe-se às marradas no estômago de quem o engole.

Se as nações são o que comem, imaginem a corcova que estamos arranjando para o futuro com o gado asiático com que os marchantes enchem a barriga e a nós não nos passa da boca.

Com tal boi, ainda que afirmem que não há outro como ele para puxar um carro, não vamos lá das pernas. Pode ser excelente para negócio de marchante, mas para bifes é detestável – não é boi, é uma espiga.

Dis-moi ce que tu manges, je te dirai ce que tu es... * afirma o famoso fisiologista da mesa, Brillat Savarin. Que diria ele de nós se visse os pratos que comemos preparados com o tal "bom negócio" dos bois de Benares!

Que saudades da carne! Quem nos dera o nosso saboroso caracu, macio e sem calombo....! Mas o zebu dá mais lucro ao marchante... o povo que roa um chifre!

Eu não quero as glórias de profeta, mas tenho para mim que todas as complicações político-financeiras que nos trazem num turbilhão resultam do calombo do zebu. Pode ser que eu me engane, mas os fatos e o boi... aí estão, teimosos e duros, e ameaçam não ceder nem à mão de Deus Padre.

Frechas, 1923

---

* Diga-me o que comes e eu te direi quem és. (N. E.).

UM ENVIADO... EXTRAORDINÁRIO

O caso singular desse infante que nasceu na Caixa Econômica merece ser meditado.

Os áugures, que tiram horóscopos, deviam sondar o futuro de tão previdente pimpolho, que entrou na vida, cautelosamente, pela porta estreita da economia.

Certamente a ideia de nascer naquele sítio de poupança não partiu do cérebro de quem ainda estava na casca, como o pinto do latim macarrônio. Aquilo sucedeu por força do destino. Estava escrito no céu em letras de ouro que assim havia de ser, e foi. Há lá quem possa corrigir as leis do fado!

O que tem de ser tem muita força, diz a sabedoria do povo e contra a genitura não há resistência. Assim como quem nasceu para dez-réis nunca chega a vintém, quem nasceu para conto de réis, ainda que o câmbio baixe a zero, há de sempre manter o seu valor. Sina é sina.

A dama que transformou em maternidade a Casa da Formiga, podia esperar tudo, menos o que lhe aconteceu, com tão feliz sucesso, entre cadernetas e cheques.

Saiu de casa levando o seu pé-de-meia para depositá-lo em seguro. No bonde, com os solavancos, sentiu os primeiros rebates da gênese. Pensou que fosse coisa passageira e deixou-se estar; o aviso, porém, foi-se tornando alarma e começaram as dores. Não havia que duvidar. Era a hora.

Que fazer? Atrasar o relógio? Impossível! O relógio da Vida não se atrasa. O remédio era correr; correu e, mal chegou à Caixa, sem tempo, sequer, para dizer: água vai! fez o depósito do que, em meses, acumulara com as melhores esperanças e coração alegre.

Os funcionários viram-se abarbados com aquela economia de nova espécie. Como inscrevê-la na caderneta? Onde guardá-la?

Para resolver caso tão difícil só um Salomão e esse Salomão apareceu na figura de um contínuo, que ponderou e com razão:

"Os pais costumam dizer que os filhos são penhores do seu amor. Sendo assim, parecia-lhe mais natural que o pequeno fosse transferido da Caixa Econômica para o Monte de Socorro, que é a repartição em que são recebidos os penhores."

A mãe, porém, opôs-se com todas as suas forças: "Que não! Não queria seu filho no prego!". E não houve convencê-la.

Foi então que um dos funcionários fez de Alexandre cortando o nó gordio, ou umbigo, com o que tornou independente o recém-nascido, dando-lhe foros de cidadão, com direito ao voto. E por proposta da ternura maternal, o depósito ficou com o nome de José.

E foi assim que, tendo apenas levado de casa um pé--de-meia, tornou a dama com outras peças de vestuário envolvendo o que nascera onde medram os juros da economia do pobre.

Por haver nascido entre as cadernetas quiseram os que testemunharam o caso assinalá-lo, e para tal fim foi corrida generosa subscrição entre os funcionários, sendo, com o produto da mesma, aberta uma caderneta com o nome do recém-nascido que, assim, fez a sua entrada na vida com o pé direito.

A quantia arrecadada ficou rendendo – é uma semente de riqueza que, daqui a alguns anos, se for bem tratada, será uma árvore de patacas, como as que havia outrora.

Eis um exemplo a seguir. Recomendo-o às que se acham em estado de o poderem aproveitar, isto é: interessante, para que imitem o procedimento dessa mãe que soube escolher nascedouro para o filho.

Se a Caixa Econômica, que, em virtude do seu nome, não pode nem deve correr perdulariamente os cordões da bolsa, abriu uma caderneta genetlíaca para o que lhe nasceu de muros adentro, imaginem que não farão o Tesouro Nacional, o Banco do Brasil e tantos outros estabelecimentos de crédito, nacionais e estrangeiros, que por aí há, com os que tiverem a fortuna de lhes nascer entre a carteira e o cofre.

E haverá cenas curiosas: mães a queixarem-se de má sorte por se haverem aliviado com o câmbio baixo, recebendo uma miséria, até por gêmeos. Outras lamentando só lhe haverem tocado marcos e coroas austríacas depois de nove meses de sofrimento.

Haverá de tudo: contentes e descontentes – umas abotoando-se com cautelas valiosas; outras carregando pilhas e pilhas de papel de embrulho e resmungando, com decepção:

– Para isto, francamente, não valeu a pena tanto trabalho.

Tornemos, porém, ao nosso José, o que nasceu na Caixa Econômica.

Cá para mim esse pequeno é um enviado da Divina Providência: veio do céu, como a missão inglesa veio de Londres: para refazer o que tantos patriotas arrasaram: pagar, à boca de vários cofres, a dívida do Brasil e realizar o sonho de todos os nossos economistas convertendo em ouro o papel reles em que andamos embrulhados.

Esse pequeno é o Messias financeiro ou, talvez, uma reencarnação do famoso José, filho de Jacó, o tal que foi vendido pelos irmãos e que, depois da figura triste que fez com a mulher de Putifr, reabilitou-se, graças ao dom de aríolo, que tinha, interpretando os sonhos do Faraó, com o que salvou o Egito da fome de sete anos, abarrotando-o com os víveres acumulados durante o tempo da fartura.

O Estado devia tomar a si esse menino dando-lhe mestres de crematística para dele fazer oportunamente o seu ministro da Fazenda.

Econômico pelo menos, havia de ser (e já não seria pouco), tendo nascido, onde nasceu: na Caixa Econômica.

Bazar, 1928

MÃES E FILHOS

O caso é, realmente, grave e, pelos modos, visto que a ciência da terra não o pode resolver, o remédio é apelarem os interessados para o outro mundo, retirando-o dos leitos da Maternidade para a mesa falante de uma loja espírita, na qual invoquem, como tira-teimas, o espírito esclarecido de Salomão, que, em pleito quase idêntico, lavrou decisão famosa, aparentemente cruel, mas, em verdade, sutil, porque, conhecendo, a fundo, o coração materno, contava com ele para esclarecer o caso, como aconteceu.

Agora, porém, se há duas mães em cena, há também dois filhos... e um escândalo.

Eis o problema, tal como foi lançado, a cores, pela *A Noite*. Recolhidos à Maternidade uma portuguesa e uma mulata, ambas a termo, chegado o instante imperativo, deram conta do recado que ali as levara e, cada qual, comovidamente, e aliviada, apertou ao seio o que nele andara durante nove meses.

Satisfeita a natural ternura, as enfermeiras trataram de pôr os recém-nascidos em faixas e tanto os envolveram, tanto os cintaram e enrolaram que resultou, de tantas voltas, um embrulho complicado no qual, mais do que as mães, estão em aperto os pais.

A páginas tantas achou-se a mulata mãe da filha branca e a portuguesa, quando deu por si, tinha, a chuchar-lhe o peito heroico lusitano, uma mulatinha das de caroço no pescoço.

Que baldrocas se teriam dado durante o Natal para que os petizes mudassem de cor nos braços maternais, ficando o escuro claro e o claro escuro?

A ciência atribui a pigmentação colorida da filha da portuguesa à insuficiência das cápsulas suprarrenais. E como explicará, a mesma ciência pitoresca, a alvura da filha da mulata?

O marido da portuguesa esse é que, certamente, não engolirá, sem náuseas, as tais cápsulas, porque, deixem lá, por mais crédito e respeito que mereça a ciência, olhem que sempre deve ser uma espiga para um homem fazer a coisa de uma cor, com tinta própria e o seu pincel, e sair-lhe a droga de cor diferente. É para subir-lhe a cor ao rosto de vergonha e acender-se-lhe em fúria de indignação o brio.

Por mais que a mulher se defenda, com cápsulas e quejandos argumentos técnicos, há de a pulga ficar atrás da orelha do homem, a mordiscar-lhe o pundonor.

Terá havido troca de infantes, por descuido das enfermeiras, lá dentro, ou a troca terá ido de fora, já com as cores indiscretas do escândalo? Só o espírito de Salomão poderá fazer luz no caso escuro, pondo as coisas em pratos limpos e dando o seu a seu dono.

Ou houve passe malfeito, e as enfermeiras trocaram as bolas, ou as bolas já estavam trocadas e as enfermeiras podem lavar as mãos, porque estão limpas de culpa.

E o caso encrenca-se (o verbo entra aqui muito a jeito) porque as mães, que deram do seu leite às crianças, já agora não as querem largar e agarram-se com elas: portuguesa com o mulatinho, a mulata com Branca-Flor.

E os pais? Estarão eles dispostos a endossar, com os respectivos nomes, documentos tão suspeitos? Aí é que o caso muda de cor e começa a tornar-se preto.

As enfermeiras afirmam que lavaram as crianças em água e não em tinta e se elas mudaram de cor queixem-se as mães das palhetas, que as tingiram. As mães, por sua vez, não querem abrir mão das crianças e aceitam-nas com a cor que têm, porque já se habituaram com ela.

E a questão está neste pé, sem que se saiba, ao certo, se a portuguesa degenerou e a mulata apurou-se ou se houve engano das enfermeiras.

O que entra pelos olhos é que em toda essa cambiagem andou a mão sorrateira do diabo, a mão ou outra coisa, porque o branco não pode sair do preto nem o preto do branco.

É verdade que o dia sai da noite e a noite sai do dia. Quem sabe lá! São os tais segredos indecifráveis da natura. Aqui só mesmo o espírito de Salomão, porque essa história de cápsulas – tem toda a razão o marido da portuguesa – pode ser muito científica, mas é deveras difícil de engolir.

Às quintas, 1924

OS PARDAIS

*P*arecerá estranho ao leitor que os tico-ticos se queixem e mais estranho ainda que um cronista possa reduzir a vulgar a lamentação das aves. Não sou eu o primeiro que se apresenta como intérprete de chilros e de galreios. Parsifal compreendia os pássaros e não perdia uma nota dos seus cantos e, mercê de tal dom, conseguiu vencer grandes perigos e evitar traições que lhe eram armadas na floresta insidiosa que teve de atravessar.

Também no Oriente dos gênios e das apsarás havia homens predestinados que entendiam, não só a linguagem dos pássaros, como até os frêmitos da feras, o sussurro das folhas e o murmúrio das águas.

Devo a uma peri o filtro maravilhoso que me aclarou a inteligência para o entendimento do que diz em gorjeios e volatas a alegre gente alada, que povoa os nossos ares; e graças a tal presente, ouvi e entendi a conversa de um casal de tico-ticos.

Era à tarde, uma tarde límpida, fresca, de rosa e ouro, respirando aroma. Ainda havia sol, mas os passarinhos chegavam do seu dia bem gozado por montes e campinas, recolhendo-se, cada qual, ao seu ninho.

Alguns, achando, talvez, que ainda era cedo para se meterem em achegas, passeavam nos caminhos, voavam de ramo a ramo, perseguiam-se em brincos de namorados atitando, arrufando-se; outros, pousados à beira do ninho, onde os implumes, de bico aberto, batiam as asas, olhavam saudosamente o céu azul, com pena, talvez, de deixarem aqueles raios doirados que ainda faziam brilhar as folhas.

Eu seguia vagarosamente ao longo de uma aleia de mangueiras quando vi chegar, baixando álacre sobre uma das árvores, uma nuvem chirriante de pardais.

Eram tantos que a árvore, com a agitação dos chegadiços, sacudia as franças, como se as balançasse o vento. Eu olhava encantado e eis que vejo cair a meus pés alguma coisa como um fruto seco: era um ninho. Ia apanhá-lo quando vi dele sair um tico-tico que, ainda tonto da queda, deu voltas, atordoado, até que levantou voo pousando em um galho de acácia.

Um momento esteve a debicar-se, arranjando as penas que haviam ficado arrufadas e, estava nisso quando outro tico-tico saiu do ninho, que jazia no chão, pondo-se logo a piar aflitamente e, no seu piado, perguntava:

– Onde estás, meu amor? Então o outro respondeu do galho, onde se instalara:

– Aqui, nesta acácia. Vem cá para cima. Não estás ferida?

– Não, apenas atordoada. Mas os ovos quebraram-se.

– Deixa lá os ovos que não são teus; não entrou neles o nosso amor. Voa cá para cima. Daqui tomaremos rumo, porque não é prudente ficarmos na vizinhança de tal gente. E o tico-tico, que estava no chão, voou para o ramo da acácia a juntar-se ao companheiro, que o chamara.

Foi comovedor o encontro. As avezinhas, abrindo e batendo as asas, como que se abraçavam, encostando os bicos em beijo prolongado. Então, a que subira por último, suspirou:

– A nossa velha mangueira!

– É verdade...

– Eles tomam-nos tudo.

– Tudo. E ainda obrigam-nos a lhes criarmos os filhos.

– Que será de nós?

– Sei lá! O remédio é fugirmos. Deixemos a cidade, vamos para a floresta. Lá faremos o nosso ninho, criaremos a nossa prole e o Senhor será por nós. Foi então que o tico-tico, que primeiro pousara na acácia, disse em voz sentida:

– E é assim, minha velha. Vivíamos aqui felizes, a cidade era nossa: passeávamos nas ruas, fazíamos os nossos ninhos no arvoredo das chácaras e dos jardins e, se éramos perseguidos pelos moleques, fugíamos para as árvores altas; e hoje? As árvores, são deles, dos estrangeiros, esses pardais que o Prefeito espalhou na Quinta da Boa Vista.

– Eram tão poucos!

– Vinte casais... Quando aqui chegaram, um tico-tico velho, de muita experiência, reuniu a nossa grei na Tijuca e falou como um profeta. Eu era pequenino, mas lembro-me bem das palavras que ele disse, verdadeiras e tristes:

– Tico-ticos, um homem trouxe de além-mar uns tantos casais de pássaros destinados, segundo ele afirmou, a alegrarem a cidade. Chamam-se pardais e são tidos em má conta porque, além de rixosos, destroem as sementeiras. Na terra de onde são naturais perseguem-nos, não os querem nas roças e é tal gente que nos vem para cá. Cuidado! São poucos por enquanto, naturalmente formarão uma colônia, longe de nós, aí por esses matos. Bom será que lhes demos em cima acabando-os a bicadas enquanto não nos podem fazer frente, porque se os deixamos livres, em pouco tomarão conta de todas as árvores, de toda a terra e nós seremos tocados, porque eles são fortes e atrevidos.

Os tico-ticos não deram ouvidos à palavra avisada do mais velho e, em vez de hostilizarem o invasor, covardemente aliaram-se com eles, dizem que apaixonados pelas graças das fêmeas que, por virem de países civilizados, tinham encantos que as nossas mulheres não possuem.

Em verdade elas sabem trazer as penas com mais graça, arrufam-se não sei como, com um jeitosinho de cabeça que põe os tico-ticos tontos e o resultado foi a nossa gente ficar vencida pelas mulheres estrangeiras, cedendo a todos os seus caprichos.

Elas, estroinas, como são, não querendo ter trabalhos com os filhos, punham os ovos nos ninhos dos tico-ticos e foi assim que a nossa raça criou o inimigo que hoje a persegue e que a vai repulsando da cidade para as fundas florestas que, dentro em breve, serão também dos pardais.

A mangueira, que pertence à nossa família desde tempos imemoriais, aí a tens, é deles, tomaram-no-la. Nem sequer consentiram que nela mantivéssemos o ninho e, sem respeito pelo que é nosso e ainda pelos próprios ovos das suas fêmeas, ovos que tu chocavas com ternura maternal, expulsaram-nos sem pena. E aqui estamos ao desabrigo e amanhã não sei que será de nós. Não quisemos ouvir o conselho do velho tico-tico... aí temos o resultado.

E somos nós apenas que sofremos a opressão dos adventícios, são apenas os tico-ticos que vivem sob o jugo? Não, meu amigo, são todos. Esta terra é dos que vêm de fora, não dos que nela nascem. Se os pardais nos repelem das árvores, impondo-se-nos como senhores, também outros, mais fortes do que nós, andam por aí curvados sob o látego dos invasores. É uma fraqueza própria dos que nascem sob este sol. Nós somos fracos, tímidos nós tico--ticos e os mais...

– Não, o nosso mal não é timidez, é principalmente pieguice. Quem venceu a nação tico-tico não foram os pardais, foram as pardalas. Com a chegada dessas assanhadas, trazendo do velho mundo um sem-número de segredos que, nós outras, ignoramos, acenderam-se os tico-ticos e foi uma debandada escandalosa, uma pouca-vergonha que só eu sei. Quantos ninhos ficaram por aí, por essas árvores, abandonados! Olha, o melhor é não falarmos nisso, porque tu mesmo, se eu quisesse dizer a verdade, tu mesmo, que agora te queixas e que te revoltas contra o dominador, tu mesmo andaste atrás de certa pardala e eu não sei se os ovos que ela me deixou no ninho... Enfim, o passado, passado. Nós havemos de viver sempre assim, humilhados pelos que chegam: os homens, porque se apaixonam pelas mulheres, nós, ai! de nós, porque temos um coração piedoso e tudo perdoamos aos traidores, chocando até os ovos que as tais comborças nos põem nos ninhos.

— Mas tu achas que eu...?

— Filho, não revolvamos o passado. Vamos tratar de arranjar uma árvore onde passemos a noite e, amanhã, é abalar para a floresta. Deixemos a cidade aos seus donos, os pardais.

Ainda chilrearam outras coisas, que não ouvi, e voaram.

Frutos do tempo, 1920

ENIGMAS*

A. F. Limoeiro

De todos os decifradores de enigmas, o que obteve melhor prêmio foi, sem dúvida alguma, Édipo que apanhou a coroa de Tebas. Devo dizer, entretanto, que a proposição da Esfinge não era das mais difíceis. Há hoje quem decifre problemas muito mais intrincados, sem ambição a reinados, sem ambição à glória, pelo simples prazer de parafusar. Conheço um velhote que tem a mania das charadas – é homem de bem, avô duas vezes; vive folgadamente das suas rendas e não tem preocupações, porque não comprou debêntures – o seu único cuidado é achar conceitos. À tarde, quando vem ao jardim chuchurrear o seu café, traz quatro ou cinco charadas prontas, e é vê-lo então às voltas com o genro e com a nora.

– Vá lá, metam o dente se são capazes... E atira-lhes: Este elemento da preposição... Toma uma pitada e corrige: o advérbio... Este elemento do advérbio... De olhos baixos esfrega o nariz com o alcobaça, procurando o conceito, mas o genro acode imediatamente: – Arca, meu sogro...

Ó homem, que pressa! Nem esperou o conceito... Quando o genro faz dessas, o velhote amua-se e ninguém mais lhe tira uma palavra durante toda a tarde. A filha, que

---

* A versão original desta crônica foi publicada sem título. (N. E.).

melhor do que ninguém, conhece o pai, já preveniu o marido para que evite as precipitações, porque o velho é capaz de feri-los no que eles têm de mais precioso – a herança.

A nora, por esperteza ou por outra coisa qualquer, não decifra nem à mão de Deus Padre, e o velho adora-a...

Consta-me que o genro pretende imitá-la...

Esse velho descobriu um gênero de charadas que, no dizer dos matadores – é uma estopada. Não sei, infelizmente, como é – deve ser horrível, penso eu, mas perfeitamente inofensiva. Tenho certeza de que seria aprovada pela junta de higiene, caso quisessem sujeitá-lo a exame.

O enigma é mais sério, mas tem igualmente os seus cultores apaixonados. A. F. R., sisudo funcionário público, já uma vez passou pelo vexame de ser posto fora de uma casa por ter proposto um enigma, aliás inocente, a um casal de moralistas *quand même*.

Dirigiu-se ao marido, homem abafadiço, principalmente em se tratando de delicados pontos de honra.

O enigma proposto foi este:

"O senhor é casado e sua mulher tem um filho, quem é seu pai?".

O homem, fulo de ira respondeu mostrando a porta a A. F. R. "Que o pai era o diabo!" Mais tarde A. F. R., muito pungido, explicou-me a coisa: que aquilo era uma espécie do "Quem é o pai dos filhos de Zebedeu?". O pai em questão não era com efeito o pai do filho, mas o pai do interpelado... Como veem, é tudo quanto há de mais inocente, pois custou ao zeloso A. F. R. uma amizade que lhe proporcionava jantares magníficos e ficou nisso, porque o marido, felizmente, estava com reumatismo na mão direita e no pé, também direito. Ainda assim, apesar dessa cena doméstica A. F. R. não perdeu a mania – anda agora propondo um outro, também ambíguo. Deus queira que não lhe custe a perda de outra amizade que lhe proporcione almoços.

Com prudência, meu caro senhor, pode-se cultivar o gênero de diversões pelo qual o meu amigo dá o cavaco. Eu não sou dado ao vício; se fosse, havia de conciliar as coisas de modo a não provocar escândalos nem aborrecimentos, e facilmente – dando o enigma, a charada e logo em seguida a decifração... e o prêmio, se a coisa fosse a valer.

Acho eu que assim ninguém teria razões de ressentimentos.

Bilhetes postais, 1894

CONTRASTE

*E*stou a vê-lo de capa espanhola e feltro desabado, à porta da livraria Garraux, então na rua da Imperatriz, em São Paulo, contando façanhas e aventuras de amor.

Era um latagão espadaúdo, de bigodes em âncora, bengalão em punho e punhal na cava do colete.

Volteiro e dado a mulheres, conhecendo todos os alcouces e bodegas da Pauliceia, desde o Madri até as casotas miseráveis da rua São José; do Java até as tavernas matutas do Marco da Meia Légua; frequentador de batotas, com fama nas jogatinas desenfreadas da Penha e de São Caetano, só não o conheciam em São Paulo os lentes e os bedéis da academia.

Recolhendo sempre de madrugada trôpego, às vezes ferido de lutas em que se empenhara na Ponte Grande com a polícia, saía da república para a vida estroina à hora em que os ares abrumados pela garoa começavam a ser cortados pelo voo dos morcegos.

No seu quarto, onde não havia um livro, eram inúmeras as lembranças de rolos e de amores: armas que tomara a adversários, rifles, bonés e apitos de policiais e fotografias de mulheres.

Encalhado no 2º ano, vivia à tripa forra, com ordem franca, gastando em orgias e dissipando ao jogo a fortuna dos pais, fazendeiros em uma das zonas mais prósperas da província.

Os bons lavradores privavam-se de tudo para que nada faltasse àquele filho pródigo, que lhes mentia em cartas alambicadas, descrevendo-lhes vitórias acadêmicas, triunfos no curso, êxitos estrondosos na tribuna. E os velhos sorriam contentes, sentados juntos, muito unidos, na varanda da casa senhorial, com orgulho daquele filho que embasbacava os mestres e era considerado como o mais talentoso da Academia.

Que lhes importava a fortuna que consumiam? Não estava ali a terra frondosa de cafezais? Não estava ali a escravatura dócil? Não estavam ali os animais pacientes e os maquinismos sempre trabalhando e o comissário em Santos para receber o café? Vencesse o filho nos estudos... o mais...

E toda a fazenda, com o favor do solo rico, com o esforço da gente negra e dos animais e com o incessante labor das máquinas produzia para o dissipador e, quanto mais rendia, mais se encalacrava porque, sabendo o estroina que o café subira de preço, com mais voracidade reclamava extraordinários em visitas constantes ao escritório do correspondente.

Um dia o velho fazendeiro sentiu a primeira vexação na recusa do cumprimento de uma ordem. Só, então, examinou os seus livros e viu que se achava arruinado... E foi-se-lhe a fazenda nas mãos dos credores e os coitados, expulsos do lar, lembraram-se do filho.

"Com tanto dinheiro gasto em estudos ele devia ser um sábio. Poderia ampará-los, dar-lhes descanso e conforto na combalida velhice que os vergava."

Fiados em tal esperança fizeram malas e partiram para S. Paulo. Que encontraram os míseros? um arruaceiro sem moradia certa, apandilhado com farândulas de mangalaxa, aos bordos no desequilíbrio das cervejadas noturnas, ameaçando céus e terras com o porrete e a faca, que os iludira durante anos com as mais cínicas mentiras para surripiar dinheiro a rodo.

Era aquilo o "glorioso" estudante e para aquilo haviam eles labutado sem tréguas, privando-se de todos os prazeres, haviam trabalhado numerosos escravos, animais e máquinas e todo o rendimento de tão aturado esforço ali estava no capadócio rixoso, celebrado em badernas salafrárias.

E os pobres velhinhos, diante da realidade triste, desataram a chorar.

Lembrei-me desse caso do meu tempo de estudante percorrendo as lavouras exúberes e as cidades ativas do Estado de S. Paulo.

Viaja-se através da abundância: sai-se dos cafezais opulentos e entra-se nos vargedos de arroz ou nos algodoais acapulhados. As cidades surgem graciosas na moldura alegre da paisagem e veem-se as chaminés das fábricas golfando fumo, avistam-se interiores afogueados de oficinas ou então são pradarias vastas, estendidas até o horizonte, coalhadas de gado.

Tudo trabalha em contraste com o que se vê aqui nesta cidade dissipadora e tentacular que, com as suas ventosas aplicadas às veias hartas da lavoura, da indústria e do comércio exaure-os para gastar prodigamente em orgias de politicagem.

A gente honesta do interior moureja infatigavelmente fiando-se nas mensagens e nos manifestos que daqui lhes mandam, como os velhinhos, pobres deles! fiavam-se nas cartas do filho.

O estudante crônico reduziu a família à miséria, extorquindo-lhe o último ceitil com as balelas peraltas com que a embaía.

A Política não faz outra coisa com as classes trabalhadoras e o contraste impõe-se à primeira vista a quem viaja: aqui a intrigalhada a ferver, os boatos em ebulição, manobras da politicalha, conchavos e conciliábulos e o tesouro a dessangrar-se. Lá fora o trabalho virtuoso, a atividade honesta, a ambição de progresso.

Não fosse esse vampirismo que chupa, até a medula, as forças do país gastando-as na méquia da politicagem e outra seria a situação do Brasil com a fecundidade do seu solo e o gênio laborioso e honesto da sua gente do interior, a gente que trabalha e não anda em conventículos e manejos para impor absurdos que não só entravam a marcha da nação como ainda a aviltam aos olhos do estrangeiro.

O verdadeiro Brasil é o que vamos encontrar por aí além em terras como as de São Paulo, onde o homem cuida de coisas úteis, semeia e colhe, cria e manufatura.

Tudo, porém, que ele tira do trabalho vai-se em dissipações como se foram as rendas dos bons velhinhos e queira o Senhor que não lhe aconteça o mesmo que sucedeu àqueles pais que, por muito se fiarem na parolagem do refalsado bilontra, certa manhã despertaram com os credores no terreiro, intimando-os, com arrogância, a deixarem a fazenda, com tudo que nela havia, porque o filho conseguira arrasar a fortuna e desfazer em miséria todo o esforço honesto dos fazendeiros, espalhando em alcouces e tavolagens a renda da grande casa.

Felizmente para o Brasil a gente do seu interior, laboriosa e honesta, é também esperta e, desconfiando do palavreado que daqui lhe manda a Política, começa a apertar os cordões à bolsa.

Não, que muito lhe custa granjear a terra, criar rebanhos, tecer pano, fundir ferro e o que tira de tão árduo labor não é para ser rebatinhado em peitas e subornos, maxorcas e negociatas para gáudio disso que dizem ser a energia e a honra da nação, como o outro se dizia o expoente máximo da Academia.

Felizmente o Brasil não é este *pandemonium*, mas o interior onde se trabalha a sério e a política é uma coisa de que se fala com indiferença, ou a rir.

Frechas, 1923

OS ESQUECIDOS

*R*oma regurgitava de filósofos e o sábio e magnânimo Marco Aurélio era um deles e dos que praticavam com mais rigor a austeridade. Em tal apreço os tinha o virtuoso imperador que preferia a companhia de Fronton, de Junius Rusticus ou de outro estoico, a dos cônsules, senadores ou generais que o buscavam em palácio.

Tais homens, portadores da sabedoria, conselheiros ou pedagogos, vindos de vários pontos do dilatado império, alguns adquiridos em mercados de escravos, por mostra de desprezo dos bens efêmeros da fortuna, estimando em maior conta a filosofia do que as riquezas, ostentavam, com orgulho, sórdidos andrajos, conservando a barba e a cabeleira longas e intensas e trazendo constantemente na boca a sentença resignada de Epitecto: *Sustine te abstine* que quer dizer: *Sofre e abstém-te.*

O que faziam, por ostentação ou indiferença, tais filósofos e pedagogos serão, em breve, forçados a imitar os que, entre nós, exercem a profissão cansativa e ingrata de professor.

Não eram antigamente olhados com tão desprezível menosprezo os cômicos, nem na Idade Média os jograis, ainda que repelidos dos solares, sofriam tanto do orgulho dos senhores como pelos altos poderes públicos são, entre nós, tratados os professores.

No império tinham eles a proteção daquele que foi chamado pelo poeta "o neto de Marco Aurélio" e venciam tanto como os desembargadores, equiparados assim aos juízes supremos.

A vida era, entretanto, fácil nesse tempo. Não se fizera ainda mister ao inquilino recorrer às câmaras contra a usura adunca e inexorável do senhorio; comia-se e vestia-se por preço módico, a Light ainda não havia lançado os seus tentáculos empolgantes que ameaçam asfixiar a República e a cidade, tímida e modesta, não exigia das suas figuras de realce a representação dispendiosa que hoje impõe a toda a gente que, por dever de ofício, tenha de aparecer em público e de frequentar a sociedade.

Os ganhos de um lente davam-lhe para viver folgado, à farta, e muitos até ratinhavam economias para pecúlio.

Foi-se o regime pacato, aos dias lentos e sóbrios sucederam dias vertiginosos, de superfluidades dissipadoras. A cidade abriu-se em largas e indiscretas avenidas, todas as suas penumbras aclararam-se e os homens foram forçados a sair, a viver aos olhos de todos, acompanhando o movimento intenso desse improvisado progresso, todo de exterioridades, tão instantâneo e atordoante como fulguração de sol em cripta, cuja abóbada abatesse aos abalos de um cataclismo. E com o surto em que tudo se levantou e ainda se levanta e parece que, tão cedo, não deixará de subir, os governos que se têm sucedido atendendo às justas reclamações que lhes foram feitas, trataram de pôr o funcionalismo a coberto de vexames com o fundamento, aliás justo, de que não pode haver bom serviço público, feito com solicitude e exação, quando os que o exercem trazem o espírito perturbado por preocupações de ordem material.

E assim, em quase todos os orçamentos, a verba do funcionalismo foi acrescentada e, com as dificuldades que surgiram durante a guerra e que parece se haverem agravado com a paz, ou que outro nome tenha o que por aí cada vez mais se emaranha nas chancelarias e nos conselhos diplomáticos e jurídicos, vieram as adicionais de emergência, compensações com as quais o Estado procurou acudir aos seus servidores.

Tais benefícios, porém, não chegaram justamente àqueles que mais deviam merecer a atenção carinhosa dos governos que se interessam pelo progresso da Pátria, do qual é dos principais fatores, senão o principal, a cultura do povo.

Todos tiveram a sorte melhorada, menos os lentes e professores, que ficaram encalhados no que tinham dantes e aí jazem em penúria, esquecidos, praticando em silêncio a sentença do estoico: *Sustine et abstine.*

Justificando um projeto que apresentou à Câmara no intuito de melhorar a sorte dos que vivem do magistério, disse o Deputado Maurício de Medeiros, depois de demonstrar a inferioridade, injusta e deprimente, em que ficaram, perante os demais funcionários da União, aqueles que, mais do que nenhum outro, deviam ser acudidos, porque a obra que fazem, como a dos semeadores, obra da fortuna e da glória da pátria, abre-se em flor no presente para frutificar no futuro:

"Na ordem das dignidades tinha a Monarquia Brasileira em alta valia os membros do magistério, os quais equiparava, nas honras e nos vencimentos, aos desembargadores, por considerar como igualmente valiosas essas duas funções na formação e na defesa de uma sociedade culta.

A República abandonou a tradição, e, tendo deixado os que formam a sociedade culta nas condições de qualquer burocrata menor, foi elevando a graus superiores os que lhe defendem a estrutura moral. Quebrando, porém, o equilíbrio primitivo, a desproporção só tenderá a se acentuar, porque numa sociedade que menospreza os que lhe cultivam o espírito, cresce, na soma de trabalho, a ação corretiva da Justiça.

– A carga de que assim se onera o Tesouro, volta-lhe em mancheias de benefícios, pelo bem que se faz à Nação.

Os bons professores fazem as boas elites. As boas elites fazem os bons governos. Os bons governos fazem as boas finanças e com estas a prosperidade do país."

Estas palavras do ilustre representante fluminense vieram pôr em evidência a situação difícil em que se acha o nosso magistério. O professor que se preza – e já me não refiro ao de que carece para apresentar-se com dignidade aos seus alunos e à sociedade a que o impõe o seu prestígio – aquele que timbra em manter-se com honestidade e brilho à altura do seu título, não estaciona: o seu espírito deve acompanhar a marcha das ideias, seguir o Pensamento, tê-lo sempre consigo, no livro, como, segundo a lenda, os primitivos homens conservavam o fogo da horda, em abrigos, para agasalharem-se ao calor, cozerem as carnes à sua chama e defenderem-se com a barreira resplandecente da sua claridade das feras errantes que os farejavam.

Mas esses "abrigos de lume", os livros, dantes podiam ser adquiridos pelo saldo que ficava aos educadores, e ainda lhes restavam sobras; hoje, porém, que os vencimentos não lhes bastam para a mantença da vida e os livros aumentaram em 150 a 200% sobre o preço antigo, como poderão eles obtê-los?

O professor não pode distrair a atenção do ensino empregando-a em outro exercício e aquele que vai para a cátedra cansado de outros trabalhos ou com o espírito conturbado por apreensões, será tudo menos um mestre, porque, além da fadiga, os cuidados não lhe consentirão a calma e a paciência tão necessárias a quem procura ensinar desbravando almas e semeando ideias.

"Os bons professores, disse o autor do projeto, fazem as boas elites. As boas elites fazem os bons governos. Os bons governos fazem as boas finanças e com estas a prosperidade do país."

A Alemanha fez-se nas escolas e cresceu à sombra das universidades. E, se a arrogância da força levou-a à catástrofe em que se subverteu, há de ressurgir pela reprodução do milagre que tanto a engrandeceu porque, apesar de todas as calamidades que a martirizam, ainda nela perdura o mesmo culto pelo professor que Philarete Chasles encontrou na sua viagem ao país germânico:

"En traversant l'Angleterre et le Danemark et les derniers replis du Harz, on est étonné de l'admiration et de l'estime qui vous suivent, si vous êtes professeurs. 'Herr professor!' Le dernier 'Bauer' des plus sauvages régions vous tire son chapeau." *

E aqui... enquanto outros se locupletam, andam os preparadores do futuro como andavam em Roma, por desprezo mundano, os filósofos estoicos e realizando com resignação evangélica a sentença de Epicteto: *Sustine et abstine.*

Também não é possível fazer tudo ao mesmo tempo.

Já agora, porém, que o jogo foi reconhecido e considerado de utilidade pública e oficializou-se a banca, creio que o governo poderá dar ao magistério uma ficha, ao menos, de consolação.

Frechas, 1923

---

* "Atravessando a Inglaterra e a Dinamarca e as últimas sinuosidades do Harz, ficamos espantados com a admiração e a estima com que as pessoas são seguidas, caso sejam professores. *Herr professor!* O último *bauer* (camponês) das regiões mais selvagens lhe tira o chapéu." (N. E.).

FRUTAS

*R*evendo o doce tempo da meninice, cuja lembrança não se me desvanece nalma, antes mais viva se torna e mais forte com o avançar da vida, como se dilatam e engrossam as raízes das árvores à medida que os anos por elas passam, ocorrem-me sempre saudades de alegrias e gozos pueris.

Das tristezas, que também as tive, pouco me recordo porque, afortunadamente, elas assentam no mais íntimo do coração e ali jazem pousadas, como no fundo das ânforas se deposita a lia dos vinhos generosos.

Ânforas sacolejadas e corações revolvidos são, pela certa, vinhos que se turvam e almas que se anuviam.

Das recordações da minha meninice, quando as evoco do passado, uma das que mais me encantam e ainda me fazem sorrir é a das batidas que eu, então, fazia às árvores, só ou acamaradado com condiscípulos, traquinas como eu, ou na roça com o rapazelho da minha idade.

O que havia de frutas agrestes nesse tempo e como eram opimos os pomares!

Pomona, então, andava por esses bosques, por essas chácaras, por esses jardins transformando as flores que lhe deixava a primavera em frutos vários e saborosos.

Era uma delícia abalsar-se a gente pelos matos dos arrabaldes, na encosta dos Trapicheiros, onde ainda borbulhavam em cachões as frescas águas que desciam da montanha formando os banheiros chamados do Imperador, da Imperatriz e das Princesas; entrar nas florestas da Tijuca, correr os balsedos do Andaraí ou subir pelos retorcidos carreiros floridos de acácias o aprumado costão do Cosme Velho.

Não se perdiam os passos porque, volta e meia, era uma surpresa feliz e a gritaria alegre da criançada e o atropelo com que investia, lombada acima, resvalando em pedrouços, agarrando-se a raízes, eram anúncio de descobrimento de alguma árvore frutífera.

Nas sebes das estradas vermelhejavam as framboesas coralinas e eram as grumixamas, eram as roxas amoras, que a pequenada disputava aos passarinhos.

Nas campinas eram o araçá-pedra e o araçá-de-coroa, a goiaba, a cabeluda, a uvaia, a gabiroba e a saborosa pitanga, superior à cereja europeia e mais formosa.

As árvores eram tantas a oferecerem frutos!, desde a jaqueira, com os seus alforjes, as mangueiras vergadas ao peso da abundância, as pitombeiras com os seus cachos cor de cedro, o jambeiro de fruto pubescente à cor do qual comparavam os poetas a do rosto das morenas; o abricó, os cajás, mimoso e manga, que só com a vista ou com o pensamento neles logo se nos aguava a boca; o caju, o sapoti, o abio, a nêspera em racimos amarelos, os túrgidos mamões, o pêssego, a jabuticaba agarrada, em camândulas de azeviche, ao tronco e aos ramos d'árvore; o cambucá, o abacate, as frutas-de-conde e de condessa; e as latadas de maracujás e de uvas pequeninas, e ácidas, os alastros de melancias e de melões... e que sei eu!...

As bananeiras fechavam bosques e eram tantos os limões-de-umbigo, as limas-da-pérsia, as laranjas e as tangerinas que, no tempo da fruta, eram carroças e carroças por essas estradas e ruas, e tropas com ceirões cobertos de folhas de bananeira descendo para o Mercado onde já encontravam faluas acoguladas que despejavam, aos cestos, as fartas colheitas dos sítios ribeirinhos da costa fluminense.

Na Praia do Peixe ou nos Largos da Sé e do Capim um quarteirão de laranjas seletas escolhidas custava cinco tostões, um cacho de bananas-maçãs de dois cruzados era carga para um homem. E quem ia à Praça com dez mil-réis para frutas voltava como os dois israelitas que, a mandado de Moisés, entraram a buscar primícias na terra de Canaã.

Um colegial recebia para a sua merenda uma placa de dois vinténs, das que eram chamadas patacões, um pouco menor do que as espartanas, mandadas cunhar por Licurgo com o fim de tornar o dinheiro odioso ao homem pelo peso da moeda. Com essa quantia mesquinha adquiria o menino na quitanda da preta mina – três laranjas ou tangerinas, das grandes, ou cinco bananas, senão preferia um cacho de cocos ou de pitombas, meia dúzia de carambolas, duas talhadas de melancia ou um mamão.

Bom tempo!

A fruta estrangeira era rara e só figurava em mesas abastadas e, posto que ainda não houvesse frigoríficos e as viagens fossem demoradas, soboreavam-se excelentes peras-d'água, maçãs primorosas, uvas que eram favos e melífluos figos portugueses que eram vendidos pela quarta parte do preço por que são hoje expostos nos mostradores dos armazéns.

Eram frutos de ricos. Os pobres contentavam-se com os da terra, que eram em grande variedade e excelentes.

Eram, digo eu; e por que não digo: são? Pelo simples motivo de haverem quase todos desaparecido.

Villon, na *Ballade des dames du temps jadis*, mantém este estribilho:

> *Mais où sont les neiges d'antan!*
> Parodiando o poeta pergunto eu:
> Onde estão as frutas de outrora?

Que praga terá devastado, até as raízes, as árvores, os arbustos e os frútices que as produziam para que os meninos de hoje nem de nome as conheçam?

Terão as pobres servas de Pomona refúgio para as florestas natais vencidas na concorrência com as frutas estrangeiras?

Ninguém as vê mais, nem em tabuleiros, só os pássaros sabem do seu refúgio, os pássaros e os curumins roceiros que vão, guiando-se pelos sanhaços e bem-te-vis, aos cerrados das matas onde há fruteiras.

As que resistiram à invasão estrangeira impam também de orgulho e como as peras, os pêssegos, as rainhas cláudias, as cerejas, as maçãs e as uvas só se exibem em coxins de algodão com fibrilas de ouro e prata e entre flores, com os seus preços régios em cartazes iluminados, também elas repimpam entono e querem luxo, só descendo das prateleiras ao aceno pródigo de boas notas do Tesouro. Níqueis não as demovem, cédulas miúdas fazem-nas sorrir e quem as olha parece ouvir-lhes o amuo desdenhoso:

– Passa! Não somos para teus beiços...

Não há pobre, hoje em dia, que se atreva a ajustar uma fruta para a sua mesa. Uma pequena manga que, dantes, era chuchurreada por um vintém à beira do cesto do quitandeiro, custa hoje, no armazém de luxo, mil e quinhentos. As laranjas estão mais difíceis do que as famosas que douravam as árvores do Jardim das Hespérides e a banana, a banana! (quem te viu e quem te vê, pau de laranjeira) que era vendida a cinco por dois, custa hoje os olhos da cara.

Ter-se-á a terra esterilizado? Terão perecido todas as árvores frutíferas? Qual será o motivo da escassez de frutas e da carestia das que aparecem, privando o pobre de um prazer, que é também um benefício?

De quem será a culpa? Da terra, do lavrador ou do comerciante? A terra é fértil, o lavrador trabalha, e as ávores carregam a deitar fora... logo – o terceiro que responda, se puder ou quiser.

Frechas, 1923

A IDEIA DO CÔNEGO

A ideia do cônego Harford, de Londres, da aplicação da música à medicina como princípio terapêutico, não tem nada de *fin de siècle*. Os antigos conheciam-na e praticaram-na com sucesso. A melopatia teve a sua era de florescimento e os seus clínicos notáveis: a Iira de Amfion acalmava as fúrias e operava magnificamente nos casos de delírios. Orfeu dominava os alucinados tocando seu heptacórdio divino. Na Bíblia geme o knnor davídico brandando as cóleras de Saul. Na Finlândia os enfermos, sentindo-se próximos da morte, mandavam chamar o escaldo do cantão e ficavam restabelecidos, diz Andersen, ouvindo o poeta nacional que se abeirava do leito como sacerdote e como médico agitava a alma, prestes a partir, com a narrativa lírica de um episódio pátrio. Nos campos de batalha, findo o massacre, veem-se corpos erguidos num supremo esforço, ouvindo o som triunfal dos hinos, a distância. O fato em si não é uma novidade.

Cabe ao sábio, empregando processos experimentais de análise, de acordo com os modernos métodos científicos, estudar os vários diferentes sons, distribuí-los, para organizar a dosagem, sem o que pode suceder o caso de morrer o enfermo por uma violência do *mi* sustenido ou

---

* A versão original desta crônica foi publicada sem título. (N. E.).

por insuficiência do *lá* bemol. Não é de menos importância a distribuição dos instrumentos. No formulário melopático, que será brevemente publicado, há as seguintes aplicações mais usadas:

Afecções do fígado – uso da clarineta em grande escala. Um pouco de bombo não é para desprezar.

Afecções do baço: Trêmulo de violino – 5 minutos; duas escalas cromáticas de flautim; 4 pancadas de bombo; 1 guincho de requinta. É infalível.

Nas moléstias cerebrais deve ser de grande proveito para o paciente um pouco de rabecão. Nas cefalalgias, tambores e pratos; em casos rebeldes: timbales. Nas histerias e em geral nas enfermidades do sistema nervoso, cordas de violoncelo ou infusão de cravelha. Reumatismo, ciática, nevralgias, cedem imediatamente com o auxílio de fagotes, pistons e trombone. Nas moléstias de olhos é aconselhado o oboé; dizem que a violeta tem dado magníficos resultados. Nos casos de anemia profunda, oficleide simples, duas vezes por dia, uma escala antes de cada refeição. Nas apoplexias, proibição absoluta de pratos – violinos, em último caso, gaita de foles.

Para os surdos duas bandas de músicos alemães. Nas moléstias das crianças, é aconselhado o realejo.

Em todas as afecções cardíacas – harpa ou cítara. Nos casos de alienação, quando nada mais se consiga da camisola de força – um coro de trompas.

Um compasso errado pode transtornar o tratamento.

Há casos de cura completa com um acorde apenas.

Na tuberculose é extraordinária a aplicação do violão – para a dança de S. Guido, viela e cavaquinho.

A doutrina aí fica, os mestres que a experimentem.

Bilhetes postais, 1894

A NOVA RAÇA

Quem conheceu o fazendeiro, o grande senhor de terras e d'almas, mais poderoso do que os soberbos ricos homens da Idade Média, dificilmente, e com pena, o reconhecerá no agricultor atual, sombra triste d'um fastígio morto, ruína melancólica d'uma grandeza extinta.

D'antes, quem passava a porteira d'uma fazenda, que era como pequena cidade encravada entre árvores, quase todas com a sua capela erguida no centro de jardim florido, tinha a certeza de encontrar abundância e alegria: os paióis regurgitavam, o gado cobria os vargedos ubérrimos, as máquinas nublavam os ares com a poeira do café e a escravatura, numerosa e forte, espalhada pelos outeiros, punha a nota de vida em todos os cantos, mesmo no fundo das grotas sombrias, onde a água límpida manava, negros faziam luzir os ferros agrícolas, cantando banzeiramente as suas saudades d'África.

A mesa, copiosamente abastecida, dava a ilusão opípara de banquetes. Chegasse quem chegasse, lá encontrava um talher e acolhida amável e, à hora em que a sopa vinha, a ferver, das imensas cozinhas, ou o sino badalava alegremente ou um negro possante saía à varanda, com uma buzina, soprando estentoricamente, para que os viajantes, que passavam nas estradas próximas, apressassem os animais e chegassem a tempo de poder refazer-se sob o teto hospitaleiro da grande vivenda rural.

As festas eram fantásticas. Não será nestas linhas escassas que hei de descrever tão suntuosos regalos e só a pena abundante de um Simão Machado poderia bosquejar tais maravilhas do passado – eu não tenho as cores vivas de que se servia o pintor das procissões mineiras, no tempo rico do transbordamento do ouro.

Dizer fazendeiro correspondia a dizer nababo e quando, na cidade, aparecia um desses homens de tez queimada, largo chapéu de palha, calças fofas, de brim branco, casaco folgado e anéis e ourama lampejando, corria na assistência um murmúrio de assombro e todos os olhos deslumbrados cravavam-se no homem que, pelo hábito de tratar soberanamente a escravatura humilde, julgava-se, em toda a parte, um superior e, quando metia a mão nas algibeiras fundas, sacava maços de notas gordas e, às vezes, ouro reluzente, apanhado à beira dos seus córregos, que ele trazia, como amostra, para oferecer à venda.

Um filho de fazendeiro tinha foros de príncipe – era uma entidade quase sobrenatural, um como Aladim dos contos árabes. As cocotes punham-lhe cerco, os fornecedores disputavam a honra de pagar-lhe o champanhe estroina, o crédito escancarava-se ao mais extravagante dos seus caprichos, e adulado, vangloriado, sempre com uma turba a formar círculo em volta da sua pessoa, lá ia ele, orgulhoso, debicando amores, provando todos os prazeres, a espalhar notas, com a mesma prodigalidade com que um rijo vento do outono dispersa folhas secas.

Era isso no tempo em que o café valia o seu peso em ouro. Ah! bom tempo! Hoje, o fazendeiro é um tipo de que se não fala e quem o vê não imagina que está diante de um descendente dos Cresos rurais, dos famosos senhores rústicos, cujos lindes territoriais iam além da linha do horizonte.

Muitas das antigas fazendas são hoje taperas ermas – o mato reconquistou, palmo a palmo, o terreno que lhe fora tomado. Veem-se casarões imensos com as paredes fendidas, os telhados cobertos de erva, os paióis em minas lúgubres e, às vezes, estalando os soalhos podres, pululantes de tortulhos, varando os tetos carunchosos, uma forte e verde árvore irrompe à grande luz, sacudindo vitoriosamente a sua rica folhagem, que farfalha aos ventos e abriga os passarinhos.

Perguntem pelo fazendeiro – foi desalojado pelo credor e, à luz alegre d'uma manhã, com algumas relíquias num velho carro de bois, abandonou, com a família, o solar agreste, lançando-se aventurosamente a uma vida nova, como um náufrago que se salvasse nu da pérfida procela.

Não julguem que exagero – copio fielmente quadros da decadência.

O fazendeiro que ainda resiste vive, como o triste profeta hebreu, desferindo lamentosos trenos – sem ânimo e sem esperança, espera resignadamente a chegada da Miséria. A terra debalde produz, debalde os campos cobrem-se de flores, de que vale tanta uberdade? para que tanto esmalte nas campinas e nos outeiros, se o produto depreciado não dá, sequer, para o custeio da propriedade, que tudo consome?

Os que lucram são aqueles que lá andam pelos lançantes dos morros, homens, mulheres e crianças louros, como os temidos germanos de Tácito – são os conquistadores, que entraram submissamente como colonos e que, com a vida sóbria, acumulando os salários, vão conseguindo impor-se, adquirindo lotes de terras, que eles mesmos revolvem e semeiam. São os donos futuros, é a geração nova, que se impõe pela força e pela perseverança.

No dia em que o fazendeiro esgota o último recurso o colono levanta a cerviz e é vê-lo, então, dominando, como para desforrar-se do tempo da obediência passiva, ditando leis, assediando a casa senhorial, a exigir com armas e afrontas.

Quando li as palavras acerbas do livro pressago de Graça Aranha, senti que o meu patriotismo, revoltado, protestava contra aqueles augúrios cruéis do alemão Milkau:

"É provável que o nosso destino seja transformar, de baixo a cima, este país, de substituir por outra civilização toda a cultura, religião e as tradições de um povo. É uma nova conquista lenta, tenaz, pacífica em seus meios, mas terrível em seus projetos de ambição. É preciso que a substituição seja tão pura, e tão luminosa, que sobre ela não caia a amargura e a maldição das destruições. E por ora nós somos apenas um dissolvente da raça deste país. Nós penetramos na argamassa da nação e a vamos amolecendo, nós nos misturamos a este povo, matamos as suas tradições e espalhamos a confusão!... Há uma tragédia na alma do brasileiro, quando ele sente que não se desdobrará mais até ao infinito. Toda a lei da criação é criar à própria semelhança. E a tradição se rompeu, o pai não transmitirá mais ao filho a sua imagem, a língua vai morrer, os velhos sonhos da raça, os longínquos e fundos desejos da personalidade emudeceram, o futuro não entenderá o passado."

Hoje, porém, posto que reaja com toda a força, com toda a energia do meu instinto patriótico, diviso, através daquela profecia, um fundo de verdade: o Brasil vai sendo transformado, não absorvido. Os inimigos não vêm em esquadras, aparelhadas belicosamente: chegam em grandes levas, que enxameam as proas dos transatlânticos, vêm dos países regurgitantes, saem do aperto das grandes cidades e, como sofreram toda a sorte de torturas, desde o frio, nos lajedos dos cães, até as fomes nas baiucas em que se acumulavam, às dezenas, confundindo os hálitos e os gemidos; desde a afronta dos poderosos até o desprezo dos próprios parentes mais aquinhoados pela fortuna, ouvindo o nome do Brasil e, talvez, lendas que ficaram dos venturosos tempos do ouro, demandam ansiosamente a terra do sol e das flores, onde não há invernos que transam nem miséria que mate, onde sobram campos aos pastores e ainda existem regiões inteiramente virgens, nem trilhadas nem vistas por homens civilizados, onde só caminham hordas de bugres e feras fremem, ao luar, em manadas sanguinárias.

Chegam, são acolhidos pelo clima tépido, que é uma carícia natural, respiram, a largos pulmões, o puro ar das florestas, dessedentam-se nas límpidas águas dos arroios que murmuram, contemplam os grandes rios, admiram, extasiados, as borbulhantes cachoeiras e, contentes com o que veem, dão graças a Deus pela redenção e vão imediatamente tratando do estabelecimento, que é o primeiro passo para a conquista.

Fazem-se colonos e, como já conhecem a miséria, trabalham ambiciosamente, acorçoados pela fertilidade. Na casa, o mealheiro é comum, e como a família vive com sobriedade, os lucros crescem, em pouco tempo.

O fazendeiro, ao contrário, habituado ao fausto, à vida pródiga, não soma as despesas e, à medida que a crise aumenta, vai dissipando com mais largueza, como para atordoar-se. O seu dinheiro transfere-se do cofre para as arcas dos colonos, empilhando-se até o dia em que ele se encontra sem vintém e assediado pelos avaros trabalhadores que lhe sugaram a fortuna.

Esse é o dia trágico, o *dies irae*: o senhor abandona a propriedade absorvida pela hipoteca, os colonos tornam-se pequenos proprietários e começa a expansão na terra.

Os berços lá estão ao fundo das casas – são os novos homens. Onde, antigamente, chorava, em farrapos, o crioulinho nu, filho do escravo, vage agora o bambino rosado e louro, abençoado por este sol admirável. Vai-se a língua cruzando – vocábulos exóticos ressoam estranhamente em frases portuguesas, é a lenta invasão da palavra; já se não ouve o resoo soturno dos tambores nagôs; agora é o estrepitar das castanholas, ou o sonoro adufar nas soalhas dos pandeiros napolitanos.

Nos terreiros de congada dança-se a tarantela e as tradições brasileiras vão desaparecendo. Pouco a pouco uma nova raça surge e a humílima e dessorada geração, enfraquecida pela abastança desordenada, cede aos sadios o terreno, como os romanos da decadência cederam aos robustos bárbaros.

Mas o caldeamento se fará sem prejuízo da Pátria – a nação não perecerá, porque os que vão nascendo, à medida que os pais enriquecem e aformoseiam a terra, vão-lhe ganhando afeição, amam-na e, começando por defenderem a casa, acabam defendendo a fronteira e quando, desaparecido o último decadente, viver, rija e formosa, a nova gente, sobre esse dilúvio, como o Espírito de Deus nas águas da catástrofe, há de pairar a língua, a doce língua portuguesa, enriquecida, sem dúvida, com expressões adventícias, e baixando sobre a terra a raça que há de ficar, a Pátria reaparecerá mais bela, mais graciosa e mais rica, pronta para todas as sementeiras, como reapareceu o mundo depois dos quarenta dias de calamidade, tendo como prova de aliança não o íris fulgurante, mas a bandeira auriverde, que é o símbolo da nacionalidade.

O que se está realizando – é possível que eu veja como otimista – é a lei da seleção e não uma conquista – os fortes hão de prevalecer e queira Deus que assim seja, para glória da Terra e orgulho dos nossos filhos.

A raça desanimada que aí está, essa é que não pode subsistir. Homens que choram em presença do perigo não merecem as honras do triunfo.

Venham os novos brasileiros, apareça e domine a gente nova e robusta.

Foram os bárbaros que renovaram o mundo ocidental: venceram, mas foram assimilados pelos vencidos e, para fazer a assimilação das hordas que chegam, basta-nos o nosso Sol.

A bico de pena, 1904

CURSO DE JEJUADORES

*R*ecebi, há dias, pelo correio, amável convite para visitar o Curso Prático de Jejuadores. O título era de gosto a excitar-me o apetite. Fui.

O original instituto funciona em palacete próprio, em um dos bairros mais elegantes da cidade. O edifício, de vastas proporções, é construído em meio de formoso jardim, direi melhor: parque, caprichosamente arruado e ostentando flores das mais lindas e raras, com arbustos recortados em formas bizarras, maciços em arco, árvores em pirâmides, em obeliscos, sebes de cedro e de rosas bravas, maravilhas de composição gardênia, como jamais, até então, haviam meus olhos gozado.

Ao fundo, trepando pela montanha, do alto da qual despejam-se cachoeiras, a chácara de frondosa vegetação e muita chilreada de pássaros, cortada de alamedas, reticulada de veredas, por onde passeiam merencoramente os inanidos pensionistas.

Recebeu-me no vestíbulo o diretor – homenzarrão hercúleo, corado como uma romã, de feição jocunda e maneiras abertas; uma dessas criaturas que transpiram felicidade por todos os poros – que, todo zumbaias, agradeceu a honra insigne da minha visita ao seu estabelecimento, único em todo o mundo.

Convidado a acompanhá-lo, fui introduzido na secretaria, onde me esperavam, cerimoniosamente, de sobrecasaca, os ilustres membros da congregação.

O aspecto sadio, a robustez alegre de tais cavalheiros contrastavam, sobremodo, com o título da casa; e esta foi a primeira observação que fiz.

O professor deambulatório de "Espairecimento, ou método teórico-prático de suprir o alimento pela divagação" daria excelente modelo de Falstaff, e o catedrático de "Faz-de-conta", cadeira que exige muito exercício de imaginação, deve pesar, no mínimo, e sem roupa, umas oito arrobas.

Pasmei de que uma casa, que devia ser de apertada abstinência, exibisse tipos tão nutridos como os que eu ali via e dei-me pressa, por tal motivo, em apresentar as minhas felicitações ao anafado diretor, que sorriu, desvanecido, afagando a papeira, que lhe transbordava, em refegos, do colarinho justo.

Convidado a sentar-me, afundei, com delícia, em mole otomana Maple e, ainda bem me não acomodara, quando vi entrar um guapo copeiro, trazendo farta bandeja, abarrotada de doces, chá, café, leite e chocolate. Servimo-nos e, durante uns vinte minutos de saboroso mastigo, empanturramo-nos: o diretor, os seus auxiliares e eu.

Por fim, saciada a congregação (eram seis os seus membros, todos nédios) despediu-se e ficamos sós: o diretor e eu. Foi, então, que conversamos sobre a notável instituição econômica.

E disse-me o homem singular:

– O estabelecimento, que fundei e dirijo, e que hoje se honra com a visita de V. Sa., vem resolver o máximo problema da vida contemporânea, que é o da carestia. Hoje em dia, tudo quanto ganha o homem vai-se-lhe pela boca abaixo. Não há dinheiro que chegue, nem saúde que resista.

Em primeiro lugar, vejamos o caso sob o ponto de vista higiênico. Provado, como está, à luz da ciência, que o homem come demais e que essa incontinência abusiva é a causa de quase todas as enfermidades que depauperam e dizimam a espécie, resolvi estudar o assunto e, logo ao primeiro exame, convenci-me de que o homem pode viver regaladamente dispensando oitenta por cento do que habitualmente ingere em sólidos e líquidos nas refeições diárias. As experiências deram excelentes resultados. Reduzi a tabela à metade e o êxito foi tal que decidi suprimir totalmente a alimentação. Foi nesse dia que mandei inscrever na padieira da porta desta sala o que ali está.

Fincou o dedo no espaço, acompanhei-lhe a direção do gesto e li, no ponto indicado, a inscrição: "Eureka!".

– O homem, para viver feliz, não precisa mais do que dos elementos nutritivos que andam dissolvidos no ambiente: o calor, a umidade, o aroma das flores, o cheiro das resinas, as essências, enfim. Por que perdemos o Paraíso? Porque os nossos primeiros pais comeram o maldito fruto. Sempre a comida.

Respirar é viver. Respiremos. Tenho excelente mestre desse exercício. É uma capacidade! Dá as lições ao ar livre. Quanto à economia, isto vê-se logo, entra pelos olhos. Quem não come está livre do armazém, do açougue, da padaria, da quitanda etc., de todos esses consumidores de dinheiro e canalizadores de infecções que nos limpam as algibeiras e sujam-nos as entranhas. O curso divide-se em três categorias: primária, secundária e superior. No curso primário, o aluno passa a polmes de cereais, legumes, leite e frutas. No curso secundário – caldos e exercícios constantes de respiração. No curso superior...

Calou-se, passou a mão pela caluga e encarou-me. Eu repeti em tom interrogativo:

– No curso superior?...

O diretor, como a impulso de mola, pôs-se de pé, a prumo e, carrancudo, de mau humor, encolhendo os ombros largos, disse:

– Não tenho alunos. Morrem todos no curso secundário ou desaparecem aí por esses matos. Que se há de fazer? É a falta de perseverança do brasileiro. O brasileiro não se firma em coisa alguma, é a própria volubilidade. Por mais que se faça, é escusado. No melhor da festa abandona tudo, dá o fora. O que ele quer é novidade, mas não vai ao fim, não conclui. O senhor não vê a cidade como está cheia de construções paradas em meio? Pois é assim. Falta de persistência, de continuidade. Por mais que os anime: "Coragem! Mais uns dias...". Revoltam-se, ameaçam-me e piram-se. Não há contê-los. Tenho um agora que há de ir ao cabo. Para isto tive de o amarrar à cama. Ah! sim, amarrei-o. Lá está. Eu só receio que ele se deixe vencer pela fraqueza. Por mais que eu lhe diga: "Seja forte! Não se entregue! Reaja!", está que parece um defunto: mal abre os olhos, já não fala e, perfidamente, como não pode fugir, porque está amarrado, deixa fugir o pulso, o patife. Má vontade. Assim, o senhor compreende, com gente tão caprichosa, é impossível levar a termo uma experiência. E que experiência!

Não temos coragem para grandes cometimentos. Queremos fazer tudo e nada fazemos, por falta de energia e perseverança.

Atrevi-me a interrompê-lo:

– Uma informação, senhor diretor. Ainda que mal pergunte: V. S.a come, não?

– Eu? Naturalmente. Eu, os membros da Congregação e o pessoal administrativo. Nós comemos.

– Isso é que eu não compreendo.

– Como não compreende?

– Os senhores – salvo melhor juízo – é que deviam dar exemplo aos alunos.

– Em jejum? Ah! isso não! Nós precisamos de forças para resistir ao trabalho, que é insano. O senhor estranha que nós comamos. E o Congresso?

– Que tem o Congresso?

– O Congresso não põe o povo em jejum e, ainda por cima, não o sobrecarrega de impostos e outros ônus? E já lhe constou que o Congresso cedesse um real do seu subsídio? Não, senhor. E por quê? Porque o Congresso é que faz a lei. Assim nós. Nós ensinamos a jejuar, mas não jejuamos. Quem ensina é como quem legisla. Não lhe parece?

– Sim. Estando com a faca e o queijo na mão, é natural...

– Pois é.

Uma sineta tiniu lentas badaladas.

– Deve ser algum discípulo que entra – disse eu levantando-me para sair.

– Qual! É o do curso superior que esticou a canela. Preferiu morrer a dar o braço a torcer, levando a cabo a experiência. São assim todos os brasileiros.

E, com este conceito amargo sobre os meus patrícios, deixei o Curso Prático de Jejuadores, equiparado ao Congresso Nacional.

Feira livre, 1926

UM REVOLUCIONÁRIO

Chovia a cântaros, como no dilúvio, e eu, ouvindo o rumor do aguaceiro, deliciava-me com as *Últimas cigarras* de Olegário Marianno, um poeta, que, a meu ver, descobriu a lira do cantor de Theos e dela tira sons novos, para encanto do espírito e glória das nossas letras, quando me vieram dizer que estava à porta, tiritando e a gemer, uma rapariga com uma viola.

Querem ver que é a Cigarra! disse eu comigo. Naturalmente vem pedir-me a esmola de uma miga e não serei eu quem lh'a negue. A coitada, traída pelas chuvaradas, que nos estragaram o verão, não só ficou em penúria como também sem voz. A umidade é grande inimiga dos cantores.

Mandei entrar a rapariga. Foi-se o copeiro com o recado, logo, porém, tornou dizendo:

– Que a rapariga, que estava muito rouca, não queria entrar, alegando que se achava como um pinto e encharcaria a casa se nela pusesse os pés. Pedia-me que a recebesse na varanda porque trazia grandes e graves notícias. Fui.

A chuva batia forte e um vento de inverno gemia lamentosamente nas árvores.

Chegando à varanda divisei um vulto que cosia com a parede e tremia tão forte que a viola ressoava debaixo do chalé que a defendia do mau tempo.

Pobre cigarra! Com certeza vem dos maus-tratos da formiga avara e, como viu luz em minha casa, atreveu-se por ela. Sempre há de haver por aí alguma sobra do jantar e Cigarra em qualquer canto arranja-se. Ficará na cozinha, secando as asas ao calor do fogão e, de manhã, se houver sol, pagará largamente a esmola que lhe faço, cantando uma ária de estio no meu jardim.

Chamei a boêmia. Ela saiu da sombra e, chegando à porta, desabou a meus pés, agarrando-se-me aos joelhos, a pedir, com voz de pranto, que a salvasse.

Levantei o inseto lírico, fi-lo entrar para a copa e o meu espanto subiu de ponto quando, à claridade, descobri que o bichinho célebre, sob o disfarce do trajo feminino, trazia umas botarronas de sete léguas e barbas florestais.

Suspeitando que se tratava de rebuço criminoso – e eles são tantos agora, e cada qual mais esquisito – pus-me em guarda e, em voz imperativa, intimei o estranho hóspede noturno a declarar-se.

– Ah! meu senhor... Pois não me reconhece? Então, baixando o bioco, apareceu, a meus olhos assombrados, o carão cabeludo de Sebastião Cutuba, meu compadre.

– Que é isto, Sebastião?! Que quer dizer tal fantasia? Por que vens com os vestidos da comadre e com essa viola?

– Deixe-me, compadre. Aqui onde me vê sou um homem perdido. Meteram-me tais coisas na cabeça que não sei como ainda me ficou migalha de tino para vir, com esta noite d'água, desde os cafundós da Real Grandeza até aqui. E estou arranjado para o resto da vida. Minha pobre mulher! Meus queridos filhinhos!

E Sebastião rompeu em pranto, arrancado de soluços. As lágrimas rolavam-lhe pelas barbas como as cordas das chuvas pela folhagem das árvores lá fora. Deixei-o liquidar a angústia e, quando o vi mais calmo, interroguei-o.

– Então que há? Fala.

– Imagine o compadre que me convidaram para uma revolução...

– A ti!?

– A mim. É para que o senhor veja. A mim! O senhor, que me conhece bem, sabe que sou um cidadão pacato, incapaz de matar uma mosca. Mas, que quer? é a minha cara, são estas barbas. Quem vê barbas não vê coração. Todos me julgam uma fera, um homem sem entranhas, antes fosse porque, ao menos, não estaria a sofrer com as cólicas em que me torço. Esta aparência de judeu de cartilha já me tem arranjado boas. A pior, porém, foi esta de agora. Imagine o compadre que me apareceu lá em casa um moço pedindo para falar-me em particular. Era coisa grave, dizia ele. Eu vi logo que se tratava das minhas barbas. Mandei Carolina lá pra dentro e toquei a criançada, fechando a porta. O moço, então, falou-me, mais ou menos assim:

– Cidadão Cutuba, eu sei que você luta com as maiores dificuldades para viver. Sei que pediu um lugar de fiscal e não conseguiu. Sei que andou trabalhando para arranjar-se no Ministério da Agricultura e perdeu tempo e dinheiro. Sei que está alcançado nos aluguéis da casa e que o homem da venda já não lhe fia uma caixa de fósforos. Conheço a sua vida: e conheço a sua virtude. Venho propôr-lhe a fortuna e, com ela, a salvação da Pátria. Ouça. Nós somos aí uns tantos patriotas, gente disposta a tudo, por amor do Brasil. A nossa querida República vai à garra. Não há terra mais rica do que a nossa nem outra mais miserável. Por quê? Eu respondi: "Não sei". O moço continuou: Porque não tem governo. Pois bem, se este é o mal corrijamo-lo, sacrificando-nos pela Pátria, sabe como?

– Trabalhando.

– Qual trabalhando. Os povos fortes não progridem com o trabalho, progridem com as revoluções. Lembre-se da França. Que era a França antes de 891? um feudo da tirania. 89 foi a redenção, foi o progresso, foi a queda da

Bastilha, foi tudo. Inaugurou-se o governo do povo pelo povo, e a França... aí está, não é verdade?

– É sim, senhor.

– Pois, eu venho propor-lhe o seguinte. O cidadão é um descendente de heróis, pois bem: é preciso não desmentir a sua origem. E de que modo o fará? muito simplesmente: saindo conosco a campo na hora, sobre todas magnífica, da redenção da pátria.

Ah! meu compadre... foi o diabo! A ambição fez-me perder a cabeça. Ele disse que se a revolução vencesse eu seria nomeado ministro da Fazenda, com casa em Botafogo, automóvel, não sei quantos contos de réis... uma fortuna! E ficaríamos donos de tudo, correndo essa gentinha toda da administração da República como quem varre um monte de lixo.

Eu pensei em Carolina e nos pequenos, coitadinhos!, e naquela mesma hora nomeei todo o meu povo, menos a Zuza porque ainda mama, os outros todos tiveram o seu quinhão... e gordo. Para Carolina arranjei uma agência do correio. A ambição, meu compadre... a ambição!... Mas, ainda assim, para ser franco, eu disse ao moço:

– Olhe, escute, eu gosto de dizer a verdade. O senhor não acha que ministro da Fazenda é muito? Eu leio mal e a minha letra é um garrancho. Ele sorriu e falou:

– Meu amigo, leia *Os cavaleiros* do Cristovão.

– De Aristófanes, emendei.

– Isso, isso... *Os cavaleiros* de Aristófanes, ajuntando que os cavaleiros eram o Evangelho da revolução. Eu não li, mesmo porque não gosto de meter-me em cavalarias altas. Fiei-me nas promessas do moço e comprometi-me a ir à reunião marcada para hoje e, como ele me disse que fosse disfarçado, vesti-me assim, apanhei a viola e toquei-me, debaixo de chuva, para a Real Grandeza.

Ia justamente chegando ao ponto quando vi a polícia. Do moço, nem sombra. Virei nos calcanhares e aqui estou. Só peço a Deus que não me tenham reconhecido. Imagine o compadre que eu tenho a promessa de um lugar de "mata-mosquito" e se a polícia descobre que andei metido nas tais cavalarias...

– Mas compadre, você que é um homem de juízo, não viu logo que isso de lhe oferecerem a pasta da Fazenda era um absurdo?...

– Sim, meu compadre, eu vi, tanto que disse ao moço... mas que quer? Ambição é o diabo! Eu pensei no Tesouro, no automóvel... Não disse mais o coitado porque entrou a espirrar e, depois de uns dez minutos de estrondos, suspirou esmoncando-se. E, ainda por cima, apanhei um resfriado danado. Além de queda, coice. E o meu lugar de mata-mosquitos...

– Entre, compadre. Tire do corpo essas fradulagens, tome uma xícara de café e juízo. A melhor revolução, para um pai de família, é viver na sua casa em paz com a mulher e os filhos.

E Sebastião Cutuba concordou espirrando tonitruosamente com a pitada que trazia da noite tempestuosa.

Frutos do tempo, 1920

BIOBIBLIOGRAFIA

Henrique Maximiano Coelho Neto nasceu a 21 de fevereiro de 1864, em Caxias, Maranhão, filho do comerciante português Antonio da Fonseca Coelho e de Ana Silvestre Coelho, índia pura. Quase nada conheceu de sua terra natal, mas ficou permanentemente ligado a ela pelas histórias de uma babá negra, que lhe abriram a imaginação:

"Até hoje sofro a influência do primeiro período de minha vida no sertão. Foram as histórias, as lendas, os contos ouvidos em criança, histórias de negros cheias de pavores, lendas de caboclos palpitando encantamentos, contos de homens brancos, a fantasia do sol, o perfume das florestas, os sonhos dos civilizados..."

Esse gosto sem limites pela fantasia seria completado pela influência de um tio, após a mudança da família, para o Rio de Janeiro, em 1870. Guarda-livros de profissão, leitor apaixonado dos clássicos portugueses e latinos, tio Resende desperta no sobrinho o amor pela literatura, pelo mundo antigo e, provavelmente, pelas palavras raras ou pouco usadas, pelas quais o escritor demonstraria especial carinho, delas fazendo uso abundante.

A paixão pelo estudo é fulminante. Aos 8 anos, o pequeno Henrique traduz o latim e, três anos mais tarde, já lê Cícero no original, segundo consta da tradição familiar.

Com essa base de conhecimentos, não deve ter encontrado dificuldades na escola. Atravessando um período de prosperidade, Antonio matricula o filho nos melhores estabelecimentos de ensino da Corte, entre os quais o Colégio Jordão, no mosteiro de São Bento, e o Pedro II. Desde a adolescência, porém, o rapaz revela uma certa rebeldia, frequentando ambientes considerados perniciosos pela sociedade bem-comportada. Só assim se explica a extrema habilidade que adquire no jogo de capoeira, que demonstra em diversas situações.

A vida segue tranquila, quando os negócios do velho Antonio começam a naufragar. Sem conseguir se equilibrar, ele mergulha em profunda depressão, deixando a família em condições econômicas precárias. Para sobreviver, a mãe trabalha como costureira e bordadeira e Coelho Neto passa a dar aulas particulares, aumentando um pouco o escasso orçamento doméstico. Tinha 15 anos, milhares de sonhos e projetos literários.

Dois anos depois, na ânsia de ver o seu nome impresso, publica um poema na seção paga do *Jornal do Comércio*, intitulado No deserto, um protesto contra a escravidão.

Apesar da paixão pelas letras, ainda não sabe que rumo tomar na vida. Chega a ingressar na faculdade de medicina. Dois meses depois, impressionado com as cenas no anfiteatro, abandona o curso e embarca para São Paulo, matriculando-se na Faculdade de Direito. Ainda calouro, se envolve num episódio mal explicado, relacionado com um colega ofendido pelo jornal *A Gazeta do Povo*. Sem ambiente em São Paulo, se transfere para Recife, onde conclui o primeiro ano e conhece Tobias Barreto, que com os "lábios grossos, os olhos empapuçados de longo estudo, o cabelo puxado na testa" centraliza a vida intelectual da capital pernambucana.

JORNALISTA, ABOLICIONISTA, CAPOEIRISTA

No ano seguinte, 1884, volta a São Paulo, cujo meio universitário ferve. Intoxicados de literatura, os rapazes se entregam à luta abolicionista e à boêmia. À noite, reúnem-se no Corvo, uma taberna com nome romântico, onde bebem, poetam e conversam. Os amigos de Coelho Neto são Raul Pompéia, Raimundo Corrêa, Vicente de Carvalho, Teófilo Dias, Wenceslau de Queiroz, Augusto de Lima, quase todos colaboradores do quinzenário abolicionista *Onda*.

Temperamento explosivo, Coelho Neto volta a se envolver em novo incidente, que o obriga a se afastar de São Paulo, indo cursar o 3º ano em Recife. Os biógrafos dizem que ali se desentende com um professor, devido à sua atitude abolicionista, acabando por abandonar o curso.

O escritor tem uma outra versão. Em 1885, encontra-se na Corte, quando comparece a um discurso de José do Patrocínio, fato que muda radicalmente a sua vida. "Fui ouvir pela primeira vez o Patrocínio. Fiquei doido, doido, completamente doido. Resolvi deixar os estudos, deixar os sonhos de doutor, para acompanhar o grande vulto."

Ingressa, então, na *Gazeta da Tarde*, de propriedade do grande jornalista fluminense. Dias difíceis. Os jornais pagam mal, quando pagam. Ainda por cima, a *Gazeta* atravessa sérias dificuldades. Não importa. A mocidade é caprichosa e persistente, quando convicta de que segue seu verdadeiro caminho. Pula então de jornal em jornal, divide um quarto com Olavo Bilac, atira-se de corpo e alma à campanha abolicionista, o que lhe propicia a oportunidade de mostrar sua habilidade de capoeirista.

No dia 6 de agosto de 1886, em uma reunião abolicionista noturna, no Teatro Politeama, Quintino Bocaiúva discursa, quando, segundo depoimento de Osório Duque Estrada, "ouviu-se o estalejar de uma carta de bichas, arremessada das galerias; apagaram-se as luzes, e o teatro viu-se atacado por um bando de capoeiras, capitaneado pelo célebre facínora Benjamin, que foi logo subjugado e desarmado pelo moço escritor Coelho Neto".

A confusão se torna infernal, cabeçadas, rasteiras, pontapés, socos. Encurralado pelos comparsas de Benjamin, Coelho Neto leva algumas navalhadas nas costas e uma violenta pancada na cabeça, desferida por espada ou barra de ferro, que quase o mata. A marca fica para o resto da vida.

ESCRITOR POPULAR

Absorvido pelo jornalismo e a vida boêmia, Coelho Neto ainda não se preocupa em produzir literatura. Mas começa a sentir falta de um lar e de uma vida metódica. O casamento com Maria Gabriela Brandão, em 1890, lhe permite realizar os seus sonhos. Filha de um conhecido educador, com colégio em Vassouras, inteligente e culta, Gabi ajuda o marido a se disciplinar e lhe dá a necessária tranquilidade para escrever. Até então, Coelho Neto nada publicara. A partir daí, na pequena casa da rua Silveira Martins, no Catete, onde o casal se instala, escreve os primeiros volumes de sua imensa produção, mais de 100 títulos, havendo material disperso para outros 200 volumes.

Apesar das dificuldades, as perspectivas são boas. Logo após se casar, é nomeado secretário do governo do Estado do Rio de Janeiro e, no ano seguinte, diretor dos Negócios do Estado, da Justiça e Legislação do mesmo Estado. No entanto, esses cargos políticos são instáveis. Em busca de estabilidade, o escritor presta concurso para secretário de legação. Aprovado, desiste da carreira diplomática. Em compensação, assume a cadeira de História das Artes, na Escola Nacional de Belas-Artes.

O jornalismo continua sendo a sua principal atividade. Aprendendo a se audodisciplinar, escreve para vários jornais, utilizando pseudônimos (Anselmo Ribas, Alcide, C., N., Caliban, Henri Lesongeur, G.) e publica os seus primeiros livros. *Rapsódias* sai em 1891, seguido de várias outras obras – romances, contos, crônicas, cerca de três volumes por ano. Os primeiros livros são bem recebidos, mas também recebem algumas cipoadas. A propósito de *Miragem*, um crítico observa que de Vassouras (onde transcorre parte da ação do livro) o autor conhecia apenas as de varrer. Críticas à parte, em pouco tempo torna-se um dos autores mais vendidos do país, com fama nacional, cortejado pelos editores.

Assim, em 1894, Domingos de Magalhães, editor arrojado, de grande prestígio no final do século, que dá preferência ao autor nacional, assina com Coelho Neto um contrato único na época. Nele, o escritor maranhense se obriga a entregar ao editor tudo o que escrever durante um período de cinco anos, para tanto recebendo 400 mil-réis mensais. Artur Azevedo saúda o fato:

> O Coelho Neto, belo contrato,
> Foi o contrato que você fez,
> Já vale a pena ser literato,
> Com quatrocentos mil-réis por mês.

Prestigiado como intelectual, elogiado por Machado de Assis, escolhido como um dos 40 fundadores da Academia Brasileira de Letras (1897), ocupa diversos cargos de prestígio, que pouco rendem financeiramente. Em 1899, nomeado secretário da Comissão Central do 4º Centenário do Descobrimento do Brasil, percorre boa parte do País. No Maranhão, recebe uma homenagem inédita. Os estudantes desatrelam os cavalos de seu carro, puxando-o até o palácio do governo.

As homenagens consolam e estimulam, mas a vida não é fácil. Os filhos nascem um atrás do outro, formando uma escadinha. Ao todo, o casal Coelho Neto–Gabi teve 14 filhos, sete dos quais sobreviveram. Para manter a casa, o escritor escreve cerca de dez horas por dia, por vezes entra pela madrugada adentro. Esse regime lhe abala a saúde. Em 1900, doente, vê-se obrigado a vender em leilão os seus móveis, livros, cristais e uma valiosa coleção de armas e artesanato indígena.

ESCREVER, ESCREVER, ESCREVER

A crise é superada com a mudança para Campinas, onde presta concurso para lente de literatura do ginásio local. Obtém o primeiro lugar, superando intelectuais de prestígio como Alberto de Faria e Batista Pereira. Adapta-se com facilidade à cidade. A sua casa, na rua Francisco Glicério, torna-se centro de vida literária, frequentada por escritores, jornalistas e principiantes.

Coelho Neto participa também da vida social da cidade, sendo um dos fundadores do Centro de Ciências, Artes e Letras. E toma iniciativas pessoais, como as festas literárias chamadas "saraus de estímulos". Em uma delas, realizada no Teatro São Carlos, em 25 de dezembro de 1903, é encenada a peça *Pastoral*, evangelho em um prólogo e três atos, escrita com o objetivo de revelar novos atores locais.

Em Campinas, Coelho Neto conhece Euclides da Cunha, dali nascendo uma amizade baseada na admiração recíproca, que dura para o resto da vida. Em maio de 1904, depois de três anos na cidade, o escritor retoma ao Rio de Janeiro. Mais tarde, lembrando essa fase de sua vida, compara-a a "um sonho feliz, desses que a gente lastima que se não cumpram e deseja readormecer para os continuar".

Os anos em Campinas parecem ainda mais felizes quando postos em contraste com a fase de readaptação à vida no Rio de Janeiro. De volta à cidade, instalado no Hotel Metrópole, nas Laranjeiras, Coelho Neto enfrenta a fase mais difícil de sua vida. Vive apenas da pena, mas os livros e a colaboração na imprensa mal lhe oferecem os recursos para o sustento da família. O escritor não se entrega. Escreve, escreve, escreve. Passa noites e noites em claro. A saúde se ressente.

"Ali vivia eu recluso, como acorrentado à mesa insular, realizando o prodígio de tirar da pena os recursos necessários à vida, mas como os trabalhos eram remunerados mediocremente, só pela quantidade conseguia eu o milagre que me tornou asceta como Antão ou Bruno, não só de corpo, pela magreza, como de espírito, pela acedia."

A vida em hotel cansa. Em 1905, Coelho Neto aluga uma casa na rua do Roso (atual Coelho Neto), nº 79, esquina com Pinheiro Machado, em Laranjeiras, na qual viveria até morrer. A situação continua difícil, mas começa a se amenizar. Em 1907, ano em que excursiona pelo Rio Grande do Sul, Argentina e Uruguai, realizando conferências, é nomeado lente interino de literatura do Ginásio Nacional, atual Externato Pedro II. No ano seguinte recebe convite do barão do Rio Branco para ingressar na diplomacia. Mais uma vez prefere permanecer na cidade que elegera para viver. Já tinha seis filhos.

O REINO MÁGICO

O desafogo financeiro vem em 1909. Eleito deputado federal pelo Maranhão, cargo que ocupa em três legislaturas sucessivas, é ainda efetivado no cargo de lente de literatura do Ginásio Nacional. Realiza então um velho sonho: em 1913, visita a França e Portugal.

Cumpre as suas obrigações de político, mas não abandona as letras. Trabalhador infatigável, publica então o seu mais belo e perfeito romance, *Turbilhão* (1906). A crítica aplaude. Mas nem sempre. José Veríssimo, o crítico mais importante e independente da época, faz sérias restrições à obra de Coelho Neto, mas nada lhe abala o prestígio.

265

O reconhecimento vem de muitas formas. Considerando-se a sua luta pessoal empreendida a favor do teatro nacional, recebe a incumbência de escrever a peça para a inauguração do Teatro Municipal do Rio de Janeiro, uma comédia em um ato intitulada *Bonança*, que obtém um grande sucesso. Em 1910, acolhendo uma sugestão sua, o prefeito do Distrito Federal cria a Escola Dramática Municipal (atual escola de teatro Martins Pena), nomeando-o diretor da instituição e titular da cadeira de História do Teatro e Literatura Dramática, cargos que mantém até a morte.

Com a estabilidade financeira, o escritor adquire a casa onde reside e na qual havia instalado o seu reino mágico, a sua oficina de sonhos. Só sai à rua quando indispensável. Escreve oito, dez horas por dia. Mas há as doces compensações: a esposa, os filhos, com os quais costuma rolar pela sala, os amigos. Quase todos os dias recebe visitas. O conterrâneo Humberto de Campos é o mais assíduo. Outros só aparecem nos dias de farra. A alegria entra então pela casa como um vendaval. Instala-se o reino pleno da fantasia.

Martins Fontes, um dos frequentadores mais assíduos e alegres dessas reuniões, narra:

"Discutia-se, concordava-se, ria-se loucamente. Improvisavam-se conferências de quinze minutos, sobre motivos de atualidade. Recordava-se o *Decameron* da Renascença, revivia-se a *Enciclopédia*, cantava-se a França no século de Hugo. É tão original, tão brasileiro, tão vermelho e verde, que nunca houve casa como esta! E, de repente, o jantar se interrompia por surpresas fantásticas. Era a "Flor do Abacate", incorporada, que vinha, entre cantigas e reco-recos, trazer ao maior novelista do Brasil o título de sócio benemérito... Era o dr. Ox, miudinho, falando apertado, saído ninguém sabe de onde, que pedia licença para ler o seu poema, em 11 cantos, "Dom Marcelo", história de um gato de estimação de sua defunta esposa.

Principiava assim esse poema:

– Miau, miau, miau, miau, miau, miau!
E a sala toda:
– Miau, miau!

A PAIXÃO PELO FUTEBOL. DECLÍNIO

A partir da década de 1920, o escritor confia a edição da maioria de suas obras – ou pelo menos as mais importantes – ao editor português Lello, com o qual assina um contrato vantajoso.

Por essa época, o futebol começa a se firmar como paixão nacional. Defensor do esporte, torcedor do Fluminense Futebol Clube, cuja sede está a alguns metros de sua casa e onde cria um teatro, Coelho Neto incentiva os filhos à prática do esporte. Dois deles tornam-se ídolos do clube, Mano (falecido prematuramente em 1922 e a quem o escritor dedica um livro) e Preguinho. Mas o esporte interessa a toda a família. Outros filhos brilham em outros esportes: Georges e Paulo atuam no atletismo, Violeta na natação, esporte também praticado por Preguinho. Na casa são comuns as discussões, por vezes apaixonadas, sobre temas esportivos.

Em certa ocasião, conta Gustavo Barroso, Coelho Neto, à mesa de jantar, discute "com a petizada o *match* do dia e dando opiniões sentenciosas a respeito. Um dos filhos, o Paulo, divergia dele e a certo ponto da conversa encolheu os ombros:

– Mas, papai! Você pensa que jogar futebol é tão fácil como fazer livros!...

O pai embatucou".

Em outros campos o escritor é mais reconhecido. Assim, em concurso promovido pela revista *O Malho*, em 1928, é eleito Príncipe dos Prosadores brasileiros. Mas as críticas à sua obra, por essa época, são violentas.

Quando o Modernismo explode, o escritor é o homem mais atacado do Brasil. Para os jovens de então, ele encarna tudo o que há de mais reacionário. Os conflitos são inevitáveis. No dia 19 de junho de 1924, Graça Aranha pronuncia um discurso em defesa do modernismo na Academia Brasileira de Letras, no qual chama os colegas de múmias. A reação é imediata. Gritos, vaias, aplausos. Medeiros e Albuquerque, que preside a sessão, não consegue restabelecer a ordem.

A certa altura, Coelho Neto ergue-se no meio de seus colegas e replica com aspereza. Graça Aranha não se intimida. Há troca de acusações, o tom sobe. A discussão termina com Coelho Neto advertindo o seu adversário: "Não se cospe no prato em que se come". Nunca teria dito a frase "Sou o último heleno", que lhe foi atribuída.

Nos últimos anos de vida, o escritor entra em declínio. A fragilidade física se acentua. Não escreve com a mesma facilidade. A produção decai. Mesmo assim, atira-se a uma tarefa gigantesca, a elaboração do *Dicionário Lello Universal*, em parceria com o português João Grave, que lhe consome quase cinco anos de trabalho. A mocidade já não o venera, mas o prestígio se mantém inabalável, como se comprova com o lançamento de sua candidatura ao Prêmio Nobel de 1933, pela Academia Brasileira de Letras. É então uma sombra de si mesmo. A morte de d. Gabi, em dezembro de 1931, deixa-o indiferente a tudo, a doença se agrava, até o momento da partida para o outro lado do mistério, em 28 de novembro de 1934.

BIBLIOGRAFIA

Rapsódias. Contos. Rio de Janeiro: Lombaerts, 1891.

A capital federal. Romance. Rio de Janeiro: *O Paiz*, 1893. Com o pseudônimo de Anselmo Ribas.

Praga. Novela. Rio de Janeiro: J. Cunha, [1894]. Reproduzida em *Sertão*.

Baladilhas. Contos. Rio de Janeiro: Domingos de Magalhães, 1894.

Bilhetes postais. Crônicas. Rio de Janeiro: Domingos de Magalhães, 1894.

Fruto proibido. Contos. Rio de Janeiro: Domingos de Magalhães, [1895]. Com a assinatura Anselmo Ribas (Coelho Neto).

Miragem. Romance. Rio de Janeiro: Domingos de Magalhães, 1895.

O rei fantasma. Rio de Janeiro: Domingos de Magalhães, 1895. Com a assinatura Coelho Neto (Anselmo Ribas).

À colônia portuguesa no Brasil e à literatura portuguesa. Brinde de Coelho Neto no banquete Assis Brasil realizado no Cassino Fluminense a 16 de julho de 1896. Rio de Janeiro: Ed. d'*A Bruxa*, 1896.

Sertão. Novelas. Rio de Janeiro: Leuzinger, 1896.

Álbum de Caliban. Contos. Rio de Janeiro: [1897]. 2 v., v. 1 e 2. Impresso no Rio de Janeiro, vinha com a seguinte indicação: "Printed in U.S.A. in the city of New York at the Mature Press for 'De luxe amatory curiosa'".

América. Educação moral e cívica. Rio de Janeiro: Bevilacqua, 1897, I.

Pelo amor! Poema dramático. Rio de Janeiro: Laemmert, 1897.

Inverno em flor. Romance. Rio de Janeiro: Laemmert, 1897.

O morto (Memórias de um fuzilado). Romance. Rio de Janeiro: Laemmert, 1898.

Romanceiro. Contos. Rio de Janeiro: Laemmert, 1898.

Seara de Rute. Contos. Rio de Janeiro: Domingos de Magalhães, [1898].

A descoberta da Índia. Narrativa histórica. Rio de Janeiro: Laemmert, 1898.

O paraíso. Romance. Rio de Janeiro: Laemmert, 1898.

O rajá de Pendjab. Rio de Janeiro: Laemmert, 1898, 2 v.

Ártemis. Episódio lírico, música de Alberto Nepomuceno. Rio de Janeiro: Fertin de Vasconcelos, [1898].

Hóstia. Balada em um ato. Rio de Janeiro: Fertin de Vasconcelos, [1898].

Lanterna mágica. Crônicas. Rio de Janeiro: Domingos de Magalhães, [1898?].

A conquista. Romance. Rio de Janeiro: Laemmert, 1899.

Por montes e vales (Ouro Preto e Vassouras). Rio de Janeiro: Domingos de Magalhães, [1899]. Assinado Anselmo Ribas (Coelho Neto).

Saldunes. Ação legendária em três episódios. Lisboa: Tavares Cardoso, 1900.

Tormenta. Romance. Rio de Janeiro: Laemmert, 1901.

Belas-Artes. In: *Centenário do Descobrimento do Brasil.* 1901. Livro 4, v. 2.

A caridade. São Paulo: Andrade & Melo, 1902.

Apólogos. Contos para crianças. Campinas: Castro Mendes, 1904.

A bico de pena. Fantasias, contos e perfis. Porto: Lello, 1904.

Água de juventa. Contos. Porto: Lello, 1904.

Pastoral. Evangelho em um prólogo e três atos. Lisboa: Viúva Tavares Cardoso, 1905.

Compêndio de literatura brasileira. Rio de Janeiro: Francisco Alves, 1905.

Inocêncio inocente. In: *O Malho.* Rio de Janeiro, [1905]. Com o pseudônimo de Caliban e a indicação "Álbum de Caliban. Nova série". A identificação da data de publicação do livro baseia-se no exemplar da Biblioteca Nacional, onde consta a seguinte dedicatória: "A Gaby, Henrique. 30 de março de 1905". Publicado em 2. ed. sob o título *O arara.*

A palavra. Rio de Janeiro: Nuno Castellões, [1905]. Conferência realizada no Instituto Nacional de Música a 23 de setembro de 1905. Reproduzida em *Conferências literárias.*

Treva. Novelas. Paris: H. Garnier, [1905].

Turbilhão. Romance. Rio de Janeiro: Laemmert, 1906.

A água. Rio de Janeiro: E. Bevilacqua, 1906. Conferência realizada no Instituto Nacional de Música, no Rio de

Janeiro, a 11 de novembro de 1905. Reproduzida em *Conferências literárias*.

O fogo. Rio de Janeiro: E. Bevilacqua, 1906. Conferência realizada no Salão Stenway, em São Paulo, a 16 de novembro de 1905, e no Instituto Nacional de Música, no Rio de Janeiro, em 1906. Reproduzida em *Conferências literárias*.

Teatro III. Rio de Janeiro: H. Garnier, 1907. Contém as peças *Neve ao sol* e *A muralha*.

As sete dores de nossa Senhora. Rio de Janeiro: E. Bevilacqua, 1907.

Teatro II. Porto: Lello, 1907. Contém as seguintes peças: *As estações*; *Ao luar*; *Ironia*; *A mulher*; e *Fim de raça*.

Fabulário. Porto: Lello, 1907.

O Instituto de Proteção e Assistência à Infância do Rio de Janeiro. Rio de Janeiro: Nacional, 1907. Crônica publicada no suplemento literário do *Correio da Manhã*, no dia 30 de junho de 1907.

Esfinge. Romance. Porto: Lello, 1908.

Teatro IV. Porto: Lello, 1908. Contém as peças *Quebranto* e *Nuvem*.

Jardim das oliveiras. Contos. Porto: Lello, 1909.

Conferências literárias. Rio de Janeiro: H. Garnier, 1909.

Vida mundana. Rio de Janeiro: H. Garnier, 1909.

Cenas e perfis. Crônicas. Rio de Janeiro/Paris: H. Garnier, 1910.

Alma. Educação feminina. Rio de Janeiro: Jacinto Ribeiro dos Santos, 1911.

Mistério do natal. Porto: Lello, 1911.

Teatro I. Porto: Lello: 1911. Contém as seguintes comédias: *O relicário*; *Os raios X*; e *O diabo no corpo.*

Palestras da tarde. Rio de Janeiro: H. Garnier, 1912.

Banzo. Contos e novelas. Porto: Lello, 1912.

Melusina. Contos. Rio de Janeiro/Paris: H. Garnier, [1913].

Contos escolhidos. Bahia: Catilina, 1913.

Rei negro. Romance. Porto: Lello, 1914.

Discours sur la bataille de l'Yser. Rio de Janeiro: Besnard Frères, 1917.

Teatro V. Porto: Lello, 1917. Contém as peças: *O dinheiro*; *Bonança*; e *O intruso.*

O mar. Rio de Janeiro: Villas-Boas, 1918. Conferência realizada na sede do Clube de Natação e Regatas a 15 de dezembro de 1917.

Versas. Contos e discursos. Bahia: Catilina, 1918.

Falando. Discursos na Câmara. Discursos literários. Rio de Janeiro: Leite Ribeiro & Maurilo, 1919.

A política. Crônicas. Rio de Janeiro, 1919.

Discurso pronunciado no Palace Hotel, em nome da comissão organizadora do banquete oferecido ao conde Ernesto Pereira Carneiro em 29 de dezembro de 1919. Rio de Janeiro: Of. Graf. d'*A Notícia*, [1920].

Atlética. Crônicas. Rio de Janeiro, 1920.

Frutos do tempo. Crônicas. Bahia: Catilina, 1920.

Enciclias. Conferência lida no colégio Batista a 30 de novembro de 1920. Rio de Janeiro: Boemia, 1921.

A Portugal. Discurso. Rio de Janeiro: Jornal do Brasil, 1921.

Breviário cívico. Educação moral e cívica. Rio de Janeiro:

O Norte, 1921. Publicação da Liga da Defesa Nacional. Distribuição gratuita.

Conversas. Contos dialogados. Rio de Janeiro: Anuário do Brasil, 1922.

Vesperal. Contos. Rio de Janeiro: Leite Ribeiro, 1922.

O meu dia. Crônicas. Porto: Lello, 1922.

O desastre. Peça em três atos. Rio de Janeiro, 1922. Ed. de 50 exemplares numerados pelo autor.

Frechas. Crônicas. Rio de Janeiro: Francisco Alves, 1923.

O arara. São Paulo: Monteiro Lobato, 1923. É a segunda edição, com título novo, de *Inocêncio inocente*.

Orações. São Paulo: Imprensa Metodista, [1923].

Imortalidade. Lenda. Rio de Janeiro: *Jornal do Brasil*, 1923.

Fogo de vista. Comédia em três atos. Rio de Janeiro: *Jornal do Brasil*, 1924.

Amor. Conto. Belo Horizonte: Oliveira Costa, 1924.

Mano. Rio de Janeiro: Empresa Gráfica Editora, 1924.

Pelos cegos. Rio de Janeiro: Leuzinger, 1924.

Teatro VI. Porto: Lello. 1924. Contém as peças *O patinho torto*; *A cigarra e a formiga*; *O pedido*; *A guerra*; *O tango*; e *Sapatos de defunto*.

Às quintas. Crônicas. Porto: Lello, 1924.

A vida além da morte. Conferência realizada no Abrigo Teresa de Jesus a 14 de setembro de 1924. Rio de Janeiro: *A Noite*, 1924.

O polvo. Romance. São Paulo: Jornal do Comércio, 1924.

Discurso na Liga de Defesa Nacional. Rio de Janeiro, 1924.

O evangelho nas selvas. Rio de Janeiro: Centro Pio X, [1925].

Feira livre. Crônicas. Porto: Lello, 1926.

Canteiro de saudades. Porto: Lello, 1927.

O sapato de Natal. Rio de Janeiro: Almeida & Torres, [1927?]. Com ilustrações de J. Carlos.

Contos da vida e da morte. Porto: Lello, 1927.

Velhos e novos. Contos. Porto: Lello, 1928.

Bazar. Crônicas. Porto: Lello, 1928.

Livro de prata. São Paulo: Liberdade, 1928.

A cidade maravilhosa. Contos. São Paulo: Melhoramentos, [1928].

Vencidos. Contos. Porto: Lello, 1928.

A árvore da vida. Novela. Rio de Janeiro: Pimenta de Mello, 1929.

Fogo fátuo. Romance. Porto: Lello, 1929.

Discurso proferido pelo eminente escritor e romancista sr. dr. Coelho Neto, da Academia Brasileira de Letras, na comemoração do 63º aniversário do Liceu Literário Português, a 10 de setembro de 1931. Rio de Janeiro: Pongetti, 1932.

Teatrinho. Episódios, cenas e comédias. Rio de Janeiro: Elos (Edições Livros Organização Simões), [1960].

OBRAS EM COLABORAÇÃO (em ordem cronológica)

O meio. Crônicas políticas, publicadas a partir de 17 de agosto de 1899, em 14 fascículos. Com Paula Nei e Pardal Mallet. As crônicas não estão assinadas.

A terra fluminense. Educação cívica. Rio de Janeiro: Imprensa Nacional, 1898. Com Olavo Bilac.

Contos pátrios para alunos das escolas primárias. Rio de Janeiro: Francisco Alves, 1904. Com Olavo Bilac.

Teatro infantil. Comédias e monólogos em prosa e verso. Rio de Janeiro: Francisco Alves, 1905. Com Olavo Bilac.

A pátria brasileira. Educação moral e cívica. Rio de Janeiro, Francisco Alves, 1909. Com Olavo Bilac.

O mistério. Romance. São Paulo: Monteiro Lobato, 1920. Com Medeiros e Albuquerque, Viriato Correia e Afrânio Peixoto.

Dicionário Lello Universal. Publicado sob a direção de Coelho Neto, parte brasileira, e João Grave, parte portuguesa. Porto: Lello, 1933. 4 v.

TRADUÇÕES DE OBRAS DE COELHO NETO
(em ordem cronológica)

Wildnis (Sertão) Trad. de Martin Brussot. Berlim: E. Fleischel, 1913.

Der tote kollektor (Treva). Trad. de Martin Brussot. Berlim: E. Fleischel, 1915.

Macambira (Rei Negro). Trad. de Phileas Lebesgue e Manoel Gahisto. Paris: L'Édition Française Illustrée, 1920.

The pigeons (Os pombos). In: GOLDBERG, Isaac. *Brazilian Tales.* Boston: The Four Seas, 1921.

Ama Stelaro. Marktredwitz (Bayern), Oskar Ziegler, 1922, 119 p. Trad. para o esperanto de teatro, versos e contos.

Verno in fiore. (Inverno em flor). Roma, 1927.

Les vieux, in Les oeuvres libres. Maurice Rostand et al. Paris: A. Fayard, 1928.

Mano. Trad. de Georgina Lopes. Paris: R. Correa, 1929.

Rey Negro. Trad. de Luis Onetti Lima. Buenos Aires: Claridad, [1938].

PREFÁCIOS DE COELHO NETO (em ordem cronológica)

Elvira Gama. *Minh'alma...* Rio de Janeiro: Leuzinger, 1896. Prefácio intitulado "Minha senhora".

Vitrúvio Marcondes. *Musa selvagem...* 3. ed. Rio de Janeiro: E. Bevilacqua, 1907. Prefácio intitulado "Exmas. Senhoras", datado de "Campinas, janeiro 1903".

Luiz Gama. *Primeiras trovas burlescas*. Rio de Janeiro: H. Antunes, 1904, p. 11. Prefácio intitulado "Duas palavras sobre Luiz Gama...".

Arlindo Leal. *Arco Íris*. São Paulo: Andrade & Mello, 1905, p. 5. Prefácio datado de "Rio, janeiro 1905".

Carmen Dolores. *Um drama na roça*. Rio de Janeiro: Laemmert, 1907, p. I-V. Prefácio datado de "Abril 1907".

Alcides Maia. *Tapera*. Rio de Janeiro/Paris: H. Garnier, 1911, p. VII-X. Prefácio datado de "Rio, 31 agosto 1910".

D. Xiquote (pseudônimo de Bastos Tigre). *Moinhos de Vento*. Rio de Janeiro: J. Silva, 1913. p. 9-13. "Prólogo".

O problema sexual. Rio de Janeiro, [1913]. p. 7-9. Prefácio de um autógrafo em fac-símile.

Castro Menezes. *Quadros da guerra*. 2. ed. Rio de Janeiro: J. Ribeiro dos Santos, 1917. p. I-VI. Prefácio intitulado "Um aedo".

Sousa Rocha. *Perfil biográfico do maestro Francisco Braga*. Rio de Janeiro: Villas-Boas, 1921. p. 3. O autor utiliza como prefácio uma carta que lhe dirigiu Coelho Neto, reproduzida em fac-símile.

A. A. Botelho de Magalhães. *Impressões da Comissão Rondon.* Porto Alegre: Globo, [1921]. p. 17-21. Prefácio datado de "Rio, 1 maio 1921".

Arnaldo Guinle e Mario Polo. *Manual do escoteiro brasileiro.* Rio de Janeiro: Imprensa Nacional, 1922. p. 3-5. Introdução de Olavo Bilac e Coelho Neto.

Francisca de Basto Cordeiro. *Jardim secreto.* São Paulo: Monteiro Lobato, [1923]. p. 7-10. Prefácio datado de "Junho, 1923".

Germano Wittrock. *Guia das mães.* 5. ed. Rio de Janeiro: [Vida Doméstica], 1926. p. 7. Prefácio datado de "Rio, 1927".

Raul Pederneiras. *Cenas da Vida Carioca.* Segundo álbum. Rio de Janeiro: *Jornal do Brasil*, 1935. p. 4.

BIBLIOGRAFIA SUMÁRIA SOBRE COELHO NETO
(em ordem alfabética)

Adolfo Caminha. *Cartas literárias.* Rio de Janeiro: Aldina, 1895. p. 57-67, 97-104.

Agripino Grieco. *Evolução da prosa brasileira.* 2. ed. Rio de Janeiro: J. Olympio, 1947. p. 81-5. A 1. ed. data de 1933.

Alfredo Bosi. *História concisa da literatura brasileira.* 2. ed. São Paulo: Cultrix, 1978. p. 223-9.

Artur Mota. *Vultos e livros.* São Paulo: Monteiro Lobato, 1921. p. 33-48.

Benedito Costa. *Le roman au Brésil.* Paris: H. Garnier, 1918. p. 161-75.

Brito Broca. "Coelho Neto romancista". In: *O romance brasileiro (de 1792 a 1930)*. Aurélio Buarque de Holanda (Coord.). Rio de Janeiro: Cruzeiro, 1952. p. 223-43.

Fernando de Azevedo. *Ensaios*. São Paulo: Melhoramentos, 1929. p. 175-92.

Humberto de Campos. *Crítica*. 1. série. Rio de Janeiro, 1941. p. 75-85.

_____. *Crítica*. 2. série. Rio de Janeiro: Jackson, 1941. p. 219-64.

Isaac Goldberg. *Brazilian literature*. New York: Knopf, 1922. p. 248-66.

João do Rio. *O momento literário*. Rio de Janeiro/Paris: H. Garnier, [1905]. p. 50-61.

João Luso. *Orações e palestras*. Rio de Janeiro: J. Olympio, 1941. p. 82-105.

João Neves da Fontoura. *Elogio de Coelho Neto*. Rio de Janeiro, 1937.

Jose Maria Belo. *Imagens de ontem e de hoje*. Rio de Janeiro: Ariel, 1936. p. 71-4.

José Veríssimo. *Estudos de literatura brasileira*. 1. série. Rio de Janeiro: H. Garnier, 1901. p. 242-50.

_____. *Estudos de literatura brasileira*. 4. série. Rio de Janeiro/Paris: H. Garnier, 1910. p. 1-24.

_____. *Estudos de literatura brasileira*. 6. série. Rio de Janeiro: H. Garnier, 1907. p. 250-154.

_____. *Letras e literatos*. Rio de Janeiro: J. Olympio, 1936. p. 158-63. Escrito em 1914.

Lúcia Miguel Pereira. *Prosa de ficção, 1870 a 1920*. Rio de Janeiro: J. Olympio, 1949. p. 248-56.

Machado de Assis. *A Semana*. Rio de Janeiro/Paris: H. Garnier, 1914. p. 242-3. Crônica de 11 de agosto de 1895.

Maria Amália Vaz de Carvalho. *No meu caminho*. Lisboa: Antonio Maria Pereira, 1909. p. 219-22.

Massaud Moisés e José Paulo Paes. *Pequeno dicionário de literatura brasileira*. 2. ed. São Paulo: Cultrix, 1980. p. 109-11.

Mateus de Albuquerque. *As belas atitudes*. Rio de Janeiro: Ariel, [s.d.] p. 139-46. Escrito em 1913.

Nestor Vítor. *A crítica de ontem*. In: *Obra Crítica*. Rio de Janeiro: Ministério da Educação e Cultura/Casa de Rui Barbosa, 1969. v. I p. 446-9. Datado de dezembro de 1913.

Otávio de Faria. *Coelho Neto*. Romance. Rio de Janeiro: Agir, 1958. Coleção "Nossos Clássicos".

Otto Maria Carpeaux. *Pequena bibliografia crítica da literatura brasileira*. Rio de Janeiro: Ministério da Educação e Saúde, 1951. p. 166-8.

Paulo Coelho Neto. *Coelho Neto*. Rio de Janeiro: Zélio Valverde, 1942.

Paulo Dantas. *Coelho Neto*. São Paulo: Melhoramentos, s.d.

Péricles de Moraes. *Coelho Neto e sua obra*. Porto: Lello, 1926.

Tristão de Athayde. *Primeiros estudos*. Rio de Janeiro: Agir, 1948. p. 47-9. Escrito em 1919.

Victor Orban. *Littérature brésilienne*. 2. ed. Paris: H. Garnier, 1914. p. 288-307.

Ubiratan Machado, carioca da Tijuca, é jornalista, escritor e tradutor. Por obrigação profissional e/ou por prazer viajou por todo o Brasil, conhecendo cerca de 1.200 cidades, e por uns 40 países das Américas, Europa, Ásia e África. Quinze livros publicados, entre os quais *Os intelectuais e o espiritismo*, *A vida literária no Brasil durante o romantismo*, *Machado de Assis: roteiro da consagração*, *A etiqueta de livros no Brasil*, *Bibliografia machadiana 1959-2003* e *Dicionário de Machado de Assis*." Em 2006, recebeu a medalha João Ribeiro, da Academia Brasileira de Letras, por serviços prestados à cultura brasileira.

ÍNDICE

O cronista que não queria escrever crônicas 7

CRÔNICAS DA VIDA CARIOCA

Tonitruosa *urbs* 17

Para o Rei Alberto ver... o que é bom 21

À cidadã 24

À intendência 26

O morro do Castelo 29

Cães 33

O ETERNO FEMININO

A Eva 41

À. T. L. 45

Aos ginófobos 47

PERFIS

Santos Dumont 51

Valentim Magalhães 55

O Nei 62

Rui 68

PÁGINAS DE REMINISCÊNCIAS

Canções 73

O vaga-lume 75

O Ano-Novo 77

Histórias 79

Reminiscências 81

Um... como muitos 83

ESPORTE E SAÚDE

O nosso jogo 89

Às pressas 95

Bola a gol! 98

O esporte e a beleza 101

SOBRE POETAS E VIDA LITERÁRIA

Aos acadêmicos de S. Paulo 107

Poemas bravios 110

A consagração da França 113

O poeta da raça 117

Um gênio 121

HÁBITOS E TRANSAS POLÍTICAS

A ceia 129

A canastra de Gaudério 132

Boas festas 136

Os tiros 141

FESTAS E TRADIÇÕES

Cinzas 147

Tempora mutantur 150

Fantasia de Carnaval 153

A arlequim 157

Núcego 159

À MARGEM DA SOCIEDADE

Batotas 167

Nova companhia 170

Misérias 173

Charlatães 176

Cafarnaum 181

QUASE HISTÓRIA

Um episódio 189

Uma lenda ubíqua 193

Reivindicação histórica 196

VÁRIA

Velhas árvores 203

O zebu 208

Um enviado... extraordinário 213

Mães e filhos 217

Os pardais 220

Enigmas 225

Contraste 228

Os esquecidos 232

Frutas 237

A ideia do cônego.. 241

A nova raça 243

Curso de jejuadores 249

Um revolucionário 254

Biobibliografia 259

Bibliografia 269

COLEÇÃO MELHORES CRÔNICAS

MACHADO DE ASSIS
Seleção e prefácio de Salete de Almeida Cara

JOSÉ DE ALENCAR
Seleção e prefácio de João Roberto Faria

MANUEL BANDEIRA
Seleção e prefácio de Eduardo Coelho

AFFONSO ROMANO DE SANT'ANNA
Seleção e prefácio de Letícia Malard

JOSÉ CASTELLO
Seleção e prefácio de Leyla Perrone-Moisés

MARQUES REBELO
Seleção e prefácio de Renato Cordeiro Gomes

CECÍLIA MEIRELES
Seleção e prefácio de Leodegário A. de Azevedo Filho

LÊDO IVO
Seleção e prefácio de Gilberto Mendonça Teles

IGNÁCIO DE LOYOLA BRANDÃO
Seleção e prefácio de Cecilia Almeida Salles

MOACYR SCLIAR
Seleção e prefácio de Luís Augusto Fischer

ZUENIR VENTURA
Seleção e prefácio de José Carlos de Azeredo

RACHEL DE QUEIROZ
Seleção e prefácio de Heloisa Buarque de Hollanda

FERREIRA GULLAR
Seleção e prefácio de Augusto Sérgio Bastos

LIMA BARRETO
Seleção e prefácio de Beatriz Resende

OLAVO BILAC
Seleção e prefácio de Ubiratan Machado

ROBERTO DRUMMOND
Seleção e prefácio de Carlos Herculano Lopes

SÉRGIO MILLIET
Seleção e prefácio de Regina Campos

IVAN ANGELO
Seleção e prefácio de Humberto Werneck

AUSTREGÉSILO DE ATHAYDE
Seleção e prefácio de Murilo Melo Filho

ODYLO COSTA FILHO*
Seleção e prefácio de Cecilia Costa

JOÃO DO RIO*
Seleção e prefácio de Fred Góes e Edmundo Bouças

COELHO NETO*
Seleção e prefácio de Ubiratan Machado

GUSTAVO CORÇÃO*
Seleção e prefácio de Luiz Paulo Horta

ÁLVARO MOREYRA*
Seleção e prefácio de Mario Moreyra

JOSUÉ MONTELLO*
Seleção e prefácio de Flávia Vieira da Silva do Amparo

RODOLDO KONDER*

FRANÇA JÚNIOR*

MARCOS REY*

ANTONIO TORRES*

HUMBERTO DE CAMPOS*

MARINA COLASANTI*

RAUL POMPEIA*

*PRELO